Dezemberknistern

Liebe in den Bergen

Patricia Renoth

Überarbeitete Auflage 24.10.23

Patricia Renoth, Friedensstr. 24, 85622 Feldkirchen

patricia.renoth@gmx.de

www.PatriciaRenoth.com

Covergestaltung:

Patricia Renoth

Foto: Nathan Ziemanski / Unsplash

Illustrationen: ANDRII CHABAN / iStock, Ekaterina Zirina / iStock, Sylfida / iStock

Kapitelzierden: Far700 / iStock

Für alle, bei denen Weihnachten
auch eine magische Zeit im Jahr ist.

Soundtrack

Es hat sich mittlerweile zu einem Markenzeichen von mir entwickelt: Ich empfehle zu passenden Stellen im Buch Musik. Es sind genau die Lieder, die ich beim Schreiben gehört habe und ich hoffe, dass ihr damit noch tiefer in die Stimmung der Geschichte abtauchen könnt. Dieses Mal sind ein paar der Songs natürlich auch weihnachtlich bzw. winterlich angehaucht. Es ist ein Angebot und es bleibt selbstverständlich euch überlassen, ob ihr es nutzen wollt.

Die Hinweise zu den Stellen befinden sich direkt im Text. Ich habe auf meiner Website eine Spotify-Playlist mit den Titeln für euch zusammengestellt. Ihr könnt die Lieder aber genauso überall anders anhören, wie z. B. bei Youtube etc.

Mein Dank gilt wie immer allen Künstler*innen für die Inspiration:

Lied 1: Phänomenal egal – Farin Urlaub

Lied 2: Warm A Cold Heart – Harrison Storm

Lied 3: The Lighthouse Keeper – Sam Smith

Lied 4: Nieselregen – LEA, Lina Maly

Lied 5: Permanent Way – Charly Cunningham

Lied 6: You Make It Feel Like Christmas – Gwen Stefani, Blake Shelton

Lied 7: Snowflakes – White Apple Tree

Lied 8: Heartworks – Wingtip

Lied 9: Cosmic Love – Florence + The Machine

Lied 10: Wie es geht – Die Ärzte

Lied 11: Underneath The Tree – Kelly Clarkson

Ganz viel Spaß beim Lesen und Hören!

Kapitel 1

Weihnachtliches Konfetti aus Papier rieselt vor meinen Augen auf die Glasarbeitsplatte des Schreibtisches und verschleiert meine Sicht auf die Zahlen des Quartalsabschlusses. Reflexartig schließe ich die Datei, die nur für wenige Augen in diesem Unternehmen bestimmt ist. Dann gleitet mein Blick zu den grünen Tannenbäumen, den silbernen Sternen und den roten Glöckchen, die es sich mittlerweile in sämtlichen Ritzen der Tastatur bequem gemacht haben.

„Wir feiern da draußen eine Party, Leonie“, höre ich eine belustigte Stimme.

Ich drehe mich schwungvoll in meinem Bürostuhl um und sehe meine Kollegin Marla direkt vor mir stehen, die sich gerade die Hände abklopft. Letzte bunte Papierfitzelchen schweben dabei zu Boden. „Falls du nicht weißt, was das ist: Menschen die sich amüsieren und mal kurz nicht über Zahlen und Bilanzen nachdenken. Na, klingelt da was bei dir?"

Ich verkneife mir ein Grinsen und entgegne möglichst ernsthaft: „Wie gut, dass ich jetzt Bescheid weiß." Dann kehre ich ihr wieder den Rücken zu, hebe die Tastatur hoch und drehe sie auf den Kopf. Ich schüttle noch ein bisschen, damit auch der letzte Rest Konfetti von meinem Arbeitsgerät verschwunden ist. Das frustrierte Stöhnen im Hintergrund lässt meine Mundwinkel nun doch nach oben wandern.

„Es ist die Weihnachtsfeier, Leonie. Sie findet nur einmal im Jahr statt. Außerdem geht es um *Weihnachten*." Sie betont das letzte Wort bedeutungsvoll, umrundet den Schreibtisch und blickt mich eindringlich an. Dann deutet sie rings um sich. „Du liebst Weihnachten."

Ich folge ihrem Blick zu den Lichterketten, die ich überall in meinem Büro verteilt habe und dem kleinen künstlichen Weihnachtsbaum in der Ecke, mit den rotglänzenden Kugeln. Auf dem Fensterbrett steht ein längliches Tablett mit vier batteriebetriebenen Kerzen, das als Adventskranz dient. Zwei brennen gerade.

„Es verheimlichen zu wollen, ist zu spät, oder?" Ich gluckse.

Marla verdreht lachend die Augen „Ein bisschen vielleicht. Also, worauf wartest du noch? Lass die Arbeit jetzt sofort liegen, das ist ein Befehl! Auch eine Buchhalterin muss mal Feierabend machen.“

„Ich möchte nur noch kurz die Bilanz…“, versuche ich zu widersprechen, aber sie würgt mich ab.

„Ich weiß, wie sehr du deinen Beruf liebst, auch wenn ich niemanden in der gesamten Firma kenne, der gerne mit dir tauschen würde. Noch nicht einmal die studentische Aushilfskraft, die die letzten zwei Wochen nichts anderes getan hat, als Toilettenbürsten mit Werbeaufklebern zu versehen und sie mit Lametta zu schmücken.“

Unser Chef hat die absurde Idee gehabt, dieses Jahr ebendiese Klobürsten als Werbegeschenke an die Kunden unseres Sanitärbedarfs zu verteilen. Zumindest einige Lacher haben wir dafür geerntet.

Ich greife mir mit schmerzvoll verzogenem Gesicht ans Herz, um zu verdeutlichen, dass mich ihre Worte getroffen haben. Das ist allerdings nur eine theatralische Geste. Ich weiß, dass nicht viele Menschen etwas mit meiner Arbeit anfangen können. Sie finden sie trocken und anstrengend. Und das ist völlig okay so. Bei mir trifft jedoch genau das Gegenteil zu: Ich mag Zahlen. Sie sind verlässlich und vorhersehbar. Es geht um Strukturen und darum, Problemlösungen zu finden. Für mich ist das überhaupt nicht langweilig, sondern sehr spannend. Darüber hinaus ist es mir sozusagen ein Grundbedürfnis Ordnung ins Chaos zu bringen. Kein ganz verkehrter Wesenszug als Buchhalterin.

„Deine Zahlen sind morgen immer noch da. Sie laufen schließlich nicht weg. Also schwing deinen hübschen Hintern aus diesem Sessel und lass uns gemeinsam einen Glühwein trinken. Sonst verpasst du sämtliche Highlights."

Es stimmt, ich bin ein absoluter Weihnachtsfan. Ich bin diejenige, die im August schon Lebkuchen kauft. Die sehnsüchtig darauf wartet, Anfang November die Weihnachtsdeko aus dem Keller zu holen und die beim ersten „Last Christmas" der Saison, das sie hört, einen Freudentanz aufführt. Aber das heißt ja nicht, dass ich alles an Weihnachten gut finden muss. Betriebsweihnachtsfeiern zum Beispiel sind nicht so mein Ding. Also zumindest unsere. Sie findet jedes Jahr in der hauseigenen Bäderausstellung statt, wo nicht besonders viel Stimmung aufkommt. Das Büfett wird immer von einem befreundeten Metzger ausgerichtet, der auch Partyservice anbietet. Nur leider scheint er weder das Wort „Party" noch „Service" zu verstehen. Ihm sollte Marla das mal erklären. Pappiger Kartoffelsalat und kalte Fleischpflanzerl, wie wir Buletten hier in München nennen, sind für mich auf jeden Fall keine Highlights. Und der übermäßige Glühweinkonsum, der fast immer damit endet, dass irgendjemand in einer der Badewannen seinen Rausch ausschläft, ebenfalls nicht.

„Welche Highlights meinst du genau?", frage ich deshalb skeptisch.

Plötzlich glitzert Aufregung in ihren Augen. „Ich habe eine absolute Sensationsmeldung!" Sie hält inne und grinst mich an. „Aber die wird dich wahrscheinlich gar nicht interessieren." Sie lehnt sich neben mir an den Schreibtisch und betrachtet eingehend ihre goldglitzernden Fingernägel, die auf einmal extrem interessant zu sein scheinen.

Ich schnaufe „Okay, jetzt hast du mich neugierig gemacht“, gebe ich zu.

„Heißt das, du interessierst dich plötzlich für die Weihnachtsfeier?“, fragt sie mich scheinheilig.

„Ja, ich interessiere mich dafür“, gebe ich mich geschlagen.

„Und du schaltest jetzt deinen Rechner aus und kommst mit runter?“

„Versprochen.“ Ich habe ohnehin keine Chance gegen Marla. Wenn eine unserer besten Verkäuferinnen sich etwas in den Kopf gesetzt hat, dann kann sie nichts davon abbringen. Nicht mal ein Schneesturm in der Wüste.

„Also gut.“ Ihr Grinsen wird noch breiter und sie beugt sich ein wenig zu mir vor. „Silvio aus der Personalabteilung hat sich, vor nicht einmal zehn Minuten, übergeben.“

Ich verziehe angewidert das Gesicht „Das ist ziemlich unappetitlich und absolut kein Highlight.“

„Ich war nicht fertig“, entrüstet sie sich. Dann beugt sie sich weiter zu mir und senkt die Stimme: „Er hat sich in eine Toilettenschüssel übergeben. Eine Toilettenschüssel, die in der Ausstellung hängt.“ Ihre Augen werden groß und sie wartet gespannt auf meine Reaktion. Und ihrem Gesichtsausdruck zu Folge ist die ganz nach ihrem Geschmack. Denn ich schlage mir die Hand vor den Mund und sehe sie entsetzt an. Die Toiletten in der Bäderausstellung sind natürlich, wie alles Weitere dort auch, nicht funktionsfähig. Sie sind einfach nur an die Wand geschraubt und es existiert weder ein Abfluss noch eine Spülung.

„Boah ist das widerlich“, stoße ich aus.

„Jupp. Eine ziemliche Sauerei. Der Chef hat ihn gezwungen, das sauberzumachen. Dabei hat er sich gleich noch einmal übergeben.“

„Der Arme.“ Nun tut er mir schon ein wenig leid.

Marla zuckt mit den Achseln. „Selbst schuld, wenn er sich einen Glühwein nach dem anderen reinzieht.“

„Na dann frohe Weihnachten“, bemerke ich sarkastisch und dabei fällt mir mein eigenes Weihnachtsdebakel wieder ein. „Irgendwie ist dieses Jahr der Wurm drin“, teile ich meine Gedanken mit Marla.

„Wieso das denn?“, hakt sie nach.

„Du weißt doch, dass meinen Eltern ein Ferienhaus in Österreich gehört, gemeinsam mit einer weiteren Familie“, setze ich zu einer Erklärung an. „Und normalerweise wechseln wir uns an Weihnachten immer ab. Ein Jahr verbringt die eine Familie die Feiertage dort, das darauffolgende die andere. Und dieses Jahr wären eigentlich wir an der Reihe gewesen. Ich habe mich schon so gefreut – endlich wieder Weihachten im Chalet. Es gibt nichts Schöneres und Romantischeres, als dort die Feiertage zu verbringen“, schwärme ich.

„Aber?“, fragt meine Kollegin verständnislos.

„Dieses Jahr haben unsere Eltern beschlossen, dass wir alle gemeinsam feiern“, erzähle ich deshalb.

Sie verzieht das Gesicht zu einem schiefen Lächeln. „Du klingst, als müsstest du auf eine Beerdigung gehen. Mehr Leute, mehr Spaß, oder nicht?"

„Nicht", antworte ich und starre betrübt vor mich hin. Als ich wieder hochschaue, blicke ich direkt in Marlas fragende Augen.

„Das müsstest du jetzt schon noch ein bisschen ausführen, damit ich es verstehe!", fordert sie mich auf.

„Der Sohn. Sie haben einen Sohn. Bela." Allein den Namen über die Lippen zu bekommen kostet mich schon Überwindung. „Und der ist der selbstverliebteste, rückgratloseste und oberflächlichste Typ, den ich kenne."

„Auweia, das hört sich ja ziemlich ätzend an", pflichtet sie mir bei.

„Ganz genau. Und mit dem muss ich Weihnachten feiern." Alleine der Gedanke daran lässt ein flaues Gefühl in meiner Magengrube entstehen.

„Scheint so, als könntest du ihn echt nicht ausstehen", kommentiert Marla meinen Gesichtsausdruck.

Das stimmt. Ich mag ihn nicht. Aber es ist so viel mehr als das.

Ich kneife die Augen kurz zusammen, um diese Bilder in meinem Kopf zu vertreiben, die mich schon seit Jahren heimsuchen. Das hier ist weder der richtige Ort noch der richtige Zeitpunkt, um darüber nachzudenken.

„Und das mit Sander ist ja auch nicht so lange her", bemerkt Marla vorsichtig.

Sander. Das ist der andere Mann in meinem Leben, den ich am liebsten auf den Mond schießen würde. Er wäre eigentlich an Weihnachten dabei gewesen und darauf hatte ich mich sehr gefreut. Das erste Familienfest mit ihm gemeinsam. Aber dann hat er sich dazu entschieden, dem Klischee zu entsprechen und seine Assistentin über ihre regulären Aufgaben hinaus zu beanspruchen. Im Büro. Während der Mittagszeit. Ohne die Tür abzusperren.

„Du weißt, dass er heute auch kommt, oder?" Sie spricht weiterhin mit mir, als könnte der kleinste Windhauch mich umwehen. Dabei bin ich längst darüber hinweg. Zumindest rede ich mir das ein. Vier Wochen sollten schlussendlich genug Zeit sein, um so einen Idioten hinter sich zu lassen.

Ich nicke also zuversichtlich. „Klar, er ist schließlich der Firmenanwalt. Das ist überhaupt kein Problem für mich."

„Ach, und deswegen versteckst du dich hier in deinem Büro?", legt sie den Finger in die Wunde, auch wenn sie mich dabei verständnisvoll ansieht. Ich weiß, dass sie mich versteht, weil sie selbst sich erst vor Kurzem von Selma aus dem Lager getrennt hat. Aber die ist heute glücklicherweise krank. Na ja, das ist natürlich kein Glück für sie selbst, aber eine Erleichterung für Marla. Bevor ich ihr jedoch antworten kann, vibriert mein Privathandy, das auf dem Schreibtisch liegt. Das Display zeigt einen eingehenden Anruf von meiner Mama. Ich greife nach dem Mobiltelefon und blicke noch einmal kurz zu meiner Kollegin. „Ich komme sofort nach."

„Lass mich nicht zu lange warten, ich weiß schließlich, wo ich dich finden kann." Sie deutet im Hinausgehen mit zwei Fingern auf ihre Augen und dann auf mich. „Ich hab dich im Blick."

Ich muss lachen. Die Arbeitskollegen hier im Betrieb sind durchgehend nett und es herrscht eine freundliche Atmosphäre. Trotzdem ist Marla die Einzige, mit der ich privat Kontakt pflege. Ich bin ein introvertierter Mensch und es fällt mir nicht so leicht, Freundschaften zu schließen. Oft genug komme ich mir mit meiner Vorliebe für Zahlen und Tabellen wie ein Nerd vor, eine Außenseiterin. Denn das ist es, was ich schon häufig im Leben zu spüren bekommen habe. Aber hier nicht. Dieser Job und die Firma sind wie ein zweites Zuhause für mich. Und selbst wenn ich hin und wieder aufgezogen werde, ist das nie böse gemeint. Ich gehöre dazu. Und das ist ein wunderbares Gefühl.

Ich wische mit dem Daumen über das Display und halte das Handy an mein Ohr.

„Hey, Mama."

„Hallo, mein Herz. Bist du schon zuhause?", fragt sie mich.

„Nein, heute ist doch unsere Betriebsweihnachtsfeier."

„Ach ja, stimmt. Das hatte ich ganz vergessen. Dann will ich dich gar nicht lange stören." Ihre Stimme klingt wie immer sanft und angenehm. „Es gibt nur ein kleines Problem. Du weißt doch, dass irgendwas mit dem Kamin im Wohnzimmer nicht stimmt. Ich habe jetzt endlich einen Handwerker aufgetrieben, der sich darum kümmern würde. Aber er hat nur einen Termin am siebzehnten Dezember frei und du weißt ja, dass dein Vater und ich da bei seiner Ausstellungseröffnung in London sind. Also habe ich mir gedacht, vielleicht könntest du ein bisschen früher zum Ferienhaus fahren. Du hast doch am Siebzehnten schon Urlaub, oder?“

Ich seufze innerlich. Ja, ich habe jedes Jahr rund um Weihnachten immer drei Wochen frei. Denn ich will diese besondere Zeit mit all meinen Sinnen in mich aufsaugen. Deshalb habe ich die nächsten Tage auch schon ziemlich durchgeplant, mit Besuchen auf diversen Weihnachtsmärkten, Plätzchen-Back-Dates mit Marla, einem Nachmittag beim Eislaufen und einem Kino-Abend. „Eigentlich habe ich in meiner ersten Urlaubswoche schon etwas anderes vor und du weißt doch, dass ich kein Auto besitze“, erinnere ich sie.

„Ja, das stimmt wohl. Das hatte ich gar nicht bedacht. Was machen wir denn da bloß?“ Sie klingt ratlos und hilfsbedürftig und in diesem Moment wird mir bewusst, dass die nächste Woche völlig anders laufen wird, als ich sie geplant habe. Denn es ist nahezu unmöglich, meiner Mama einen Wunsch abzuschlagen. Sie hat schon immer so etwas Fragiles, fast Ätherisches an sich, was einen dazu bringt, sich um sie kümmern zu wollen.

„Weißt du was? Ich kann meine Pläne auch umschmeißen. Es ist ohnehin nichts wichtiges“, lenke ich deshalb ein.

„Das würdest du tun, mein Herz? Wunderbar. Und es macht dir auch wirklich nichts aus?“

Ich beiße mir kurz auf die Lippe, bevor ich weiterspreche. „Nein, kein Problem. Ich sehe mich schon vor dem reparierten Kamin sitzen, ein gutes Buch im Schoß und einen großen Teller Plätzchen neben mir."

„Das klingt schön. Es wäre auch wirklich zu schade, wenn wir den Kamin an Weihnachten nicht nutzen könnten. Er sorgt immer für so eine behagliche Atmosphäre", schwärmt sie.

„Ich frage Sascha, ob er mir sein Auto leiht. Könntet ihr ihn dann mit nach Österreich nehmen?"

„Das ist eine gute Idee. Natürlich. Dein Bruder fährt am Dreiundzwanzigsten einfach mit uns. Dann ist ja alles geklärt. Danke, mein Herz."

„Mach ich gerne." Und in dem Moment, als ich es ausspreche, weiß ich, dass es stimmt. Auch ich liebe den offenen Kamin und er gehört bei unseren Weihnachtsfeiern im Chalet einfach dazu. Außerdem bin ich ein Familienmensch und den Gefallen tue ich ihr gerne. Vor allem, nachdem ich ihr wochenlang in den Ohren gelegen habe, die gemeinsame Feier mit den Lamberts wieder abzusagen. Ohne Erfolg. Sie versteht meine Antipathie gegenüber Bela nicht, weil ich ihr nie von dieser einen Sache erzählt habe. Weil ich niemandem davon erzählt habe.

Wir verabschieden uns und ich will mich auf den Weg zur Party machen, bevor Marla erneut nach mir sehen kann. Denn ich habe das dumpfe Gefühl, dass ich dieses Mal nicht so glimpflich davonkommen werde. Das Konfetti liegt immer noch überall verstreut in meinem Büro. Plötzlich tritt mir die

Person in den Weg, vor der ich mich schon den ganzen Abend versteckt habe.

„Hey“, grinst Sander mich an. „Hier bist du also.“

Er tut, als ob nichts gewesen wäre. Als ob alles gut wäre zwischen uns. Aber das ist es nicht. So was von überhaupt nicht. Die unterschiedlichsten Gefühle durchströmen mich. Trauer. Wut. Und da ist noch etwas anderes. Etwas, das ich gar nicht fühlen möchte: Aufregung. Ich bin tatsächlich aufgeregt, ihn wiederzusehen. Er steht so nah bei mir, dass ich sein herbes Aftershave riechen kann. Seine dunklen Augen sind auf mich gerichtet und blicken mich durchdringend an. Und da wird mir klar, dass vier Wochen nicht annähernd genug sind. Trotz allem, was er mir angetan hat. Ein frustrierter Laut entweicht mir.

„Eine äußerst überschwängliche Begrüßung“, bemerkt er ironisch, weiterhin mit diesem Lächeln im Gesicht. „Schön, dich zu sehen.“ Sander tritt noch einen Schritt auf mich zu. Er steht nun so dicht vor mir, dass ich meinen Kopf ein wenig in den Nacken legen muss, um ihn anzusehen.

Er ist zu nah.

Viel zu nah.

Also gehe ich zurück zu meinem Schreibtisch und bringe die Tischplatte zwischen uns. Das erscheint mir deutlich sicherer, denn ich traue mir nicht. Meinem Körper. Meinen Hormonen – wem oder was auch immer. Und nicht zuletzt liegt eines von Sanders Talenten darin, mich umzustimmen.

Er sieht blendend aus in seinem Anzug – seiner Arbeitskleidung. Er hat Dutzende davon in seinem begehbaren

Kleiderschrank hängen. Alle schmal geschnitten, so dass sie seine breiten Schultern und die schlanken Hüften betonen. Jeder Morgen beginnt bei ihm um fünf Uhr mit einem straffen Trainingsprogramm, bevor er in die Kanzlei fährt. Ich weiß, wie er seinen Kaffee am liebsten trinkt und in welcher Schublade er seinen Schokoriegelvorrat versteckt. Ich weiß, dass er seine Zähne immer mit der linken Hand putzt, obwohl er eigentlich Rechtshänder ist. Ich weiß von seiner Vorliebe für Horror-Filme und von seinem rechten kleinen Zeh, der blau anläuft, sobald er in kaltes Wasser getaucht wird. Ich weiß so vieles über ihn, aber ich weiß nicht, warum er uns das angetan hat. Wir sind glücklich gewesen. Das dachte ich zumindest. Ich habe mich getäuscht.

„Ich wollte gerade zur Party runter gehen, ich hatte noch Arbeit zu erledigen", richte ich meine ersten Worte an ihn und verschränke die Arme vor der Brust. Alles in mir und an mir geht in Abwehrhaltung. Ich kann ihm nicht verzeihen, dass er uns zerstört hat. Unsere Liebe. Unseren Alltag. Einfach alles.

„Du gehst nicht an dein Handy, wenn ich dich anrufe", beschwert er sich.

„Und jetzt überfällst du mich hier in meinem Büro?" Ich klinge schnippisch und anklagend – aber was bitte hat er erwartet?

„Du lässt mir anscheinend keine andere Wahl."

„Jeder hat eine Wahl. Du hast die Wahl, Sander. Du hattest auch die Wahl deine Assistentin nicht zu vögeln, aber du hast dich dafür entschieden. Und jetzt musst du mit den

Konsequenzen leben." Ich schleudere ihm meine Wut entgegen und sie trifft ihn mit voller Wucht, das kann ich an seinem Gesichtsausdruck erkennen. Er fährt sich mit einer Hand durch seine zurückgegelten Haare, so dass sie ein wenig in Unordnung geraten. Jetzt sieht er ein bisschen mehr wie ein Normalsterblicher aus. Nicht wie der toughe Anwalt. Diese Geste macht er immer, wenn er nicht weiter weiß, was nicht besonders häufig vorkommt. Denn er ist normalerweise der Inbegriff von Souveränität. Eine Eigenschaft, die mich von Anfang an zu ihm hingezogen hat. Er ist verlässlich, ein Fels in der Brandung. Jemand, auf den man bauen kann. Wie ironisch.

„Können wir nicht noch mal über alles reden?", fragt er dieses Mal fast schon zögerlich.

Ich stelle mir eine Amazonen-Kriegerin vor und Jeanne d'Arc. Ich denke an alle unbeugsamen Frauen und Superheldinnen, die ich kenne, denn ich brauche jetzt irgendeine Stärke, an der ich mich festklammern kann. Und meine eigene ist aktuell nicht verfügbar. Die hat sich gerade vom Acker gemacht. Und als sich die Staubwolke lichtet, die sie zurückgelassen hat, spüre ich nur noch den allumfassenden Wunsch, Sander in meine Arme zu ziehen und ihn zu küssen.

Untersteh dich!

Wie schön, dass sich mein Gehirn auch endlich mal wieder einschaltet. Ich schließe die Augen und atme tief durch. „Beantworte mir eine Sache, Sander!" Ich öffne meine Lider und blicke ihn an, sehe die Hoffnung in seinen Augen aufblitzen. „Warum?"

Es ist dieses eine Wort, an dem alles hängt.

Dieses eine Wort, um das meine Gedanken seit vier Wochen kreisen.

Dieses eine Wort, dass mich nicht in Ruhe lässt.

„Hast du etwas in unserem Sexleben vermisst? Warst du unglücklich in unserer Beziehung? Hast du dich in sie verliebt?" Ich mache Vorschläge, weil ich weiß, dass er diese Frage nicht beantworten kann oder es nicht will, ich habe keine Ahnung. Ich möchte doch nur wissen, was falsch gelaufen ist. Ob ich etwas hätte anders machen können. Ich finde, ich habe das verdient. Deshalb starre ich ihn an, lasse nicht locker.

„Ich liebe dich, Leo. Nur dich." Er streckt seine Hand nach mir aus, zieht sie dann aber wieder zurück. „Ich war so unter Druck mit diesem Fall. Und sie hat mit mir geflirtet, was mir geschmeichelt hat. Ich war dumm und habe nicht nachgedacht. Und dann war es zu spät."

„Weil ich reingekommen bin", kommentiere ich trocken, auch wenn mir eigentlich zum Weinen zumute ist.

„Nein, verdammt, weil ich es nicht mehr rückgängig machen kann. Nie wieder. Sie bedeutet mir nichts, das habe ich dir schon gesagt. Ich habe dir das alles schon gesagt. Es war ein einziger Ausrutscher. Ich weiß, dass ich dich verletzt habe, aber das wollte ich nie. Ich verstehe selbst nicht, was in diesem Moment in mich gefahren ist." Seine Haare sind mittlerweile ein komplettes Durcheinander. Wie ein eingesperrter Tiger läuft er in meinem Büro herum. Hin und her. Als würde er versuchen, eine Schwachstelle zu finden, um aus seinem

Käfig auszubrechen. Es ist seine eigene Schuld, die ihn dort eingebunkert hat. Aber auch wenn er es schafft, an seinen selbst erbauten Gitterstäben vorbeizukommen, werde ich nicht auf der anderen Seite auf ihn warten.

Endlich bleibt er stehen. Gehetzt. Seine Augen suchen meine und er tritt bis an den Schreibtisch heran. „Ich vermisse dich. Bitte komm zu mir zurück, Leo!“

Das nimmt mir die Luft zum Atmen. Sein Schmerz und meiner. Beide vermischen sich in diesem Moment, so dass ich kaum noch weiß, wo der eine beginnt und der andere aufhört. Es wäre so schön, ihm zu verzeihen. Weil er mich liebt und ich ihn und weil es vielleicht nie mehr passieren würde. Aber das ist das Problem an der Sache. Das Wörtchen „vielleicht“.

„Ich kann das nicht. Und ob du es glaubst oder nicht, das tut mir wirklich leid“, flüstere ich, weil meine Stimme sich zusammen mit meiner Stärke verabschiedet hat.

In Sanders Augen zerspringt etwas, dann schaut er weg. Auf den Boden. Fährt mit seinen teuren Lederschuhen über das Konfetti, das den hässlichen grauen Teppich sprenkelt.

Es sieht so aus, als bereue er wirklich, was er getan hat. Vielleicht solltest du doch versuchen, ihm zu verzeihen, Leonie!

Ich trete neben ihn und starre ebenfalls auf die bunten Fetzen am Boden. „Untreue ist wie Konfetti, für einen Moment hat man Spaß damit, aber am Ende landet doch alles im Müll.“

Kapitel 2

Meine schwarzen Winterstiefel verursachen auf dem feuchten Asphalt ein klatschendes Geräusch. Es regnet in Strömen und ich versuche, mich mit dem Schirm gegen den Wind zu lehnen, um nicht nass zu werden. Die Handschuhe habe ich in der Arbeit liegen lassen, weshalb meine Finger, die sich an den Griff des Regenschirms klammern, schon steif gefroren sind. Endlich taucht das Restaurant vor mir auf, in dem ich verabredet bin. Das moderne Neon-Schild über der Ladentür wirft grellpinke Linien auf den nassglänzenden Bürgersteig und verbreitet nicht gerade weihnachtliche Stimmung. Das setzt sich im Gastraum leider fort, den ich nun betrete. Ich falte den nassen Schirm zusammen und blicke mich um, bis ich den honigblonden Schopf entdeckt habe, nachdem ich suche. Ich bahne mir einen Weg durch die eng gestellten Tische und versuche, niemanden mit dem Schirm zu berühren. Endlich habe ich Sascha erreicht.

„Hey, Schwesterlein, komm in meine Arme. Du siehst völlig durchgefroren aus." Er zieht mich beherzt an seine Brust, so dass ich kaum noch Luft bekomme.

„Hanfuhe verfessen", nuschle ich undeutlich in seinen dicken Winterpulli, in den ich auch gleich meine linke Hand vergrabe. In der Rechten halte ich leider weiterhin diesen vermaledeiten Schirm.

Als er mich endlich wieder loslässt, ist mir tatsächlich schon ein wenig wärmer. Wir setzen uns auf die schwarzen Metallstühle, die an einem kleinen quadratischen Tisch aus hellem Holz stehen. Sie sind genauso unbequem, wie sie hübsch sind.

„Alles in diesem Laden schreit ‚trendy'", kommentiere ich die zurückhaltende und sehr puristische Einrichtung. „Was schlecht ist, weil alles in mir gerade ‚bequem' und ‚gemütlich' schreit."

Das bringt Sascha zum Lachen und seine Locken scheinbar auch, die wild auf seinem Kopf herumhüpfen. Meistens bändigt er sein honigblondes Haar mit Stylingprodukten, aber heute scheint er keine Lust dazu gehabt zu haben. Mir gefällt es natürlich ohnehin viel besser. Doch ich verstehe, warum er bei seiner Arbeit als Ingenieur bei einem Autobauer etwas seriöser rüberkommen möchte. Ich selbst habe leider nicht die Locken meiner Mama geerbt und auch nicht ihr warmes Blond. Meine schulterlangen Haare sind hellbraun mit einem leichten Rotstich. Ähnlich wie Kastanien, nur ein wenig heller. Aber ich bin nicht unzufrieden damit. Es passt gut zu meinen grünen Augen, die exakt denselben Farbton besitzen wie die, in die ich jetzt gerade schaue.

„Der Laden war ein Tipp von einem Arbeitskollegen. Das Essen soll fantastisch sein. Ich wusste ja nicht, dass dir ein anderes Ambiente vorschwebt", rechtfertigt er sich.

„Das wusste ich bis eben selbst nicht. Aber dieser fiese Regen, der seit Tagen nicht aufhört, nervt mich echt gewaltig. Nur ein paar Grad weniger und es würde endlich schneien. Aber nein, es regnet. Ich komme dieses Jahr überhaupt nicht in Weihnachtsstimmung", motze ich.

Sascha sieht mich entsetzt an. „Hast du das gerade wirklich gesagt? Leo? Bist du es? Oder haben Aliens deinen Körper besetzt? Du musst nur einmal mit deinem rechten Auge blinzeln, wenn du nichts sagen kannst." Er sieht mich erwartungsvoll an. „War das ein Blinzeln?"

„Du bist ein Spinner." Ich knuffe ihn liebevoll in die Schulter.

„Du bist es also wirklich. In Ordnung. Ich fürchte, dann haben wir Alarmstufe Rot." Er tippt sich mit seinem Zeigefinger mehrmals gegen die Lippen und scheint zu überlegen. „Was sollen wir tun? Eine doppelte

Portion heiße Schokolade mit Marshmallows? Einen Weihnachtsfilme-Marathon? Weihnachtsmarkt-Hopping?“

„Das hört sich alles wunderbar an, aber weißt du, womit du mir am meisten helfen könntest? Leih mir dein Auto!“, gestehe ich.

„Okay... Du willst damit aber jetzt nicht gegen einen Baum fahren oder anderen Blödsinn anstellen?“

Ich rolle mit den Augen. „Mama hat mich gebeten schon am Siebzehnten ins Chalet zu fahren, um einen Handwerker hereinzulassen, der den Kamin reparieren soll. Sie möchte an Weihnachten gerne knisternde Behaglichkeit.“

„Wer will nicht knisternde Behaglichkeit?“, kommentiert er schmunzelnd.

„Und sie und Papa sind bei so einer Ausstellungseröffnung“, füge ich erklärend hinzu.

„Irgend so eine Ausstellungseröffnung? Er stellt in der Tate Modern in London aus. Unser Vater. Gefeierter zeitgenössischer Maler. Klingelt da was bei dir?“

„Ich weiß, was er ist, das brauchst du mir nicht zu sagen“, zische ich ihn an und bereue es sofort. „Sorry“, füge ich kleinlaut hinzu. Sascha kann schließlich nichts dafür, dass mein Verhältnis zu unserem Vater nicht besonders gut ist. „Wie sieht es jetzt mit dem Auto aus? Du weißt, dass man mit den öffentlichen Verkehrsmitteln nicht zum Chalet kommt.“ Ich sehe ihn mit großen Augen an und versuche, meinen Blick treuherzig wirken zu lassen.

„Du siehst aus, als würdest du dir einen Pups verkneifen“, kommentiert er meine Bemühungen. Daraufhin probiere ich, meine Augen in Dolche zu verwandeln. Scheint besser zu funktionieren, denn er hebt beide Hände in einer beschwichtigenden Geste. „Wie könnte ich dir diesen Wunsch abschlagen? Aber weißt du was, ich habe eine noch viel bessere Idee: Ich komme mit.“

„Du kommst mit?“, wiederhole ich etwas dümmlich.

„Ich muss meine Überstunden ohnehin bis Februar abbauen und da ist dieses Jahr so einiges aufgelaufen. Ich nehme mir also einfach frei.“ Er grinst mich an, als wäre das die beste Idee des Jahrhunderts. Und das ist sie.

„Wirklich?“, meine Mundwinkel heben sich in ungeahnte Höhen, was fast schon schmerzhaft ist. „Das wird der Wahnsinn. Endlich mal wieder Zeit nur für uns. Wir machen das Chalet weihnachtlich, backen Plätzchen und stimmen uns ohne Stress auf die Feiertage ein. Und vor allem ohne Regen.“

„Ich bin überall dabei, außer beim Plätzchenbacken. Aber irgendjemand muss all die Plätzchen schließlich auch essen und dafür bin ich prädestiniert. Ich habe quasi einen Master in Plätzchenvernichtung.“

Ich muss kichern und in meiner Herzgegend wird es ganz warm, weil ich mich so freue. Mein Bruder und ich haben eine sehr enge Verbindung. Er ist derjenige in der Familie, auf den ich mich immer verlassen kann. Wenn ich Probleme habe, ist er meine erste Anlaufstelle.

Ich schnappe mir die Speisekarte, weil ich wirklich Hunger habe, und bleibe etwas ratlos zurück, denn es gibt anscheinend nur Edamame– japanische Sojabohnen – in zwanzig verschiedenen Versionen. Ich stöhne und lasse meinen Kopf auf die Tischplatte sinken. Sascha tätschelt mir die Haare. „Keine Sorge, es gibt fantastische Desserts, habe ich mir sagen lassen", redet er mir gut zu.

„Perfekt", ich richte mich schwerfällig wieder auf. „Dann fange ich damit an."

Kapitel 3

„So, das war die letzte Tüte“, ächzt Sascha und schließt den Kofferraum seines BMW Kombis.

Wir haben Halt beim Supermarkt gemacht, um uns mit Lebensmitteln für die nächsten Tage einzudecken. In zwei der Papiertüten befinden sich ausschließlich Backzutaten. Österreichische Spezialitäten müssen natürlich auch immer mit, wenn wir hier sind: Marillenmarmelade, Kren-Senf, Käsekrainer und Kürbiskernöl.

Der Großteil der zweihundertfünfzig Kilometer von München aus sind geschafft. Ab jetzt erklimmen wir mit dem Auto steile Passstraßen und legen einen Höhenmeter nach dem anderen zurück. Ich sehe gespannt aus dem Fenster und endlich erblicke ich den ersten Schnee, was mir einen kleinen Jauchzer entlockt. Wir fahren in einen dichten Wald hinein und die dunklen Tannen sind hier weiß gesprenkelt, als hätten sie sich extra für die Feiertage hübsch gemacht. Je höher wir kommen, desto schwerer wird ihre Last, bis sich schließlich die Zweige vor lauter Schnee biegen.

Sascha dreht das Radio mit dem aktuellen Wetterbericht für die Gegend lauter, während ich immer noch völlig fasziniert nach draußen schaue. Auch wenn Weihnachten grundsätzlich nichts mit Schnee zu tun hat, ist er für mich das ultimative i-Tüpfelchen. Zugegeben, eine durchaus romantisierte Vorstellung, aber warum denn nicht? Ich stehe auf weihnachtliche Romantik. So ist das eben. Und im Moment wird meine Fantasie gerade perfekt bedient.

„Das hört sich aber nicht so gut an", durchbricht mein Bruder meine Glückseligkeit abrupt.

„Meinst du den Wetterbericht?", hake ich nach, da ich gerade nicht zugehört habe.

„Es soll noch mehr Schnee geben."

„Das ist doch wunderbar", strahle ich ihn an.

„Viel mehr. Viel viel mehr. Sie haben die Schneewarnstufe Rot herausgegeben." Er wirkt leicht besorgt. Unser Ferienhaus liegt oberhalb eines kleinen Alpendorfs und ist, wie man so schön sagt, ab vom Schuss. Wenn es wirklich meterhohen Neuschnee geben sollte, sind wir schnell mal von der Außenwelt abgeschnitten. Aber dafür haben meine Eltern vorgesorgt. Im Schuppen befindet sich ein Generator, falls der Strom ausfällt. Außerdem besitzen wir ein Schneemobil, das selbst im Tiefschnee vorankommt.

„Worüber machst du dir Sorgen? Unsere Lebensmittel reichen für einige Tage und wir haben den Notvorrat im Schuppen“, versuche ich ihn zu beruhigen. „Und bisher waren wir nie mehr als drei Tage eingeschneit. Dann machen wir es uns eben solange in der Hütte gemütlich.“

„Bisher waren wir aber auch noch nie alleine eingeschneit, sondern es waren immer unsere Eltern dabei.“

Das entlockt mir ein Lachen. „Ich wusste nicht, dass ein großer starker Mann mit neunundzwanzig Jahren sich vor ein bisschen Schnee fürchtet“, ziehe ich ihn auf.

„Ich bin groß und stark, völlig richtig. Gutaussehend hast du noch vergessen.“ Jetzt grinst er. „Dennoch bin ich hier der Beschützer und ich habe die Verantwortung für dich. Also ist es völlig legitim, dass ich mir Gedanken um unsere Sicherheit mache.“

Ich muss prusten. „Du bist mein Beschützer? Seit wann das?“

Er runzelt die Stirn, konzentriert sich aber weiterhin auf die Straße. „Schon immer?“, stellt er mir dann eine rhetorische Frage.

„Du bist gerade mal ein Jahr älter als ich. Und in den meisten Fällen, an die ich mich zurückerinnere, habe ich dich beschützt“, wende ich ein.

„Ach ja? Was für Fälle sollen das gewesen sein?“

„Der Frosch im Kinderzimmer, als wir mal im Sommer hier waren“, zähle ich zuerst auf.

„Ich mag eben keine Amphibien, das geht vielen Menschen so“, versucht er sich herauszureden.

„Und was war, als das Tuch auf dem Deckenfluter angefangen hat zu brennen? Wer hat es heruntergezogen und die Flammen mit einer Wolldecke erstickt?“

„Du“, gibt er zähneknirschend zu, allerdings so leise, dass er kaum zu verstehen ist.

„Das habe ich jetzt nicht gehört. Bitte was?“, necke ich ihn.

Er knurrt. „Okay, du bist das gewesen. Zufrieden? Dann war das eben eine einzige Situation, in der du einen kühlen Kopf bewahrt hast und ich nicht.“

„Und was ist mit der Sache als dir deine Badehose...“

„Halt! Stopp! Das reicht. Lass uns das Thema wechseln!“, bemerkt er resigniert.

„Machst du dir wirklich Sorgen wegen des Schnees?“, frage ich ihn nun aufrichtig.

„Nein, eigentlich nicht. Ich meine, ich freue mich nicht gerade darauf, den ganzen Hof freizuschippen, aber das wird schon. Und wer weiß, ob es uns überhaupt trifft. Wir können ja heute Abend noch mal den Wetterradar überprüfen.“

Wir biegen um eine langgezogene Kurve und dann taucht der Ort Sankt Leopold vor uns auf. Er ist eingebettet in ein kleines Tal, zwischen zwei majestätisch aufragenden Alpengipfeln. Wir fahren durch den Ort, der sich trotz des Tourismus ein Stück seiner Authentizität bewahrt hat. Natürlich gibt es auch hier

Apre-Ski-Bars, eine Menge Sportgeschäfte und die typischen Lokale mit den bebilderten Speisekarten, die auf grellen Schildern an den Eingängen hängen. Aber genauso prägen traditionelle Häuser im Holzbaustil mit geschnitzten Balkonen das Ortsbild. Der Dorfplatz trumpft mit einer wunderschönen Barockkirche auf. Drum herum gruppieren sich einige altehrwürdige Wirtshäuser. Einer strengen Bauordnung ist es außerdem zu verdanken, dass alle Hotels die es hier gibt, sich in den hiesigen Baustil eingliedern. Riesige Bettenburgen wie in anderen Wintersportorten findet man hier nicht. Wir fahren am Ortsrand an einigen Bauernhöfen vorbei, die bewirtschaftet sind und biegen dann auf eine schmale Bergstraße ein, die sich durch den Wald weiter den Hang hinauf schlängelt. Hier stehen nur noch vereinzelt Häuser. Nach etwa fünf Minuten erreichen wir einen geschotterten Weg und mein Herz beginnt vor Vorfreude in meiner Brust zu hüpfen. Endlich lichten sich die Bäume ein wenig und wir gelangen auf das kleine Hochplateau, wo unser Chalet steht. Den Dachgiebel kann ich schon erkennen. Eine letzte Erhöhung und das Haus ragt vor uns auf. Das Erdgeschoss ist mit groben Steinen gemauert, während die oberen beiden Stockwerke aus hellem Holz gebaut sind, das mit den Jahren eine gräuliche Patina bekommen hat. Es ist nicht so traditionell wie die Häuser im Dorf, weil meine Eltern und ihre Freunde es vor einiger Zeit renovieren ließen. Aber es strahlt immer noch diesen gemütlichen Charme aus, den ich so liebe. Ganz besonders im Winter. Mein Bruder parkt sein Auto auf dem Platz zwischen Haus und Schuppen. Jetzt erst fällt mir auf, dass hier schon ein anderer Wagen steht. Ein schwarzer Jeep. Keines dieser modernen, schnittigen Modelle, sondern ein kastiges mit großen Reifen, das bereits ein wenig in die Jahre gekommen ist.

Verwundert blicke ich zu meinem Bruder. „Meinst du, das ist schon der Handwerker?“, frage ich ihn. Aber er ist längst ausgestiegen. Ich folge ihm zum Kofferraum und wiederhole die Frage.

„Unwahrscheinlich“, bemerkt er, während er sich einen ganzen Schwung Einkaufstüten auf die Arme lädt. „Der soll doch erst morgen kommen.“

Ein mulmiges Gefühl beschleicht mich. Ich kenne die Autos der Lamberts, der Freunde meiner Eltern. Michael fährt einen Porsche Cayenne, während seine Frau Akiko einen Tesla ihr Eigen nennt, wegen dem erst kürzlich eine Ladestation neben dem Schuppen angebracht worden ist. Ich bin mir ziemlich sicher, dass sie keinen Jeep besitzen und meine Eltern auch nicht. Das lässt eigentlich nur einen Schluss zu, den ich aber keinesfalls akzeptieren kann und will. Deshalb stöbere ich in meinem Kopf nach weiteren Alternativen, während ich mir den Rollkoffer schnappe und ihn über den leicht schneebedeckten Kies zur Haustür ziehe. Ich schließe auf und lasse meinen Bruder mit den schweren Tüten an mir vorbeigehen. Dann trete ich ebenfalls ein und folge ihm durch den Flur, von dem zu beiden Seiten mehrere Türen abgehen. Am Ende öffnet er sich in einen großen doppelstöckigen Wohnraum, mit riesigen Fenstern zur Terrasse und dem dahinterliegenden verschneiten

Wald. Ein fantastischer Anblick, der mir eigentlich jedes Mal wieder den Atem raubt, nur jetzt gerade nicht. Denn ich bin damit beschäftigt, nach Hinweisen zu suchen, ob sich jemand im Haus aufhält. Aber zumindest im Wohnzimmer liegt nichts herum, was hier nicht hingehört. Drei weiße Sofas sind in einem U zum gemauerten offenen Kamin hin ausgerichtet. Darauf sind Sofakissen in den verschiedensten Brauntönen verteilt und kuschelige Decken aus Fellimitat. Auf dem Couchtisch davor stapeln sich einige schwere Bildbände, daneben steht ein silberner Leuchter, der aussieht wie ein Hirschgeweih und eine moderne Wurzelholzschale. Auch auf dem wuchtigem Tisch aus grobem Holz, der vor der Fensterfront thront, kann ich weder ein Handy noch ein aufgeschlagenes Buch entdecken. Ich wende mich nach links und betrete die zum Wohnraum offene Küche aus warmem Holz, mit der massiven Insel in der Mitte, auf der Sascha die Tüten abgestellt hat. Er fängt an Dinge in den Kühlschrank zu räumen, der augenscheinlich leer ist. Plötzlich höre ich ein Geräusch und trete wieder zurück in den Flur. Die Tür zu einem Zimmer öffnet sich gerade. Zu meinem Zimmer. Wie gebannt starre ich darauf und mein Herz bleibt für einen Moment stehen, als ich die Person entdecke, die dahinter zum Vorschein kommt. Ich habe es geahnt. Ich habe es befürchtet. Ich habe es nur nicht wahrhaben wollen.

„Du“, schleudere ich ihm entgegen. Völlig entsetzt darüber, ihm hier gegenüber zu stehen. Ich erinnere mich nicht daran, wann ich ihm zuletzt begegnet bin, aber es ist etliche Jahre her. Er hat sich verändert. Dennoch ist er derselbe Mensch. Der einzige Mensch, den ich kenne, von dem ich behaupten würde, dass ich ihn hasse. Viel lieber wäre er mir egal. Aber das ist er nicht. Heißer Zorn steigt in mir auf. Wie bei einem Vulkan, kurz vor dem Ausbruch, beginnt es in meinem Inneren zu rumpeln und zu beben. Und auch wenn ich in diesem schwach beleuchteten Flur fest auf meinen zwei Beinen stehe, wanke ich innerlich von dieser Erschütterung.

„Ich", kommentiert er trocken.

Seine Stimme ist tiefer als ich sie in Erinnerung habe. Kein Wunder, denn seit meinem sechzehnten Lebensjahr versuche ich ihm aus dem Weg zu gehen und ich bin ziemlich erfolgreich damit – bis jetzt.

Ich höre Sascha hinter mir um die Ecke biegen und sehe paralysiert dabei zu, wie sich die beiden umarmen.

„Hey, Alter, was machst du denn hier?", fragt mein Bruder und das ist genau die Frage, die mir unter den Nägeln brennt. Ich hätte sie nur etwas anders formuliert. Denn was zum Geier hat er jetzt schon hier verloren? Ich habe mich seelisch und moralisch darauf eingestellt, gezwungenermaßen mit ihm die Weihnachtsfeiertage zu verbringen, aber mit Sicherheit keine Minute länger.

„Ich bin hier, um den Handwerker reinzulassen, der morgen kommen soll", antwortet Bela und lächelt Sascha freundlich an. Seine Erscheinung ist lässig und cool wie ich sie in Erinnerung habe. Sein schwarzer Pullover schmiegt sich eng um seine Brust, die deutlich breiter ist, als die von meinem Bruder. Seine Beine stecken in engen grauen Jeans und er ist barfuß, obwohl es eigentlich zu kalt dafür ist. Er ist frisch rasiert und seine schokoladenbraunen Haare trägt er an den Seiten kürzer. Der obere längere Teil, ist in einer Welle zurückgestrichen. Seine eisblauen Augen sind mandelförmig und verleihen ihm ein leicht exotisches Aussehen, auch wenn man ihm auf den ersten Blick nicht ansieht, dass seine Mutter ursprünglich aus Japan stammt. Alles an ihm wirkt so vertraut und dann wieder nicht. Seine Tattoos, die aus dem Ausschnitt seines Pullovers hervorblitzen, sind neu. Ich erkenne ebenfalls welche auf seinen Hand- und Fußrücken. Nicht verwunderlich, denn er ist Tätowierer und besitzt ein eigenes Studio in München.

„Das ist witzig, weil *wir* eigentlich hier sind, um den Handwerker morgen reinzulassen", bemerkt Sascha gerade grinsend.

„Witzig? Ernsthaft? Was ist daran witzig?", bemerke ich giftig, worauf Sascha sich zu mir umdreht und plötzlich etwas blasser wird. Wahrscheinlich wegen meines eisigen Gesichtsausdrucks, den ich aufgesetzt habe. Ich brauche ihn, denn er ist die Maske, die ich Bela zeigen will. Nicht meine Wut, meine Hilflosigkeit, mein Gefühlschaos. Ich möchte, dass er nichts davon mitbekommt. Ich will Eis sein. So wie die Eiszapfen, die draußen am Dachfirst hängen. Ich möchte es nicht fühlen, nicht daran denken, es nicht an mich heranlassen. Ich würde gerne all diese Emotionen, die über mich hereinbrechen, seit ich ihn gesehen habe, zu Eis erstarren lassen. Nur bin ich leider nicht so cool. Und deshalb brauche ich diese Maske. Ich kann zumindest versuchen, so zu tun, als wäre mir das alles egal. Als würde er mich lediglich nerven und sein Anblick nicht immer noch diesen Schmerz in mir auslösen.

„Ich meine ja nur. Ein dummer Zufall könnte man vielleicht auch sagen“, versucht Sascha mich zu beschwichtigen.

„Anscheinend ist da irgendetwas in der Kommunikation schiefgelaufen“, schaltet sich nun auch Bela ein und zuckt mit den Schultern, als wäre es nicht der Rede wert.

„Wir sind extra eine Woche früher angereist und Sascha hat sich spontan freigenommen. Da ist wohl ein bisschen mehr *schiefgelaufen*.“ Ich deute beim letzten Wort Anführungszeichen in der Luft an und ärgere mich im nächsten Moment darüber, weil ich diese Geste eigentlich affig finde.

Wenn du weiter so kindisch agierst, dauert es nicht lange und du machst dich hier wirklich zum Affen, Leonie.

Ich atme einmal tief durch, um wieder Herrin über die Lage zu werden. „Okay, blöd gelaufen. Haken wir es ab. Sascha und ich haben die Woche ohnehin schon einiges geplant. Wir sind jetzt hier, also kannst du wieder fahren“, schlage ich vor und versuche, dabei möglichst gelassen zu klingen.

Ich bemerke ein Zucken um Belas Mundwinkel, dann lehnt er sich lässig an den Türstock und blickt mir zum ersten Mal direkt in die Augen. „Also wie ich das sehe, ist das kein großes Problem. Ich habe meinen Laden auch spontan dicht gemacht und möchte mir hier ein bisschen Erholung gönnen, bevor der Weihnachtswahnsinn startet. Vor allem will ich mein Snowboard endlich mal wieder entstauben. Also finde ich, wir sollten uns alle entspannen, Platz ist hier schließlich genug.“

Es ist klar, dass er darauf anspielt, dass *ich* mich entspannen soll. Aber es ist mir so was von schnurzpiepegal, was er will. Außerdem bin ich entspannt. Tiefenentspannt sozusagen. Ich könnte gar nicht entspannter sein.

Wem möchtest du hier eigentlich etwas vormachen?

Im Bruchteil weniger Sekunden gehe ich in meinem Kopf die Möglichkeiten durch. Klein beizugeben und wieder nach Hause zu fahren kommt nicht in Frage. Alleine schon deshalb, weil ich Sascha dazu gebracht habe sich freizunehmen. Wir haben uns so auf die gemeinsamen Tage gefreut. Es ist zum Verrücktwerden. Warum muss ausgerechnet dieser Idiot hier aufkreuzen? Weiterhin einen Aufstand zu machen, weil er hierbleiben will, ist auch keine Lösung. Immerhin gehört das Haus genauso seinen Eltern wie meinen. Ich habe nicht das Recht, ihn hinauszuwerfen. Und je mehr ich mich sträube, desto lächerlicher werde ich mich machen. Demzufolge bleibt nur Möglichkeit drei: Ich muss mich irgendwie mit ihm arrangieren.

„Okay, wir bleiben also alle hier. Wunderbar." Leider ist der Sarkasmus deutlich aus meinen Worten herauszuhören. „Trotzdem hätte ich da noch eine Frage: Was bitte tust du in meinem Zimmer?"

Bela blickt mich ehrlich verwirrt an. „Dein Zimmer? Ach du meinst das da?" Er deutet hinter sich.

Durch die offene Tür erkenne ich, dass sie sich dort schon häuslich niedergelassen haben: er und sein Chaos. Auf dem Bett verteilt liegen verschiedene Klamottenteile. Eine Socke entdecke ich auf dem Boden, während die andere über einer Stuhllehne hängt. Auf der Kommode unter dem Fenster sieht es so aus, als hätte er einfach einen Teil seiner Reisetasche ausgekippt. Ladekabel, Taschentücher, Kaugummis, Stifte und ein Block liegen dort auf einem unordentlichen Haufen. Er hat diesen wunderschönen Raum innerhalb kürzester Zeit verwüstet. Meinen Raum. Das lässt mich Rot sehen. „Ich übernachte immer hier, wenn ich im Chalet bin“, platzt es aus mir heraus. Leider ziemlich unsouverän. Ich klinge ein bisschen wie ein quengelndes Kind und das scheint auch Belas Meinung zu sein, denn er hebt amüsiert die Augenbrauen. „Na ja, also bei mir ist es dasselbe. Ich übernachte ebenfalls immer hier, wenn ich da bin. Und ich lag heute schon in diesem Bett und habe das Badezimmer benutzt. Außerdem war ich früher hier. Ich denke also in diesem Fall ...“ Er lässt den Satz unvollendet, aber es ist klar, was er damit meint.

Ganz ruhig. Tief durchatmen, Leonie! Was hast du erwartet? Dass er dir gentlemanlike den Raum überlässt?

Eigentlich nicht. Ich habe nichts erwartet. Und trotzdem macht es mich wütend. Er macht mich wütend. Weil er mir Weihnachten vermiest.

„Und ich dachte immer, noch mehr könntest du es nicht versauen“, bemerke ich verbittert. Die Worte sind raus, bevor ich darüber nachdenken kann, und jetzt ist es zu spät, sie zurückzunehmen. Ich drehe mich um, schnappe mir meinen Koffer und wuchte ihn die Treppe hinauf. Das Gepolter ist ohrenbetäubend, denn das Ding ist verflucht schwer. Aber die Wut in mir lässt mich sämtliche Kraftreserven aktivieren. Endlich bin ich auf der Empore über dem Wohnzimmer angekommen. Von hier aus kann man durch eine Glaswand nach unten in den Wohnraum sehen. Im ersten Stock befindet sich das ehemalige Kinderzimmer, in dem immer noch ein Stockbett steht und das Sascha normalerweise bezieht, wenn wir gemeinsam hier sind. Daneben liegt ein Badezimmer, das aber nicht direkt damit verbunden ist. Auf der anderen Seite ist der private Bereich meiner Eltern, zu dem ich jetzt die Tür aufstoße. So lange sie nicht hier sind, gibt es keinen Grund, mich mit meinem Bruder in ein Zimmer zu quetschen. Das Schlafzimmer liegt in Richtung der Eingangstür und der Blick aus der großen Balkontür bietet eine wunderbare Aussicht auf das in Weiß getauchte Alpenpanorama. Bis hinunter ins Tal nach Sankt Leopold kann ich schauen. Von dem geräumigen Zimmer führt eine Tür in den begehbaren Kleiderschrank und von dort eine weitere ins Badezimmer.

Ich stelle den Koffer mitten im Raum ab und lasse mich schwungvoll rückwärts aufs Bett fallen. Hier ist alles sehr dezent in Beige- und Weißtönen eingerichtet. Nur die bunten Bilder meines Vaters durchbrechen dieses Schema. Über einem Sideboard hängt ein modernes Porträt von mir ganz in Orange und Pink. Ich drehe mich so hin, dass ich es nicht sehen muss. Ich mag nicht, wie er mich gemalt hat. Ich finde, ich wirke viel zu streng. Aber wahrscheinlich sieht er mich so: streng, ordentlich, zahlenverliebt. Und das ist das Schlimmste daran. Oder vielleicht auch das Beste, denn ich bin das genaue Gegenteil von ihm.

Ich vermisse jetzt schon mein Zimmer unten. Selbst wenn es anscheinend gar nicht meines ist. Es nie war. Dabei hängt dort mein Lieblingsgemälde. Ich habe es selbst ausgesucht. Es ist keines von meinem Vater, sondern ein Kunstdruck von Franz Marc. Außerdem geht das Fenster zum Wald und zu einem Bach hinaus und ich liebe es, dieses gurgelnde Geräusch zu hören und manchmal in der Morgendämmerung Tiere beim Trinken zu beobachten.

Es klopft leise, dann geht die Tür auf und Sascha kommt herein. Er sagt nichts, sondern legt sich einfach neben mich auf das Bett. Wir schweigen eine Weile.

„Willst du mir nicht endlich sagen, was zwischen euch passiert ist, auf dieser Party?“, fragt er schließlich.

Er hat mir diese Frage schon so oft gestellt. Am Anfang ständig. Er hat mich quasi angefleht, es ihm zu erzählen. Zuerst konnte ich es einfach nicht. Und später wollte ich den Frieden zwischen beiden Familien schützen. Es war nur diese eine Situation. Zu tausenden Situationen vorher, in denen Bela und ich ein Herz und eine Seele gewesen waren. Aber für mich gab es dennoch kein Zurück mehr. Zu schwer wog diese eine Sache. Allerdings waren sie kein Grund, alles zu zerstören: die Freundschaft zwischen Bela und meinem Bruder, die Beziehung unserer Eltern, letztendlich vielleicht sogar das gesamte Ferienhaus-Arrangement. Und jetzt – jetzt ist es einfach viel zu lange her. Ich will Sascha nicht mit diesem

Wissen belasten, das kein Stück an der Situation ändern würde. Der Bruch zwischen mir und Bela ist endgültig. Daran gibt es nichts zu rütteln.

Als ich nicht sofort antworte, stöhnt mein Bruder und reibt sich mit den Händen über sein Gesicht. „Du weißt doch, dass du mir alles anvertrauen kannst", bemerkt er leicht gequält. „Egal was es ist."

„Ich weiß", antworte ich. Denn daran liegt es nicht.

Er wartet noch ein paar Augenblicke, dann wechselt er das Thema und fragt mich, ob wir gemeinsam Abendessen machen wollen. Und dafür liebe ich ihn. Er drängt mich nicht.

„Danke, aber ich habe keinen Hunger."

Mit einem Seufzer dreht er sich zu mir um und wuschelt mir mit der rechten Hand durch meine kastanienbraunen Haare. Sein Gesichtsausdruck sagt so viel wie: „Was soll ich nur mit dir machen?" Aber die Worte verlassen seinen Mund nicht. Er steht auf und geht und ich starre noch eine Weile an die Decke. Ich fühle mich erschöpft und ausgelaugt, als hätte ich Schwerstarbeit verrichtet. Dabei bin ich nur ihm begegnet.

Schließlich raffe ich mich doch auf und packe meine Sachen aus. Dann mache ich mich bettfertig und kuschle mich unter die Decke, obwohl es erst acht Uhr abends ist. Ich habe das dringende Bedürfnis nach Ruhe. Morgen ist genug Zeit, um mir zu überlegen, wie ich mit diesem ganzen Schlamassel umgehen soll.

Kapitel 4

Als ich aufwache, muss ich mich erst einmal kurz orientieren. Dann fällt mir wieder ein, dass ich im Schlafzimmer meiner Eltern bin. Ich blicke aus der Balkontür und sehe nur eine weiße Masse. Ich versuche, meine Augen scharf zu stellen, und nehme nun wahr, dass draußen heftiges Schneetreiben herrscht. Mit nackten Füßen tapse ich über die Holzdielen zur Fenstertür und sehe ins Freie. Es muss die ganze Nacht ausgiebig geschneit haben, denn alles ist unter einer meterdicken Schneeschicht verschwunden. Besonders auf den Autodächern ist zu erkennen, dass es über einen Meter Neuschnee gegeben haben muss. Das dürfte die Zufahrt zu unserem Haus erst einmal unpassierbar gemacht haben. Das war es also mit dem Handwerker. Ich schnaufe. Somit hat der Wetterbericht doch recht gehabt. Eigentlich kein großes Problem, nur leider sind wir nun zu dritt eingeschneit, statt zu zweit.

Ich dusche und stehe dann ratlos im begehbaren Schrank, in den ich gestern meine Klamotten geräumt habe. Es gibt wenig, was ich so sehr hasse, wie aus dem Koffer zu leben. Man findet nichts, muss ständig alles durchwühlen und hat am Ende nur zerknitterte Kleidung. Mein Blick schweift über das Fach mit meinem feinsäuberlich zusammengelegten Jogginganzug und wandert dann zu den schickeren Sachen, die ich auf Bügel gehängt habe.

Du wirst doch nicht ernsthaft überlegen, was du an einem Tag in einem eingeschneiten Chalet anziehst, nur weil dieser Vollidiot aufgetaucht ist, oder?

Ich danke meiner inneren Stimme und will schon zu den Jogging-Klamotten greifen, als ich es mir doch anders überlege und weiche, schwarze Leggins, ein knielanges Shirt in derselben Farbe und eine graue lange Strickjacke überziehe. Ich versuche, mir einzureden, dass ich das auch angezogen hätte, wenn er nicht da wäre, aber ich weiß, dass es eine Lüge ist.

Sascha ist schon wach und steht mit einer Pfanne am Herd, in der mehrere Spiegeleier brutzeln.

„Guten Morgen Schlafmütze“, begrüßt er mich.

„Guten Morgen“, nicke ich ihm zu und nehme Teller aus dem Schrank, um den Tisch zu decken. Ich bin kurz versucht, nur zwei Gedecke aufzulegen, aber entscheide mich dann dafür, heute zumindest so zu tun, als wäre ich erwachsen.

Ich mache mir einen Tee, während mein Bruder den Bergkäse aufschneidet, den wir gestern gekauft haben und auf eine Platte legt. Dazu stelle ich Butter, Marmelade, eine aufgeschnittene Avocado und einen Laib Brot.

Wir fangen gerade an zu essen, als Bela in die Küche geschlurft kommt. Seine gestern noch akkurat nach hinten geföhnten Haare stehen ihm wild vom Kopf ab, was ihm ein leicht verwegenes Aussehen verleiht. Er gähnt herzhaft, bevor er einen Gruß herausquetscht und sich neben Sascha setzt. Er trägt eine graue Trainingshose, ein weißes Shirt und ist wie gestern schon barfuß unterwegs. Er scheint eindeutig die Jahreszeiten zu verwechseln. Aber ich spare mir einen bissigen Kommentar.

Erwachsen. Du wolltest heute erwachsen sein.

„Spiegelei?", fragt Sascha ihn gerade.

„Für mich nur Kaffee", erwidert Bela und schielt zu dessen dampfender Tasse.

„Den darfst du dir gerne selber machen", lacht mein Bruder und konzentriert sich wieder auf sein Essen.

Ich auch. Denn ich bin vernünftig und ich finde es nicht total nervig, dass er wirklich gedacht hat, dass Sascha ihm Kaffee macht.

„Das mit der Schneewarnstufe Rot hat also gestimmt", wende ich mich an meinen Bruder.

„Wir haben gestern noch den Generator gecheckt und auch geschaut, ob noch genug Benzin da ist. Alles in Ordnung“, entgegnet stattdessen Bela.

„Na wenn du sagst, dass alles in Ordnung ist, bin ich ja wirklich beruhigt.“ Mist. Das ist mir mal wieder entschlüpft. Dabei hatte ich mir so fest vorgenommen, erwachsen zu sein. Aber alles, was er tut und sagt, scheint mich auf die Palme zu bringen. In diesem Fall ist es eine ganz normale Feststellung gewesen. Er hat es sogar freundlich gesagt. Innerlich stöhne ich. Er ist mein Trigger. Eindeutig.

Bela durchlöchert mich mit seinem Blick, bevor er aufsteht und sich einen Kaffee holt. Seine eisblauen Augen hinterlassen ein frostiges Gefühl auf meiner Haut. Ich will ihn hier nicht haben. Ich möchte einfach nur, dass er weggeht. Aber diese Wunschvorstellung ist mit den Schneemassen vor unserer Haustür deutlich utopischer geworden. Denn nun sitzen wir hier sprichwörtlich fest.

Der Trigger ist zurück und stellt den Zuckerstreuer vor mich hin. „Vielleicht wirst du genießbarer, wenn du ein bisschen was Süßes in deinen Tee mischst“, kommt es trocken von ihm.

Noch bevor ich in die Luft gehen kann, schnauft mein Bruder theatralisch. „Ich fasse es nicht, ich bin tatsächlich mit zwei Streithähnen eingeschneit“, sinniert er.

Sein Kommentar verursacht ein Ziehen in meiner Herzgegend. Er kam zwar flapsig heraus, aber die Botschaft ist trotzdem eindeutig. Wir sind gerade dabei, ihm die Ferien zu vermiesen, und das gibt mir zu denken. Denn eigentlich reicht es, wenn ich hier eine doofe Zeit habe. Ich muss Sascha da nicht auch mit hineinziehen.

Das restliche Frühstück verbringen wir in unangenehmem Schweigen. Als alles weggeräumt ist, ziehe ich mich ins Schlafzimmer zurück. Der Handyempfang ist durch das Wetter ziemlich eingeschränkt, aber das W-Lan scheint zu funktionieren, also versuche ich, meine Mutter zu erreichen.

„Hallo, mein Herz. Ich wollte mich gerade bei dir melden. Der Handwerker meint, er kommt wegen des Neuschnees nicht zu euch durch. Im Dorf sind anscheinend auch nur wenige Straßen geräumt. Die scheinen wegen des anhaltenden Schneetreibens gar nicht hinterherzukommen."

„Ja, es hat wohl die ganze Nacht geschneit, wir sitzen erst mal hier fest."

„Das tut mir so leid. Habt ihr genügend eingekauft?", fragt sie mich besorgt.

„Wir können locker eine Woche hier ausharren, mit der Notversorgung im Schuppen auch noch deutlich länger. Das macht mir keine Sorgen."

„Nicht? Aber deine Stimme klingt irgendwie besorgt", wendet sie ein.

Ich schnaufe und rücke dann mit der Sprache heraus.

„Das ist ja seltsam", entgegnet sie, als ich ihr die Sache mit Bela erklärt habe. „Eigentlich habe ich mit Akiko ganz klar vereinbart, dass ich mich um die Reparatur kümmere. Das tut mir sehr leid, dass da anscheinend etwas schiefgelaufen ist."

„Nicht so schlimm. Na ja, irgendwie schon. Aber so was passiert eben", versuche ich mehr mir selbst gut zuzureden, als meiner Mama.

„Es ist so schade, was mit euch beiden passiert ist. Ihr seid mal beste Freunde gewesen", wendet sie vorsichtig ein. Ihre Stimme klingt noch weicher und freundlicher als sonst schon.

Beste Freunde. Irgendwie irreal, wenn ich jetzt daran denke. Aber genau so war es.

„Leonie, ich weiß nicht, was da zwischen euch war, ich weiß nur, du möchtest nicht darüber reden. Das akzeptiere ich natürlich. Aber vielleicht ist diese Situation, in der ihr jetzt steckt, auch eine neue Chance."

Ich pruste, sage jedoch nichts, weil es einfach nur absurd klingt.

„Meinst du nicht, dass jeder eine zweite Chance verdient?", fragt sie mich geradeheraus.

„Nicht jeder", wiegle ich ab.

„Bela und du, ihr habt so viel gemeinsam. Vielleicht mehr als du denkst."

„Das war vielleicht mal, Mama. Als wir Kinder gewesen sind, aber das ist längst vorbei."

„Ich liebe dich mein Herz und ich unterstütze dich, wo es geht, aber ich denke, in diesem Fall irrst du dich."

Das Gespräch klingt weiter in mir nach, als wir schon längst aufgelegt haben. Für meine Begriffe haben Bela und ich überhaupt nichts gemeinsam. Er ist das Chaos und ich bin die Ordnung. In unserer Kindheit war das anders. Wir verbrachten fast alle Ferien zusammen im Chalet und waren uns einmal sehr nah gewesen: Bela, Sascha und ich. Dann trennten sich meine Eltern, zwar nur zeitweise, aber das war damals natürlich noch nicht klar. Das unterbrach unsere Bindung jäh. Denn nun gab es keine gemeinsamen Urlaube mehr im Haus. Meine Mutter fühlte sich zu stark an die Zeit mit meinem Vater erinnert, und wir begannen, die Ferien im Chalet zwischen den Familien aufzuteilen. Zwei Jahre sah ich Bela fast gar nicht, da wir auf unterschiedlichen Seiten von München wohnten. Aber dann zog meine Mama mit Sascha und mir in eine Wohnung ganz in der Nähe der Lamberts. Wir gingen zwar weiterhin nicht in dieselbe Schule, aber zum selben Jugendtreff. Nur war es auf einmal so, als wären wir Fremde. Die Pubertät hatte bei uns beiden einiges verändert, bei ihm deutlich mehr, als bei mir. Er war plötzlich der coole Typ und ich der Nerd. Die Situation mit meinen Eltern machte mir damals zu schaffen und es fiel mir schwer, mich in der neuen Schule zu integrieren. Die Einzigen, mit denen ich in dieser Zeit zurechtkam, waren die Mitglieder aus dem Mathe-Club. Hier ging es um Zahlen und Lösungen und ich konnte dabei meine schwierige Situation zuhause vergessen. Aber genau das machte mich zum Nerd. Zu der Zeit trug ich außerdem eine feste Zahnspange, und mein Körper entwickelte sich in Explosionsgeschwindigkeit zu dem, was er heute ist: kurvig. Auch damit musste ich erst einmal zurechtkommen. Ich entsprach also weder dem gängigen Schönheitsideal, noch hatte ich angesagte Freunde oder ein fancy Hobby. Ich war einfach nur Leonie, bepackt mit Problemen und Ängsten und er war auf einmal Bela, Mädchenschwarm und cool bis in die letzte gegelte Haarspitze.

Leonie, 15 Jahre alt

Mein großes Ziel war es, im Herbst bei der Mathe-Olympiade gut abzuschneiden. Und dafür trainierte ich zwei Mal die Woche nachmittags in der Mathe-AG. Ich war froh, hier ein bisschen Anschluss gefunden zu haben. Es war hart für mich gewesen, an eine Schule zu kommen, wo ich niemanden kannte, außer meinen Bruder. Aber der war selbst damit beschäftigt, sich einen neuen Freundeskreis aufzubauen. Außerdem verbrachte er jede freie Minute bei einem Kumpel, dessen Vater eine Autowerkstatt besaß und sie schraubten an alten Mofas herum.

Deshalb war ich froh, in der Mathe-AG zu sein. Denn hier musste ich ein paar Stunden in der Woche nicht an die Streits meiner Eltern und die Traurigkeit meiner Mama denken. Manchmal hatte ich das Gefühl, sie würde demnächst einfach zerbrechen. Vor unseren Augen. Wie eine Glaskugel, die am Weihnachtsbaum hing und an der man einmal zu oft entlanggestreift war. Irgendwann würde sie herunterfallen und zerbrechen. Ich hatte Angst vor diesem Moment. Schreckliche

Angst. Aber nicht hier. Hier konnte ich mich ablenken, konnte über mathematische Probleme nachdenken und nicht über meine eigenen. Konnte Lösungen finden, die mir im sonstigen Leben verschlossen blieben.

Wir packten gerade zusammen und ich blickte auf die Uhr. Der kleine Zeiger stand auf der Vier. Noch drei Stunden bis zum Abendessen daheim. Meine Hausaufgaben waren längst erledigt und ich wollte auf keinen Fall schon den Nachhauseweg antreten. Wenn ich Glück hatte, war niemand da. Sollte ich jedoch Pech haben, war meine Mama bereits zuhause und würde versuchen, mich mit gespielt guter Laune, über die Schule auszufragen. Wenn ich noch mehr Pech hatte, erwischte ich sie dabei, wie sie sich im Schlafzimmer die Augen ausweinte oder wie sie im Bad gerade versuchte, Tränenspuren mit Make-up zu beseitigen. Und wenn ich das ultimative Pech hätte, wäre mein Papa ebenfalls da, weil er wieder irgendeinen Vorwand gefunden hätte vorbeizuschauen. Obwohl sie getrennt lebten, stand er gefühlt einmal die Woche auf der Matte. Sascha verbrachte jedes zweite Wochenende bei ihm, aber ich verzichtete dankbar auf Kontakt. Er hatte meine Mutter betrogen. Immer und immer wieder. Hatte sie damit zermürbt. Hatte unsere Familie bombardiert. Und nun war nichts mehr davon übrig. Meine Mama war ein Schatten ihrer selbst. Und ich verstand nicht, weshalb mein Bruder ihm das verzeihen konnte. Wenn ich also das ultimative Pech hätte, würde ich beide Zuhause antreffen und der komplette

Abend wäre gelaufen. Dann müsste ich mich ums Abendessen kümmern und um meine Mama, wenn er wieder weg wäre.

Ich verbrachte also so wenig Zeit wie möglich daheim. Oft besuchte ich nach der Schule die Stadtbücherei, machte dort meine Hausaufgaben und las den Rest des Nachmittags. An manchen Tagen gingen ein paar der anderen aus der Mathe-AG im Anschluss ins Jugendzentrum, das um die Ecke unserer Wohnung lag. Während ich also meine Sachen packte, hielt ich danach Ausschau, ob sich jemand finden würde, mit mir dorthin zu gehen. Aber alle schienen nach Hause zu wollen. Die Glücklichen.

Schließlich nahm ich meinen Mut zusammen und fragte Desiree, die mir von allen hier am sympathischsten war: „Hast du vielleicht Lust, noch mit mir ins Jugendzentrum zu kommen?"

Sie zuckte zusammen, als ich sie ansprach. Sie war mitunter ziemlich schreckhaft. Was auch daran lag, dass sie eine Zeit lang in der Schule heftig gemobbt worden ist. Ich wusste nicht viel darüber, aber sie hatte mir mal erzählt, an dieses Gymnasium gewechselt zu sein, weil sie es an ihrer alten Schule nicht mehr ausgehalten hatte.

„Ich weiß nicht." Sie überlegte. „Eigentlich wollte mein Papa mit mir zusammen einen neuen Laptop kaufen gehen, aber er hat sich bis jetzt noch nicht gemeldet." Sie checkte ihr Handy und schüttelte wieder den Kopf. Dann zuckte sie mit den Schultern. „Also gut, aber wahrscheinlich kann ich nicht so lange."

Ich hätte gerne einen Spruch zum Thema Väter und Unzuverlässigkeit gebracht, aber ich wusste, dass Desiree ein recht gutes Verhältnis zu ihrem Papa hatte. Er war in der IT-Branche tätig und sehr stolz darauf, dass seine Tochter dabei war, in seine Fußstapfen zu treten. Ganz im Gegensatz zu meinem. Er war Künstler und jedes Mal wieder fassungslos, wenn er sich bewusst machte, dass ein Maler und eine Kuratorin zwei Kinder gezeugt hatten, die sich für Mathematik und Technik interessierten. Und das war oft der Fall. Meistens vor Freunden, aber durchaus auch vor Fremden oder als witzige Partyanekdote. Mich traf diese Aussage jedes Mal bis ins Mark. Vielleicht besonders deshalb, weil er nie echtes Interesse an meinem Hobby zeigte. Das letzte Mal hatte er sich bei einer seiner Ausstellungseröffnungen darüber echauffiert, was für seltsame Kinder er doch gezeugt hatte. Erst vor ein paar Wochen. Mama hatte uns gezwungen hinzugehen. Ohne sie, versteht sich. Als er vor versammelter Mannschaft wieder davon anfing, hatte ich ausnahmsweise keine Lust darauf, einfach nur nett zu lächeln und darüber hinwegzusehen. Deshalb hatte ich in die Runde geantwortet: „Du kannst es ja jetzt mit einer anderen Frau versuchen, vielleicht bekommst du dann Kinder, die besser zu dir passen.“ Er hatte es ins Lustige gezogen und allen erzählt, was für ein Scherzkeks ich doch sei, aber die entsetzten Blicke waren zumindest ein wenig Genugtuung für mich gewesen.

Das Jugendzentrum war nur drei Stationen mit dem Bus von der Schule entfernt. Es gab verschiedene Räume, in denen wir uns aufhalten konnten. Einer mit einem Bartresen und einem Kicker, wo man am Automaten günstige Getränke und Snacks bekam. Eine kleine Sporthalle. Ein Yoga- und Ruheraum und ein Aufenthaltsraum mit großen Tischen, wo ab und an Kurse und Aktionen stattfanden. Ansonsten konnte man hier aber einfach abhängen und zum Beispiel Brettspiele spielen. Wir bevorzugten letzteren Raum. Vor allem deshalb, weil wir versuchten den angesagten Jugendlichen so gut wie möglich aus dem Weg zu gehen. Und die hielten sich meistens in der Sporthalle oder in der Bar auf. So sparten wir uns ihre blöden Sprüche, die wir hin und wieder über uns ergehen lassen mussten.

Heute war außer uns nur noch eine kleine Gruppe von Zehntklässlern da, die in einer Ecke mit Sitzsäcken herumlümmelten und quatschten. Ich kannte sie nur vom Sehen, aber sie waren in Ordnung und ließen uns immer in Ruhe. Also setzten wir uns an den kleinen runden Tisch am Fenster, und entschieden uns, eine Partie Schach anzufangen, bis sich Desirees Papa melden würde.

Wir waren so auf unser Spiel konzentriert, dass ich nicht hörte, wie mehrere Jungs hereinkamen. Erst nachdem sie an unserem Tisch auftauchten, blickte ich hoch. Ich kannte sie, es waren Freunde von Bela. Zumindest sah ich sie öfter zusammen herumhängen. Ich mochte sie nicht besonders und gerade sah es so aus, als ob sie nach Ärger suchen würden.

Der Größte und Hübscheste von ihnen, löste sich aus der Gruppe. „Wen haben wir denn da? Zwei Nerds beim Schachspielen." Seine Augen blitzten bösartig.

Schlagartig verkrampfte sich meine Hand um den Turm, den ich eigentlich hatte bewegen wollen. Unsicher blickte ich zu Desiree hinüber, die ihren Kopf so weit zwischen die Schultern gezogen hatte, dass sie fast wie eine Schildkröte aussah. Ich schaute wieder zu dem unangenehmen Typen zurück, der breitbeinig vor uns stand. Seine Freunde hatten den Weg zur Tür versperrt. Hilfesuchend blickte ich zu den Zehntklässlern in der Ecke, aber die waren alle verschwunden. Na wunderbar. In meiner alten Schule war mir so etwas nie passiert. Ich hatte dort zwar nicht zu den angesagten Jugendlichen gehört, aber ich war irgendwo im Mittelfeld untergegangen. Nie hatte mich jemand verspottet oder war mir blöd gekommen. Außerdem hatte ich immer Freunde um mich gehabt. Ich biss die Zähne fest zusammen und spürte erneut diese Wut auf meinen Vater, die anstatt mit der Zeit abzuflauen, immer größer wurde. Er hatte mein Leben zerstört.

„Warum können Frauen so gut Schachspielen?", wandte der Typ sich an seine Freunde. Keiner schien die Antwort dieser Scherzfrage zu kennen, also drehte er sich wieder zu uns um. „Na, kleine Nerds? Ihr seid doch sonst so schlau. Irgendwelche Ideen?"

Desiree schüttelte vehement den Kopf und schaute zu Boden.

Ich presste meine Lippen zusammen und starrte ihn an. Ich würde nicht klein beigeben und wegsehen.

„Enttäuschend. Wenn Nerds nicht mal mehr schlau sind, dann haben sie doch eigentlich gar keine Daseinsberechtigung mehr, was meint ihr?“ Die anderen aus der Gruppe lachten und mir fiel es zusehends schwerer, zu atmen.

„Aber ich will mal nicht so sein, ich werde es euch verraten: Frauen können deshalb so gut Schachspielen, weil das Schachbrett so aussieht, wie ein Küchenfußboden.“ Dieser frauenfeindliche Scherz, schien ihn selbst am allermeisten zu amüsieren. Aber auch seine Freunde lachten sich scheckig.

In dem Moment klingelte Desirees Handy. Ich sah, wie ihre Hand zitterte, als sie rasend schnell danach griff und den Anruf annahm. „Hallo Papa, bist du schon draußen?“ Sie stand auf und nahm sich ihren Rucksack. „Ja, ich bin gerade auf dem Weg. Ich beeile mich.“ Sie ging einfach an den Jungs vorbei, was ziemlich klug war, weil keiner von ihnen sich traute sie aufzuhalten, während sie mit ihrem Vater sprach. Und schon war sie zur Tür hinaus. Im ersten Moment freute ich mich für sie, denn ich hatte ihre Angst förmlich spüren können. Dann aber überflutete mich Enttäuschung. Schließlich hätte sie ja auch so tun können, als wartete er auf uns beide. Stattdessen hatte sie mich hier sitzen lassen. Alleine, mit diesen unangenehmen Halbstarken.

Der Anführer des Grüppchens ließ sich auf den Stuhl fallen, auf dem Desiree gerade gesessen hatte.

„So, Metallgebiss, dann sind also nur noch wir hier." Er lehnte sich so weit vor, dass er mit seinem Oberkörper alle Schachfiguren abräumte, während ich möglichst unauffällig in die entgegengesetzte Richtung auswich. „Ich finde, dein Anblick ist eine ganz schöne Zumutung, meint ihr nicht auch?"

„Warum kümmern wir uns überhaupt um sie? Lasst uns in der Bar was zu trinken holen!", entgegnete einer mit einem flachsblonden Haarschopf und ich wäre ihm vor Dankbarkeit am liebsten um den Hals gefallen. „Na komm schon, Lester. Ich hab Bock auf ne Cola."

Ein Glucksen entwich mir, bevor ich es stoppen konnte. Ich biss mir auf die Zunge, aber es war zu spät, er hatte es gehört.

„Was ist so lustig, Zahnspangenfresse?", fuhr er mich an.

„Du heißt ernsthaft Lester?", fragte ich ihn, weil ich tatsächlich irritiert war. Er verursachte immer noch ein mulmiges Gefühl bei mir, aber es war ein bisschen so, als hätte man einen Höllenhund mit dem Namen *Schnuffi* gerufen. Irgendwie vertrieb das für einen Moment die Furcht.

„Und was ist dein Problem damit?", fragte er gereizt. Wenn ich wirklich ein Nerd gewesen wäre, hätte ich mich jetzt vielleicht geduckt und um Gnade gewinselt, aber ich war bisher niemals ein Opfer gewesen und deshalb sprach ich weiter: „Das liegt doch auf der Hand, Lester hört sich so an wie Lästern. Und es reimt sich auf Schwester. Lesterschwester, verstehst du?" Ich musste tatsächlich grinsen und ich hörte auch mehrere als Huster getarnte Lacher aus der Jungsgruppe.

Das schien das Fass zum Überlaufen zu bringen, denn Lester wurde auf einmal puterrot im Gesicht. „Das ist ein bekannter amerikanischer Name, aber davon was angesagt ist, hast du natürlich keine Ahnung.“ Er stand auf und stellte sich ganz dicht vor meinen Stuhl. Ich erhob mich ebenfalls, weil ich mir so ein bisschen weniger unterlegen vorkam. Wie er sich so vor mir aufbaute, hatte eindeutig etwas Bedrohliches und so langsam schlich sich doch Angst in meine Glieder.

„Du beleidigst nur unsere Sehnerven“, giftete er mich an und ich spürte seinen Atem auf meinem Gesicht, so nah war er mir. Aber ich wagte es nicht, zurückzuweichen, aus Furcht, dass er dann direkt zuschnappen würde. Was auch immer das heißen mochte. Ich hatte keine Ahnung, was jetzt kommen würde. Wollte er mich schlagen? Ein Mädchen? Ich ballte meine Hände zu Fäusten, damit niemand sehen konnte, wie sehr sie zitterten. Dem hier war ich nicht gewachsen.

Du hast ja unbedingt deine Klappe so weit aufreißen müssen, Leonie. Das hast du jetzt davon.

Nicht sehr hilfreich, diese innere Stimme. Wofür war die noch mal gut?

„Ich finde also, wir haben eine kleine Entschädigung verdient, für deinen Anblick. Meinst du nicht auch?“, fragte er mich und ich merkte, wie sich eine seltsame und gefährliche Stimmung ausbreitete. Keiner seiner Freunde machte auch nur einen Mucks. Es war totenstill in diesem Raum. Das einzige, was ich hörte, war das pochende Herz in meiner Brust. Es schlug so heftig, als würde es meinen Brustkorb sprengen wollen.

Unauffällig sah ich mich nach etwas um, mit dem ich mich gegen ihn wehren konnte. Aber außer dem hölzernen Schachbrett war nichts in der Nähe. Zur Not würde ich ihm das über den Kopf ziehen, wenn ich schnell genug wäre.

Er trat einen Schritt zurück und ich atmete erleichtert aus. Ich hatte gar nicht gemerkt, wie ich die Luft angehalten hatte.

Sein Blick schweifte unangenehm über meinen Körper, wie klebrige Finger, die daran entlangtasten. „Das einzige an dir, was halbwegs ansehnlich ist, sind wohl deine Brüste", bemerkte er abfällig. „Als Entschädigung ist es nur gerecht, wenn du sie uns einmal kurz sehen lässt." Er lächelte schmierig.

Entschädigung? Gerecht? Ich war kurz davor ihm zu sagen, was ich davon hielt, verkniff es mir jedoch in letzter Sekunde. Ich wollte mich nicht noch tiefer ins Schlamassel reiten. Aber ich würde ganz sicher nicht tun, was er sagte. Er machte wieder einen Schritt auf mich zu und streckte seine Hand nach mir aus. Das setzte irgendetwas in mir in Gang. Ich fühlte mich wie ein in die Ecke gedrängtes Tier, das ums Überleben kämpfte. Und ich würde überleben. Blitzschnell griff ich nach dem massiven Schachbrett aus Holz. Die darauf liegenden Figuren flogen in alle Richtungen. Das Adrenalin rauschte durch meine Adern und ich schlug zu. Ließ das Spielbrett mit voller Kraft auf seinen Kopf niedersausen. Weil er wohl nicht mit einem Angriff gerechnet hatte, war es zu spät für ihn auszuweichen. Er war groß, weshalb ich ihn voll an der Schläfe traf. Unter einem Schmerzensschrei zuckte er heftig zusammen. So schnell ich konnte, schnappte ich mir meine

Schultasche und rannte an den anderen Jungs vorbei. Die meisten schauten völlig verdutzt. Nur einer lächelte. Der blonde Typ, der Lester bereits vorher davon überzeugen wollte von mir abzulassen. Er zwinkerte mir zu und schon war ich durch die Tür. Weil ich Angst davor hatte, der Idiot würde mich verfolgen, nahm ich die Treppe in den Keller. Ich brauchte ein Versteck. Besorgt schaute ich mich immer wieder um, aber niemand kam mir hinterher. Leise drückte ich die Klinke zum Yoga- und Entspannungsraum herunter und war unglaublich froh, dass die Tür sich öffnen ließ. In dem Kellerzimmer war eigentlich fast nie jemand, außer es wurden Kurse abgehalten. Aber die fanden immer nur am Dienstag statt und heute war Donnerstag. Vielleicht hatte jemand vergessen, abzusperren, was mein Glück war. Erleichtert schloss ich die Tür geräuschlos hinter mir und lehnte mich von innen dagegen. Mein Herz klopfte wie wild in meiner Brust und ich versuchte, die Atmung zu beruhigen. Ich hatte noch nie in meinem Leben jemanden geschlagen. Außer meinen Bruder, aber immer nur bei gutmütigen Rangeleien. Noch nie wollte ich einer Person körperlichen Schaden zufügen, bis auf gerade eben. Diese ganze Wut, die sich in letzter Zeit in mir aufgestaut hatte, war irgendwie an die Oberfläche gekommen und hatte sich Luft gemacht. Ich hatte nicht darüber nachgedacht, sondern einfach nur gehandelt. Das beeindruckte mich auf der einen Seite, weil ich nie gedacht hätte, den Mut dafür zu besitzen. Auf der anderen Seite war es aber auch ganz schön beängstigend. Es war ohne Vorwarnung über mich gekommen.

Wie wäre es demnächst mal mit einer Anti-Aggressionstherapie, Miss Bruce Lee?

Zumindest hatte ich mich so aus der Situation befreit. Ich hatte keine Ahnung, wie weit Lester gegangen wäre. Hätte er mich dazu gezwungen, meine Oberweite zu entblößen? Jedenfalls hatte er schon die Hand nach mir ausgestreckt. Bei dem Gedanken daran wurde mir ganz flau im Magen. Auch das Adrenalin ebbte langsam ab und ich ließ mich an der Tür zu Boden gleiten.

Erst jetzt richtete ich meine Aufmerksamkeit auf den Raum vor mir. Er lag fast vollständig im Dunkeln. Nur ein schwacher Lichtschein drang durch das Kellerfenster herein. Die Spiegelwand auf der rechten Seite reflektierte das Zwielicht auf unheimliche Weise. Ich fröstelte und tastete nach dem Lichtschalter, den ich endlich zu fassen bekam. Aber nicht das Deckenlicht, sondern ein Dutzend Lichterketten, die überall im Raum drapiert waren, gingen an und verbreiteten eine gemütliche Helligkeit. Jetzt konnte ich auch die Yogamatten erkennen, die auf der rechten Raumseite aufgestapelt waren. Während auf dem ansonsten leeren Fußboden mehrere gepolsterte Thaimatten mit einem Dreieckskissen an der Oberseite verteilt lagen. Sie wurden vor allem für die Meditationskurse genutzt, von denen ich selbst schon mal einen besucht hatte. Mein Blick blieb an der Matte ganz hinten hängen und ich zuckte zusammen. Da lag jemand und sah mich an. Ich schluckte, als ich erkannte, dass es Bela war.

„Was machst du hier im Dunkeln?“, fragte ich ihn, um meine Verlegenheit und auch meinen kleinen Schock zu überspielen.

„Warum bist du so außer Atem?“, stellte er mir eine Gegenfrage.

Ich fuhr mir mit den Händen über mein Gesicht, um mir ein bisschen Zeit zum Überlegen zu verschaffen. Sollte ich ihm die Geschichte erzählen? Vor zwei Jahren hätte ich ihm, ohne zu zögern, alles von mir anvertraut. Aber die Zeiten hatten sich geändert. Er war mir fremd geworden und immer wenn wir uns hier im Jugendclub sahen und seine Freunde dabei waren, ignorierte er mich. Das tat ziemlich weh. Jedes Mal aufs Neue. Ich wusste nicht mehr, ob ich ihm wirklich vertrauen konnte. Alleine, dass ich darüber nachdachte – es hatte eine Zeit gegeben, da hätte ich das niemals für möglich gehalten.

„Die Matten hier sind ziemlich bequem“, unterbrach er meine Gedanken und nickte zu der neben sich. Es war eine Einladung, so viel verstand ich. Ein Teil von mir wollte sie unbedingt annehmen, während ein anderer mich anflehte, vorsichtig zu sein. Ich dachte an unsere Erlebnisse im Ferienhaus. Daran, dass er mir immer die Rosinen aus dem Müsli gepult hatte. Heimlich. Weil meine Eltern mir nicht erlaubten, sie auszusortieren. Kein Mensch brauchte Rosinen. Auch er mochte sie nicht besonders. Aber er aß sie mir zuliebe.

Ich richtete mich auf, ging zur Matte hinüber und legte mich neben Bela, den Kopf an das dreieckige Kissen gelehnt. Mein Blick war auf die Decke gerichtet, über die Lichterketten gespannt waren. Ihre Lichtpunkte wurden von der Spiegelwand, die die komplette linke Raumseite einnahm zurückgeworfen, so dass es schien, als würden hier unzählige kleine Glühwürmchen um uns herumschwirren.

„Du wolltest mir erzählen, warum du hier so außer Atem hereingekommen bist", forderte Bela mich erneut auf, zu reden.

Ich hatte keine Ahnung, ob er Verständnis dafür haben würde, dass ich gerade einem seiner Freunde ein Schachbrett über den Kopf gezogen hatte. Obwohl Lester so ein Arschloch war, hoffte ich inständig, dass ich ihn nicht ernsthaft verletzt hatte. Aber ich war wirklich nicht besonders kräftig, also würde er höchstwahrscheinlich mit einer kleinen Beule davonkommen, was mich beruhigte.

„Dein Freund Lester ist nicht sehr nett", begann ich deshalb eher allgemein.

Bela machte einen Laut, den ich nicht richtig einordnen konnte. Er hört sich ein bisschen so an wie ein Zischen. „Er ist nicht mein Freund."

„Aber ihr hängt öfter mal zusammen ab", wandte ich ein.

„Ich hänge mit vielen Leuten ab, aber sie sind nicht alle meine Freunde", erklärte er mir.

Das stimmte wahrscheinlich. Er war unheimlich beliebt und bekannt dafür, dass ihm alles am Allerwertesten vorbeiging, auch die Schule. Das ließ ihn bei den Jungs noch populärer werden. Er kuschte nicht vor Lehrern und sagte immer seine Meinung. Dafür bewunderten sie ihn. Das waren zumindest Gerüchte, die an unserem Gymnasium die Runde machten. Er war nur ein Jahr dort gewesen, hatte sich aber in der kurzen Zeit schon einen Ruf erarbeitet. Dann war er an seine jetzige Schule gewechselt, eine Privatschule, die seine Eltern eine Stange Geld kostete. Ich wusste nicht weshalb, aber weiteren Gerüchten zufolge, ging es darum, seine Noten zu verbessern.

„Das ist schön zu hören. Er ist ein echtes Ekel", bemerkte ich, erfreut darüber, dass er ihn nicht zu seinen Freunden zählte.

„Was hat Lester getan?", fragte er nun in ernstem Tonfall und drehte sich zu mir um.

Ich schaute weiterhin nach oben. „Er hat mich als Nerd beschimpft und sich über meine Zahnspange lustig gemacht." Die Sache mit den Brüsten ließ ich aus. Sie war mir viel zu peinlich und letztendlich war ja auch nichts passiert.

Hör dir Titel 1 des Soundtracks an: Phänomenal Egal – Farin Urlaub

„Ich mag deine Zahnspange."

Überrascht drehte ich mich nun doch auf die Seite und schaute ihn an. Suchte nach Belustigung in seiner Miene. Aber da war keine. Da waren nur diese eisblauen Augen, die ich besser kannte als meine eigenen. In die ich schon so oft geblickt hatte. Und doch war dieses Mal irgendetwas anders. Ich konnte es nur nicht greifen. Verstand es nicht. Aber auf einmal fühlte er sich nicht mehr so fremd an. Auf einmal sah ich den Jungen, den ich schon so lange kannte. Und dann auch wieder nicht, weil er sich verändert hatte. Sein Kiefer war kantiger und sein Adamsapfel trat deutlich hervor. Aber er war immer noch Bela.

Und es machte mich glücklich, dass er weiterhin da zu sein schien, irgendwo hinter dieser lässigen Fassade.

Ich lächelte ihn an und zeigte ihm die volle Pracht meiner festen Spange. Und er lächelte zurück.

„Es sieht so aus, als hättest du ziemlich coolen Schmuck auf deinen Zähnen. Irgendwie futuristisch."

Ich musste lachen, weil das so unglaublich klang. „Das meinst du nicht ernst", kicherte ich.

„Doch das tue ich. Und ich finde es auch ziemlich cool, dass du im Mathe-Club bist."

Jetzt verdrehte ich die Augen. „Schon klar", erwiderte ich ironisch.

„Ich meine das ernst. Du warst immer schon gut mit Zahlen. Es freut mich für dich, dass du mehr daraus machst."

Das ließ mein Herz für einen Moment aus dem Takt geraten. Nur ein winziges bisschen, aber ich hatte es gespürt.

Er ignoriert dich die ganze letzte Zeit und jetzt fängst du bei ein paar Komplimenten schon an, ihn anzuhimmeln?

Anhimmeln? Hallo? Ich himmelte ihn doch nicht an. Ich wusste noch nicht einmal, ob ich ihm vertrauen konnte. Wie sollte ich ihn da bitteschön anhimmeln? Außerdem war er mal mein bester Freund gewesen. Bäh. Anhimmeln. Pah.

Ich drehte mich wieder auf den Rücken, um seinen Augen zu entkommen, die anscheinend vorhatten ein Loch in meine Seele zu brennen. Und dort war im Moment genug los, da konnte ich ein weiteres Loch überhaupt nicht gebrauchen. Schon gar nicht, wenn dann doch wieder niemand da war, der es schließen konnte.

„Wo warst du die ganze letzte Zeit?“, fragte ich Bela und mein Ton klang forsch.

„Was meinst du damit?“, hakte er nach.

„Du weißt ganz genau, was ich damit meine“, gab ich zurück. Ich hatte keine Lust mehr auf Spielchen.

„Ich bin jetzt da“, entgegnete er leise.

„Was hast du hier im Dunkeln gemacht? Warum bist du nicht oben bei den anderen?“

„Bei mir war in letzter Zeit einiges los und manchmal brauche ich einfach nur meine Ruhe“, bemerkte er immer noch mit gedämpfter Stimme und drehte sich dabei wieder auf den Rücken.

„Das kenne ich.“ Ich seufzte hörbar.

„Das mit deinen Eltern tut mir leid.“

„Danke“, antwortete ich knapp. Ich wollte jetzt nicht darüber reden. Ich war froh, dass ich gerade nicht über diese Angelegenheit nachdenken musste. „Und was ist bei dir los? Die Schule?“, fragte ich deshalb nach.

„Kann man so sagen.“ Jetzt klang er niedergeschlagen.

„Also falls du Nachhilfe in Mathe brauchst ...“

„Ich bin zwei Klassenstufen über dir.“ Ich hörte das Lächeln in seiner Stimme. „Danke. Mit Mathe komme ich klar.“

Eine Weile sagte keiner von uns beiden etwas. Aber das Schweigen war nicht unangenehm. Wir lagen hier, auf diesen bequemen Matten und ließen unsere Blicke über die unzähligen Lichterketten schweifen.

„Fast wie Sterne", erklärte ich und deutete auf die Lichter, die kreuz und quer über die Decke gespannt waren.

„Die schönsten Sterne sieht man vom Chalet aus", bemerkte er.

„Es sind dieselben Sterne wie hier, aber man sieht sie von dort aus besser, wegen der geringeren Lichtverschmutzung", klärte ich ihn auf und biss mir direkt danach auf die Unterlippe. Ich wollte nicht so belehrend rüberkommen.

Aber zu meiner Erleichterung lachte er. „Wie gut, dass eine von uns beiden hier klug ist." Er machte sich nicht lustig, sondern schien es wieder ernst zu meinen.

„Du bist auch klug", widersprach ich ihm.

„Woher weißt du das?"

„Weil ich dich seit Jahren kenne. Und mir fällt absolut niemand ein, der besser in Memory ist als du."

Wieder lachte er und ich liebte diesen Klang. In diesem Moment merkte ich, wie sehr ich ihn vermisst hatte. Als gäbe es in meinem Herzen einen leeren Raum und Bela wäre der Einzige, der ihn mit dem Klang seines Lachens füllen konnte.

„Na, wenn du das sagst. Vielleicht sollte ich später mal professioneller Memoryspieler werden", flachste er.

„Klingt nach einer spannenden Berufswahl", pflichtete ich ihm bei. Ich blickte auf die Uhr und bemerkte, dass es längst Zeit war, nach Hause zu gehen. Ich drehte mich noch einmal zu ihm um.

„Verschwindest du jetzt wieder?", fragte ich ihn. Auch er wandte sich mir zu. Langsam schüttelte er den Kopf.

Dieses Mal bohrten seine Augen nicht. Sein Blick floss in meinen und umspülte ihn weich. Es fühlte sich an, wie eine Liebkosung.

Jetzt ist es amtlich, du drehst langsam durch, Leonie.

Wenn sich so Durchdrehen anfühlte, wollte ich unbedingt mehr davon.

Gegenwart

Die Erinnerung war so real, als hätte ich sie gerade erst durchlebt. Dabei ist sie dreizehn Jahre alt. Zu diesem Zeitpunkt habe ich noch gedacht, dass ich ihm wirklich etwas bedeute. Dass unsere Freundschaft ihm etwas bedeutet.

Frustriert schiebe ich den Gedanken beiseite und denke wieder an die Worte meiner Mutter. Wir sollen mehr gemeinsam haben, als ich glaube? Was für ein Witz. Wir sind grundverschieden.

Kapitel 5

Ich nutze den Vormittag dazu, mir einen Überblick über unsere Vorräte zu verschaffen. Hierfür lege ich eine Liste mit Lebensmitteln an und schreibe auf, wie viele Wasserflaschen noch im Haus sind. Wenn wir hier alles eintragen, was wir verbrauchen, haben wir einen genauen Überblick darüber, wann wir anfangen müssen, zu rationieren, falls es hart auf hart kommt.

Gerade tätige ich die letzten Eintragungen, als Bela in die Küche schlendert und mir über die Schulter schaut.

„Was tust du da?“, fragt er mich.

„Ich katalogisiere die Vorräte.“

„Das ist nicht dein Ernst, oder?“, bemerkt er süffisant. „Bleib doch mal locker! Es hat bisher nur eine einzige Nacht geschneit.“

Zisch. Ich bilde mir ein, das Geräusch zu hören, wie in mir eine Sicherung durchbrennt. Allein seine Anwesenheit macht mich nervös, aber seine Sprüche treiben mich regelrecht in den Wahnsinn. Wie soll man darauf entspannt und erwachsen reagieren?

Stell die Frage jemand anderem, denn du kannst sie eindeutig nicht beantworten!

Ich drehe mich zu Bela um und verenge meine Augen. „Ich bin locker, aber ich behalte eben gerne den Überblick. Was ist daran verkehrt?“, fauche ich.

„Du solltest vielleicht zur Abwechslung den Stock aus deinem Hintern ziehen, dann bist du möglicherweise ein bisschen besser drauf.“

Zisch. Das war die zweite Sicherung. Keine Ahnung, wie groß mein innerer Sicherungskasten ist, aber unendlichen Vorrat habe ich sicher nicht. Und ich möchte selbst nicht hier sein, wenn die letzte durchbrennt. Das könnte unschön werden. Leider habe ich wohl keine andere Wahl. Denn er torpediert meine Selbstkontrolle, wo er nur kann.

„Vielleicht sollte ich dir einen Stock in deinen Allerwertesten rammen, damit du mal verstehst, wie sich das anfühlt“, schieße ich zurück.

„Also ein ganzer Stock, ich weiß ja nicht, deine Fantasien sind ziemlich schmutzig, Leonie. Ich fürchte, da bin selbst ich raus, obwohl ich sonst wirklich offen in diesem Bereich bin.“

Agrrr. Ich stoße ein frustriertes Knurren aus. „Von wegen wir hätten viel gemeinsam“, grummle ich.

„Wer hat viel gemeinsam?“, greift Sascha meine Worte auf, der gerade in die Küche kommt.

„Mama hat vorhin am Telefon gesagt, Bela und ich hätten mehr gemeinsam als ich glauben würde“, bemerke ich abfällig.

Sascha tritt auf die Kücheninsel zu und blickt dabei von einem zum anderen. „Das ist doch perfekt“, bemerkt er erfreut.

Ich habe keine Ahnung, was er mir damit sagen möchte. „Das ist eben nicht perfekt, weil es nicht stimmt“, antworte ich deshalb.

„Ich bin hier mit euch zwei Streithähnen eingesperrt und ich finde, ich habe ein bisschen Erholung verdient.“

„Auch wenn ich dir da zustimme, Kumpel, aber ich habe keinen Schimmer, was das heißen soll“, entgegnet Bela.

„Wir machen eine Challenge. Also ihr beiden macht eine.“ Jetzt wird es noch verwirrender. Mein Gesichtsausdruck scheint Bände zu sprechen, denn er fährt schnell fort. „Ich stelle euch eine Aufgabe und ihr versucht, sie zu erfüllen. Ihr sollt die nächsten Tage zehn Gemeinsamkeiten finden. Also ich meine jetzt nicht so was wie ‚Wir haben beide einen schwarzen Pullover im Schrank‘ oder so. Ich meine echte Gemeinsamkeiten.“

„Also erstens: Wer entscheidet, was echte Gemeinsamkeiten sind? Und zweitens: Warum sollte ich mit ihm zusammen etwas machen?“, frage ich weiterhin ziemlich verwundert über diesen Vorschlag.

„Erstens: Ich entscheide. Zweitens: Damit ich für ein paar Augenblicke meine Ruhe habe und ihr aufhört zu streiten. Schon mal was von Lagerkoller gehört? Wir sind noch nicht mal einen Tag hier und ich schwöre, ich bin schon so kurz davor.“ Er deutet zwischen Daumen und Zeigefinger einen klitzekleinen Zwischenraum an.

Ich weiß, dass mein Bruder übertreibt. Aber er hat trotzdem nicht unrecht. Bela und ich vergiften hier mit unseren Zankereien die ganze Atmosphäre. Und das ist mir wirklich unangenehm.

Ich schließe kurz die Augen, um mich zu fokussieren, und als ich sie wieder öffne, begegne ich Belas fragendem Blick. Anscheinend will er mir den Vortritt lassen. „Also gut. Ich bin dabei und gelobe Besserung.“ Irgendwie müssen wir die nächsten Tage ja zusammen verbringen, ohne uns an die Gurgel zu gehen. Warum nicht einen Schritt aufeinander zugehen? Das heißt ja nicht, dass ich ihm verzeihe. Es ist nur eine Vereinbarung, für eine gewisse Zeit miteinander auszukommen – oder es zumindest zu versuchen.

„Also an mir soll es nicht scheitern“, erklärt Bela und am liebsten würde ich ihm seine Gönnerhaftigkeit in die nun wieder perfekt sitzenden Haare schmieren. Aber ich reiße mich zusammen.

„Ich wollte gerade anfangen, Plätzchen zu backen. Möchtest du mir helfen?“, frage ich stattdessen und komme mir dabei unglaublich souverän vor.

Sascha schiebt Bela mit einer Hand am Rücken zu mir an die Kücheninsel und klopft uns dann beiden gleichzeitig auf die Schultern. „Ich habe es im Gefühl, dass das der Anfang eines richtigen Weihnachtswunders ist“, bemerkt er schmunzelnd und lässt uns dann alleine.

Ich glaube, ein Weihnachtswunder können wir wirklich gebrauchen. Ich klappe mein etwas altmodisches Rezeptbuch auf, in das ich handschriftlich alle Rezepte notiere, die ich sehr liebe. Als ich das für Spitzbuben gefunden habe, lasse ich es aufgeschlagen liegen und fange an, die Zutaten aus diversen Schränken zusammenzusuchen.

„Was soll ich tun?“ Stimmt, da war ja noch jemand. Backen ist für mich eigentlich Entspannung und Vorbereitung auf Weihnachten. Draußen fallen weiterhin Schneeflocken vom Himmel und hier drin ist es kuschelig warm. Es könnte so schön sein. Ich halte meine Nase in den Vanillezucker und atme tief ein. Das süßliche Aroma beruhigt mich. „Wieg doch schon mal das Mehl ab! Da müssten zwei unterschiedliche da sein. Nimm nicht das Dinkelmehl“, weise ich ihn an und teile ihm auch noch die Grammangabe mit. Er scheint ewig zu brauchen, aber das ist mir egal. Ich bereite währenddessen alle anderen Zutaten vor. Schließlich gibt er mir eine gefüllte Schale und ich will den Inhalt in die Rührschüssel kippen, als ich bemerke, dass das angebrochene Dinkelmehl auf der Arbeitsplatte steht.

„Ich hatte doch gesagt, nicht das Dinkelmehl“, fahre ich ihn an. „Das Rezept funktioniert damit nicht so gut. Hast du was mit deinen Ohren? Ich dachte, wir wollen hier zusammenarbeiten, wieso torpedierst du immer alles?“ Eine blöde Verallgemeinerung, wie mir gerade auffällt, aber da habe ich sie schon in die Welt hinausposaunt. Und er posaunt zurück. „Das war ein Versehen, okay? Es steckt nicht hinter allem was ich tue ein zutiefst böser Masterplan. Ich habe einfach nur einen Fehler gemacht.“ Er weicht meinem Blick aus, schlängelt sich um mich herum und verschwindet aus der Küche. Ich höre eine Tür auf und wieder zu gehen. Geknickt lehne ich mich an die Arbeitsplatte. Das habe eindeutig *ich* verbockt. Warum musste ich auch gleich so aus der Haut fahren. Wir haben ja gerade erst angefangen, uns wieder anzunähern. Aber ich habe meine Emotionen bei ihm nicht unter Kontrolle. Von einem normalerweise freundlichen Menschen mutiere ich zu einer Furie. Eine Furie mit eiskaltem Herzen. Passend zu seinen eisigen Augen. Ich schnaube über meinen eigenen blödsinnigen Vergleich. Aber dann denke ich an Sascha und wie enttäuscht er sein wird und das lässt mich trocken schlucken. Ich bin genauso enttäuscht von mir. Trotz alledem kommt es mir seltsam vor, dass Bela so schnell aufgegeben hat und einfach abgezischt ist.

Schließlich gebe ich mir einen Ruck und gehe den Flur entlang zu seinem Zimmer. Für Sascha. Ich klopfe und auf das „Herein“, öffne ich die Tür und trete ein.

Der Raum sieht genauso chaotisch aus wie gestern. Bela sitzt auf dem Bett, an das dunkelblaue Rückteil aus Stoff gelehnt. Sein Blick ist auf das Bild ihm gegenüber gerichtet. Der Kunstdruck von Franz Marc, den ich ausgesucht habe. Ich setze mich auf den Sessel vor einem der beiden Fenster. Vorher räume ich allerdings noch einen Haufen aus einer Trainingsjacke und drei Jeans beiseite. Ich blicke ebenfalls auf das Gemälde oder besser gesagt auf die Kopie davon. „Ich habe es ausgewählt, weil es eines meiner Lieblingsbilder ist“, beginne ich, das Eis zu brechen. Das Kunstwerk zeigt einen kauernden Tiger, kurz vor seinem Sprung auf die Beute. Die Landschaft um ihn herum ist abstrakt in rechteckige Flächen unterteilt, die in kraftvollen Edelsteinfarben leuchten: blau, rot und grün. Der Tiger ist ebenfalls kantig gestaltet und hebt sich mit seiner leuchtend gelben Farbe deutlich vom Hintergrund ab. „Es vermittelt diese Kraft“, fahre ich fort. „Der Tiger strahlt für mich eine unglaubliche Energie aus, als würde er im nächsten Augenblick aus dem Bild springen. Und ich mag es, dass die Flächen und Farben alle so klar voneinander getrennt sind. Es herrscht eine gewisse Struktur. Ich weiß nicht, vielleicht klingt das albern für dich. Das Geschwafel einer Künstlertochter, die eigentlich keine Ahnung davon hat.“ Sofort ist mir mein Gelaber furchtbar peinlich. Dabei wollte ich doch nur über etwas Unverfängliches reden.

Du solltest öfter mal nachdenken, bevor du sprichst! Könnte helfen.

Bela sieht mich unergründlich an, so dass ich wegsehe. Wahrscheinlich kommt gleich wieder etwas Unangenehmes aus seinem Mund. Ich habe ihm da schließlich gerade eine Steilvorlage geliefert: peinliches Gerede über ein Bild. Ich bin kurz davor die Flucht anzutreten und meine guten Vorsätze über Bord zu werfen, als er anfängt zu sprechen: „Es ist auch eines meiner Lieblingsbilder." Verwundert zuckt mein Blick erneut zu ihm. „Der Tiger sieht für mich irgendwie königlich aus. Wie ein typisches Raubtier. Als hätte er alles im Griff. Er weiß, was er kann und er wird gleich zuschlagen. Und trotzdem wirkt nichts an dem Bild bedrohlich auf mich. Durch die Farben ist es durchweg positiv. Man könnte sagen, ich bin auf der Seite des Tigers." Er grinst mich das erste Mal ehrlich an, seit wir uns hier begegnet sind. Da ist kein Kokettieren wie bei den anderen Malen und auch nichts Süffisantes. Er sieht eher ein bisschen unsicher aus, als habe er gerade zu viel preisgegeben. „Ich wusste nicht, dass du es ausgesucht hast. Ich habe es schon mehrfach live gesehen. Es hängt im Lenbachhaus in München", ergänzt er.

Jetzt muss auch ich lächeln, obwohl ich es gar nicht möchte. „Ich weiß, ich war selbst schon dort." Alleine drei Mal im letzten Jahr, aber das braucht er ja nicht unbedingt zu wissen.

„Das ist unsere erste Gemeinsamkeit", bemerkt er. Und seltsamerweise scheint er erfreut darüber zu sein.

„Stimmt. Das ging schneller als gedacht." Ich zucke mit den Schultern. Dann fasse ich mir ein Herz. „Es tut mir leid wegen vorhin. Es ist nur diese ganze Situation. Sie ist nicht so leicht für mich“, gebe ich zu. Lasse ihn einen kurzen Moment in mein Herz schauen, bevor ich die Barrieren wieder hochziehe. Aber er geht einfach darüber hinweg.

„Weiß dein Vater, dass du einen anderen Künstler verehrst?“, fragt er mich.

Ich beschließe spontan, es gut sein zu lassen. Es hat keinen Sinn, die Vergangenheit aufzuwärmen. Wir sind im Hier und Jetzt. „Ich mag nur das Bild. Ich verehre Franz Marc nicht. Ich verehre überhaupt keine Künstler.“ Den letzten Satz hätte ich mir lieber gespart. Weil er wieder mehr über mich verrät, als ich zeigen möchte.

Erneut blickt Bela mich durchdringend an. Oder vielleicht überlegt er, ob er etwas dazu sagen soll. Die Beziehung zwischen mir und meinem Vater ist immer noch schwierig. Obwohl meine Eltern vor fünf Jahren wieder zusammengekommen sind. Aber ich will nicht darüber sprechen und deshalb komme ich ihm zuvor.

„Ich wusste nicht, dass du dich für Kunst interessierst.“

Er sieht mich etwas ungläubig an, bevor er antwortet: „Ich bin Künstler.“

Zuerst verstehe ich nicht, was er meint. „Tattoo-Künstler …“, hilft er mir auf die Sprünge.

Er hat natürlich recht, Tätowierer sind Künstler auf ihre ganz eigene Art. Aber irgendwie habe ich ihn nie damit in Verbindung gebracht.

Er nimmt sein Handy vom Nachttisch und drückt darauf herum, dann reicht er es mir. Er hat seinen Instagram-Account geöffnet. Ich habe ihn mir bisher noch nie angesehen, warum auch? Ich scrolle durch die Bilder und widerwillig bin ich beeindruckt von dem, was ich sehe. Er ist gut. Richtig gut. Nein, er hat herausragendes Talent. Alles, was er sticht, wirkt lebensecht. Feinste Schattierungen lassen Tiere lebendig werden: Löwen, Schlangen, Pfauen, Bienen, dazwischen Totenköpfe, chinesische Drachen, filigrane Blüten und furchteinflößende Krieger. Arme, die aussehen, als wären sie aus Metallelementen zusammengeschraubt, Rücken, auf denen sich ganze Märchenlandschaften ausbreiten. Es ist überwältigend diese Flut an Kunstwerken zu sehen, die er erschaffen hat. Gebannt auf Haut. Gemacht für eine Lebensspanne. Ich habe ihn nie als Künstler wahrgenommen, aber das ändert sich in diesem Augenblick.

Ich schaue ihn an und es wird mir bewusst, dass ich ihn gar nicht wirklich kenne. Was weiß ich überhaupt von ihm? Ich bin vertraut mit dem 10-jährigen Jungen, mit dem ich die Ferien verbracht habe. Und ich kenne sein jugendliches Selbst – zumindest ein bisschen. Aber der Mann, der da auf dem Bett sitzt – er ist eigentlich ein Fremder. Die Erkenntnis erwischt mich kalt. Denn bedeutet das nicht sogar, dass ich ihn gar nicht hasse? Dass ich lediglich sein 17-jähriges Ich hasse. Und was sagt das über mich aus, dass ich mich nach all den Jahren weiterhin an diese negativen Gefühle klammere?

Oder er ist doch noch genauso wie damals?

Im Moment weiß ich nicht, was ich denken soll. Das verwirrt mich. Er verwirrt mich. Lasse ich mich hier einwickeln oder mache ich endlich die Augen auf?

Ich gebe ihm das Handy zurück, unfähig ihm zu sagen, wie sehr ich seine Arbeit bewundere.

Er nimmt es, legt es auf das Nachtkästchen und steht dann auf. „Versuchst du es noch mal mit mir? Das Plätzchenbacken?"

Ich nicke und wir machen uns gemeinsam auf den Weg in die Küche. In meinem Kopf aber kreist nur ein Gedanke: *Wer bist du wirklich, Bela Lambert?*

Die Plätzchen werden richtig gut und Sascha hilft später ebenfalls dabei, Marmelade auf die Unterteile zu klecksen und das mit Puderzucker bestäubte Oberteil daraufzusetzen. Perfekte Spitzbuben oder auch Marmeladenplätzchen, wie man sie sonst noch nennt. Es ist immer die erste Sorte, die ich backe, weil ich mir ohne sie gar kein Weihnachten vorstellen kann. Das Mittagessen lassen wir ausfallen, denn wir haben alle zu viel Plätzchen und rohen Teig in unseren Bäuchen. Ich versuche mich am Nachmittag an Vanillekipferl, die zwar nicht ganz so mürbe werden, wie ich sie gern hätte, die aber trotzdem lecker schmecken. Die Jungs haben sich derweil ins Wohnzimmer zurückgezogen und spielen irgendein Ballerspiel auf der Konsole. Das Abendessen verläuft relativ ruhig. Es scheint so, als ob Bela und ich unseren Waffenstillstand durchhalten würden.

Kapitel 6

„SPIEGELEIER SIND WIDERLICH. DAS Eigelb ist halbroh und wenn man es anschneidet, läuft es aus und versaut den ganzen Teller. Rühreier dagegen sind fluffig, schmierfrei und lecker."

„Ich möchte trotzdem gerne ein Spiegelei", wende ich mich meinem Bruder hinter dem Küchentresen zu und dann antworte ich Bela, der neben mir sitzt: „Schmierfrei? Ernsthaft? Was soll das sein?"

„Nicht flüssig. Fest. Kompakt. Nicht glibberig", rasselt er herunter.

„Okay, Sportsfreunde. Beim Frühstück scheint ihr zumindest keine großartigen Gemeinsamkeiten zu besitzen.

Aber hey, dass ihr beide dasselbe Gemälde mögt, war gestern so ein großer Erfolg, das reicht mir erst mal." Er schlägt zwei Spiegeleier in die Pfanne. „Aber ihr solltet euch nicht zu lange darauf ausruhen", schickt er hinterher. „Schließlich sind wir immer noch hier gefangen."

Draußen fallen weiterhin dicke Flocken vom Himmel. Es ist nicht mehr so viel Schnee dazugekommen wie gestern, aber wir sind nach wie vor eingeschneit.

„Du magst immer noch keine Rosinen, oder?", wendet sich Bela an mich, nachdem er sich gerade Müsli in eine Schüssel gekippt hat. „Zumindest sind hier keine drin und das habt ihr mitgebracht, oder?"

Kurz durchzuckt mich ein warmes Gefühl. Wie wenn man durchs kühle Meer schwimmt und auf eine wohltemperierte Strömung trifft. Es lässt mich im wahrsten Sinne des Wortes nicht ganz kalt, dass er sich daran erinnern kann. Aber das braucht er nicht unbedingt zu wissen. „Ich sehe keinen Anlass dazu, im Erwachsenenalter plötzlich eine Vorliebe für diese ausgedörrten Dinger zu entwickeln", gebe ich deshalb flapsig zurück.

Er stellt das Müsli ab und hebt die Hände. „Keine Einwände. Ich esse sie zwar, aber ich muss sie auch nicht unbedingt haben", erklärt er.

„Zählt das als Gemeinsamkeit?", frage ich hoffnungsvoll.

Mein Bruder tut so, als würde er angestrengt überlegen. „Nope", bemerkt er schließlich grinsend, während er mir das fertige Spiegelei auf meinen Teller schiebt und das zweite auf den leeren neben mir. Dann umrundet er die Kücheninsel und setzt sich zu uns auf einen der Barhocker. „Da müsst ihr euch schon was Besseres einfallen lassen!“

„Okay, lass uns mal ein paar Dinge abklappern. Bereit Mr. Lässig?“, richte ich das Wort an Bela.

„Ein neuer Spitzname? Ich fühle mich geehrt. Und ja, jederzeit.“

„Tee?“, frage ich, obwohl ich die Antwort schon kenne, weil vor ihm ein Becher mit dampfendem Kaffee steht.

„Kaffee.“

„Mandelmilch?“

„Kuhmilch“

„Orangensaft?“

Er schüttelt den Kopf. „Wasser.“

„Stopp!“, ruft Sascha. „Hört auf mit diesen Vergleichen zum Thema Essen. Nur weil ihr beide Spinat mögt, könnt ihr noch lange nicht Popeye besiegen.“

„Wer ist Popeye?“, frage ich verwirrt.

„Eine Zeichentrickfigur die mit Hilfe von Spinat ... egal, vergesst es. Lebensmittelgemeinsamkeiten zählen nicht. Das sind keine echten Gemeinsamkeiten. Jeder mag Pizza oder Schokolade.“

„Das nervt“, stöhne ich. Dabei kommt mir die Idee der Challenge grundsätzlich gar nicht mehr so schlimm vor wie zu Anfang. Aber auch das bin ich nicht bereit zuzugeben.

„Nichtsdestotrotz scheint es bereits etwas bewirkt zu haben. Das Frühstück heute Morgen würde ich ja fast schon als harmonisch bezeichnen. Ihr macht eindeutig Fortschritte“, bemerkt Sascha selbstgefällig.

„Danke“, erwidere ich süßlich. „Was tue ich nicht alles für meinen großen Bruder.“

Er dreht sich zu mir und grinst mich so an, dass sämtliche Zähne zu sehen sind. Es ist wirklich ein schlimmer Anblick, wenn er das tut.

„Das ist gruselig.“

„Also wenn du das schon gruselig findest…“ Ich boxe ihn spielerisch in den Oberarm, damit er bloß nicht anfängt, weitere Grimassen zu ziehen. „Sollen wir heute mit der Weihnachtsdeko starten?“, frage ich deshalb schnell.

„Das ist eine spitzenmäßige Idee und ich wünsche euch viel Spaß dabei! Ich bin leider raus, weil ich gleich noch ein Online-Meeting habe.“ Er klingt allerdings überhaupt nicht so, als würde es ihm leidtun.

„Ich dachte, du hast frei bekommen?“

„Dieses eine Meeting konnte ich leider nicht verschieben. Ich setze mich oben in einen der Räume und ihr könnt im restlichen Haus schalten und walten wie ihr möchtet. Und ganz vielleicht findet sich dabei auch noch eine Gemeinsamkeit.“

„Also dass wir beide gerne dekorieren, ist schon mal keine“, bemerkt Bela trocken und nimmt einen Schluck von seinem Kaffee.

„Na toll, zwei Deko-Banausen. Aber es ist doch schön, wenn hier alles weihnachtlich glänzt und strahlt. Was wäre Weihnachten ohne Deko?“, frage ich in die Runde.

„Da magst du recht haben, Schwesterlein, aber deshalb muss man noch lange keinen Spaß daran haben zu dekorieren."

Ein bisschen widerwillig folgt mir Bela eine halbe Stunde später auf den Dachboden. Für ein Ferienhaus ist es hier ganz schön voll. Altes Spielzeug, ausrangierte Skier und vergilbte Bücher tummeln sich in niedrigen Regalen und verstopfen das Zimmer. Durch das Fenster im Giebel fällt kaum Licht. Es reicht aber aus, um mir zu zeigen, dass ich mit nur wenigen Schritten den Staub zum Tanzen gebracht habe. Nur in der Mitte des Zimmers, also in der Dachspitze, ist es überhaupt möglich, zu stehen. Im hinteren Teil stapeln sich einige Kisten übereinander. Hier sollte auch die Weihnachtsdekoration zu finden sein. Nur leider ist keiner der Kartons beschriftet.

„Ich fürchte, wir müssen die alle einmal durchschauen", seufze ich. Sonst hat sich immer meine Mama darum gekümmert, die richtigen Kisten vom Dachboden zu holen.

„Dann lass uns mal loslegen!" Bela reibt sich die Hände und stellt sich gebückt vor einen der Stapel, um sich nicht den Kopf zu stoßen.

Ich nehme mir einen anderen vor und öffne den ersten Karton. Darin befinden sich allerdings nur alte Bierkrüge aus Steingut. Keine Ahnung, was die hier oben machen. Ich glaube, ich habe sie noch nie gesehen. Dann arbeite ich mich weiter voran, bis ich endlich die erste Kiste in die Finger bekomme, aus der mir glänzende Christbaumkugeln entgegenstrahlen. Das entlockt mir ein Jauchzen. Vor allem, weil es nicht die Dekoration ist, die wir in letzter Zeit verwendet haben. Die Weihnachtsdeko wurde von Jahr zu Jahr moderner und meine Mama und Akiko haben nur noch alles in edlen Gold-, Beige- und Bronzetönen angeschafft. Es hat mir immer gefallen, aber ich habe trotzdem die Dekoration von früher in den traditionellen Rottönen vermisst. Bei jeder Kugel, die ich auspacke, werde ich nostalgischer.

„Das ist der alte Schmuck, oder?“, fragt mich Bela, der mir über die Schulter schaut. Er nimmt einen gläsernen Stern aus einer kleinen Schachtel, der auf einer Seite schon leicht angelaufen ist. „Den hatte ich mir mal ausgesucht.“

„Stimmt. Unsere Tradition. Die hatte ich fast vergessen.“

„Jedes von uns Kindern durfte sich an Weihnachten eine Kugel auf dem Christkindlmarkt unten im Dorf aussuchen und dann am Vierundzwanzigsten an den Baum hängen.“

„Jedes Jahr drei neue Schmuckstücke“, grinse ich bei dem Gedanken daran. Ich wühle schnell weiter in der Kiste, um auch eine meiner Kugeln in die Finger zu bekommen. Und ich habe Erfolg: Ich fördere einen silbernen Schwan, ein rotes Herz und einen goldenen Pilz mit weißen Tupfen zu Tage. „Ich habe mich immer so darauf gefreut, mir Weihnachtsbaumschmuck aussuchen zu dürfen.“

„Weißt du noch, in dem einen Jahr? Das Eichhörnchen?“, fragt Bela mich.

Leonie, 9 Jahre alt

Die Vielzahl des hier angebotenen Christbaumschmucks war überwältigend. Überall funkelte und glitzerte es und ich war immer wieder versucht, eine der schönen Kugeln in die Hand zu nehmen. Aber Mama hatte uns mehrmals ermahnt, dass wir nur gucken und nichts anfassen sollten. Dabei hätte ich so gerne gespürt, wie sich die geriffelte Oberfläche dieses Tannenzapfens anfühlte oder ob die in goldenen Glitzer getauchte Haselnuss ein bisschen von ihrem Glitzerstaub an mich abgeben würde. Ich war aufgeregt, wie jedes Jahr. Endlich war es so weit und wir durften uns eine Kugel aussuchen. Sascha rannte schon seit ein paar Minuten von einer Seite des Standes zur anderen, um nur ja nichts zu verpassen. Letztes Jahr hatte Bela einen ganz besonderen Christbaumschmuck gefunden: eine Lokomotive. Und Sascha war neidisch gewesen, weil seine silberne Kugel, die aussah, als wäre frischer Schnee darauf gefallen, nicht mithalten konnte. Das war zumindest seine Meinung gewesen. Mir gefielen beide auf ihre Art. Dieses Jahr war mein Bruder wohl deshalb etwas unentspannt. Er war fest entschlossen, die schönste Kugel zu entdecken. Weshalb er gerade alle ein bisschen damit nervte, dass er wie eine wildgewordene Gämse vor dem Stand herumsprang und die Auslage mit seinen Augen abscannte. Mir war das egal. Ich wollte etwas finden, das mein Herz zum Lachen brachte und das gelang mir eigentlich jedes Jahr. Mal mit spektakulärem Schmuck, wie einem Schwan oder auch mit einer ganz einfachen roten Kugel mit goldenen Ornamenten. Mein Blick schweifte über die übervolle Auslage, während ich den Reißverschluss meines Anoraks weiter nach oben zog, weil es heute ziemlich kalt war. Ich roch den Duft der gebrannten Mandeln, von dem Stand nebenan und sah mich kurz nach meinen Eltern um, die mit einem Glühwein in der Hand lachend mit anderen Erwachsenen zusammenstanden und sich unterhielten. Als ich wieder die Kugelpracht in Augenschein nahm, fiel mir ein Eichhörnchen ins Auge. Es lag ein bisschen versteckt, zwischen anderen bräunlichen Kugeln in einem der geflochtenen Körbe. Es hatte einen weißen Bauch und trug eine kleine glitzernde Nuss in seinen winzigen Pfötchen. Ich war sofort verliebt. Ich zupfte Bela, der neben mir stand, am Ärmel seiner Jacke. „Schau mal, ich habe meine Kugel gefunden. Ist sie nicht total süß?“ Ich deutete auf das Eichhörnchen. Er wandte sich mir zu und seine Augen funkelten begeistert, als er das kleine Tierchen erblickte. „Wow, das sieht wirklich niedlich aus. Ich glaube, ich nehme den hier.“ Er hielt mir einen Eiszapfen aus durchsichtigem Glas hin, der leicht mit Glitzer bestäubt war. Bevor ich etwas dazu sagen konnte, drängte sich mein Bruder an meine andere Seite, so dass ich fast das Gleichgewicht verlor und kreischte: „Ich habs, das Eichhörnchen. Mama, ich will das Eichhörnchen!“ Erschrocken blickte ich zu ihm und bemerkte, dass er wirklich auf mein Eichhörnchen deutete. „Das habe ich zuerst entdeckt“, erklärte ich ihm möglichst erwachsen. Mit fast zehn Jahren machte man wegen so etwas schließlich keine Szene mehr.

„Das stimmt, sie hat es mir gerade gezeigt“, pflichtete Bela mir bei.

„Aber ich habe es zuerst Mama gesagt.“

Unsere Mutter war gerade hinter uns getreten. „Ich habe da was von Eichhörnchen gehört“, lächelte sie uns an und zog Sascha die Mütze liebevoll über die Ohren, die ein wenig hochgerutscht war.

„Ja, ich möchte das Eichhörnchen.“ Er deutete darauf.

„Aber das habe ich mir ausgesucht“, protestierte ich.

Sie nahm den bemalten, gläsernen Schmuck aus dem Korb und betrachtete das Tierchen. „Eine gute Wahl. Ihr habt beide einen ausgezeichneten Geschmack“, bemerkte sie. Ein bisschen ängstlich sah ich zu ihr auf, was sie wohl für ein Urteil fällen würde. „Leonie, du weißt doch, wer es als Erstes sagt, der bekommt es auch. Ich kann ja gar nicht nachvollziehen, wer von euch die Kugel zuerst entdeckt hat.“

„Leo hat das Eichhörnchen zuerst gesehen. Sie hat es mir gezeigt“, sprang Bela für mich in die Bresche, wofür ich ihm sehr dankbar war. Mama musste jetzt auf jeden Fall anerkennen, dass ich die Erste war.

„Das mag sein, aber dein Bruder hat sich zuerst bei mir gemeldet. Such dir doch eine andere Kugel aus, Leonie! Hier gibt es so viele wunderschöne. Wir können auch zusammen schauen, wenn du magst.“

Das versetzte mir einen fiesen Stich ins Herz. Ich blickte zu Sascha, um zu sehen, ob er mir nicht doch den Vortritt lassen würde, aber er lächelte mich siegessicher an. Eigentlich verstanden wir uns super und ließen nichts zwischen uns kommen. Dass er heute so unnachgiebig war, passte überhaupt nicht zu ihm. Tränen brannten hinter meinen Augen, aber ich schämte mich dafür. Ich sollte nicht traurig sein, wegen so etwas Unwichtigem wie Christbaumschmuck. Ich merkte kaum, dass Bela meine Hand nahm und mich zu einem anderen Teil des Stands zog. Er zeigte mir mindestens ein Dutzend Kugeln, eine schöner als die nächste.

„Sie sind alle hübsch, aber bei keiner lacht mein Herz", bemerkte ich schließlich. Er blickte mich an und ich spürte, dass auch er jetzt traurig wurde. Wegen mir. Weil er mein bester Freund war. Denn das war bei besten Freunden so. Glaubte ich zumindest. Also deutete ich zum Trotz auf einen Strohstern, der ganz im Eck des Standes neben all dem Glasschmuck ein einsames Dasein zu fristen schien. Dann hatte ich heute wenigstens eine gute Tat vollbracht, denn der Strohstern würde in die Gesellschaft der anderen bei uns zu Hause kommen. Meine Mama sah mich verwundert an, hütete sich aber davor, etwas zu sagen.

Als wir später wieder im Chalet waren, bereiteten die Erwachsenen das Essen in der Küche zu und wir Kinder lümmelten im Wohnzimmer herum. Sascha war mit einem Computerspiel beschäftigt. Da flüsterte Bela mir ins Ohr: „Komm schnell mit!"

Verwundert folgte ich ihm in den Flur, wo die Einkaufstasche aus Stoff unangetastet auf einer Konsole stand. Er blickte sich um, ob uns auch niemand beobachtete, und kramte dann vorsichtig in der Tasche nach dem in Seidenpapier eingeschlagenen Baumschmuck.

„Was hast du vor?“, flüsterte ich, denn eines war sofort klar, es konnte nichts sein, wofür uns unsere Eltern loben würden. Also war ich besser auch leise.

Endlich hatte er gefunden, wonach er anscheinend gesucht hatte, und hielt mir das halb ausgewickelte Eichhörnchen entgegen.

„Es gehört mir nicht. Es ist das von Sascha. Was willst du damit machen? Mach es bitte nicht kaputt!“ Mein Herz schlug plötzlich ganz schnell, weil ich wirklich die Befürchtung hatte, er würde es zerstören wollen, um so zu tun, als wäre das beim Transport passiert. Aber er schüttelte vehement den Kopf. Dann rannte er mit seiner Beute die Treppe hinauf und ich folgte ihm notgedrungen.

In unserem Kinderzimmer angekommen, legte er die Christbaumkugel auf das untere Stockbett und kniete sich dann daneben auf den Boden. Er schien wieder etwas zu suchen.

Ich begriff immer noch nicht, was wir hier eigentlich taten.

„Eines der Dielenbretter ist lose, hilf mir mal, es zu finden!“, forderte er mich auf. „Schnell, bevor Sascha merkt, dass wir beide weg sind!“

Hektisch tastete ich mit ihm am Boden herum. Bis Bela ein erfreuter Laut entwich und er eines der schmalen Bretter anhob. Darunter kam ein dunkler Zwischenraum zum Vorschein. „Leg die Kugel rein! Wir verstecken sie.“

„Warum verstecken wir sie?“

„Weil Sascha sie nicht verdient hat. Du hattest sie zuerst und er wusste das. Er hat sich ziemlich mies benommen und damit lassen wir ihn nicht durchkommen. Wir sind schließlich seine Freunde. Er muss verstehen, dass das nicht geht.“

Ich blickte ihm tief in die Augen und in diesem Moment verschworen wir uns gegen meinen Bruder. Oder für ihn. Je nachdem, wie man die Sache auslegte. Ich packte das Eichhörnchen wieder vollständig in das Seidenpapier und legte es behutsam in den kleinen Hohlraum zwischen den Dielenbrettern und dem eigentlichen Boden. Dann schob Bela das lose Brett wieder an Ort und Stelle, als wäre nichts gewesen.

Im Anschluss betraten wir getrennt und möglichst unauffällig das Wohnzimmer. Sascha schien noch nicht einmal mitbekommen zu haben, dass wir überhaupt weg gewesen waren, so vertieft war er in sein Computerspiel.

Nach dem Essen packte meine Mama die Christbaumkugeln aus und war entsetzt, als sie bemerkte, dass eine davon fehlte. Es wurde überall danach gesucht, aber sie tauchte nicht auf. „Ich muss sie auf dem Weg hierher verloren haben“, sagte meine Mutter betrübt. Sascha starrte sie mit vor Schreck geweiteten Augen an. „Du darfst dir morgen eine neue aussuchen“, versprach sie ihm. „Aber es gab nur dieses eine Eichhörnchen“, quengelte er. „Das war die schönste Kugel.“ Er fing an zu weinen, obwohl er älter war als ich. Das machte mich ein klein wenig stolz, weil ich meinen Verlust des Schmucks deutlich besser weggesteckt hatte. Aber natürlich nagte auch das schlechte Gewissen an mir, schließlich war die ganze Aufregung auf meinem Mist gewachsen. Hilfesuchend blickte ich mich zu Bela um, der gerade an Sascha vorbeilief und ihm wie ein Erwachsener auf die Schulter klopfte. „Schon mal was von *Karma* gehört? Perfektes Beispiel würde ich sagen."

Gegenwart

Hör dir Titel 2 des Soundtracks an: Warm A Cold Heart – Harrison Storm

Ich halte den Strohstern in der Hand, den ich mir damals anstatt des Eichhörnchens ausgesucht hatte, und drehe ihn zwischen den Fingern. Im Gegensatz zu dem anderen Strohschmuck, den wir besaßen, wurde er nicht von roten, sondern von weißen Fäden zusammengehalten.

„Meinst du, es ist noch da?" Blaue Augen blicken mich an. Doch dieses Mal wirken sie überhaupt nicht eisig. Ich habe das Gefühl, wieder in die Augen des verschmitzten 11-jährigen Jungen zu schauen, der damals auf meiner Seite war.

„Ich glaube nicht, obwohl ... Das Kinderzimmer ist einer der letzten Räume, die noch nicht renoviert worden sind. Es hat immer noch den alten Boden." Mehr Worte braucht es nicht. Wir steigen die ausklappbare Treppe wieder hinunter und knien uns in besagtem Raum wie damals auf den Boden. Mit den Händen tasten wir nach dem losen Dielenbrett, das wahrscheinlich schon längst jemand repariert hat. Dennoch ist es aufregend. Ich spüre ein nervöses Kribbeln, das sich in meinem Körper ausbreitet. Es ist, als würden wir einen kleinen Schatz suchen, den wir vor Jahren vergraben haben.

„Ich fühle mich ein bisschen wie Indiana Jones“, bemerkt Bela plötzlich und ich muss kichern. Das liegt bestimmt an diesen Retro-Vibes, die ich gerade spüre. An der Nostalgie. Es liegt auf jeden Fall nicht an ihm.

Dieses Mal bin ich es, die das Brett findet und es vorsichtig anhebt.

Bela greift hinein und ich bin sehr froh, dass er den Part übernimmt. Als 9-Jährige war ich Spinnen gegenüber definitiv etwas entspannter.

„Und?“, frage ich, denn ich kann es kaum erwarten, zu erfahren, ob es noch da ist.

Triumphierend hält er einen Knäuel aus total zerfleddertem und halb verrottetem Seidenpapier in den Händen. Als er es zurückschlägt, löst es sich schon fast auf. Aber das ist egal, denn darunter kommt es tatsächlich zum Vorschein: das Eichhörnchen. Bela befreit es von den restlichen Papierfetzen. Und da ist es. Völlig unversehrt. Das Eichhörnchen mit der glitzernden Nuss. Die Strahlkraft hat vielleicht etwas nachgelassen und eine kleine Stelle am Schwanz ist angelaufen. Aber ansonsten hat es sich einwandfrei gehalten. „Das ist unglaublich. Warum haben wir es vorher nie herausgeholt?“, rufe ich aus.

Er zuckt mit den Schultern und gibt es mir. „Hier, es gehört dir, das hat es schon immer. Ich glaube, wir hatten einen unausgesprochenen Pakt, es zu verschweigen und nie wieder darüber zu sprechen."

Ich starre die Glaskugel weiterhin an und kann es immer noch nicht fassen.

„Und, wie sieht es mit deinem Herz aus?", fragt er plötzlich.

„Mit meinem Herz?" Ich weiß nicht, worauf er hinaus will.

„Lacht es jetzt wieder?"

Mein Blick zuckt nach oben und sucht den seinen. Und mein Herz wundert sich, dass er sich auch daran erinnert. Und es wird ein ganz kleines bisschen wärmer.

„Ich bin doch schon ferti... Was zur Hölle tut ihr da?" Sascha steht in der Tür und starrt uns an, wie wir auf dem Boden knien, das gelöste Dielenbrett vor uns und das Eichhörnchen in der Hand. Und meine Hoffnung, er hätte die Sache vielleicht vergessen, löst sich in Luft auf, als ich seine entsetzte Miene sehe.

„Ihr habt es versteckt!", warf er uns vor. „Ich fasse es einfach nicht. Von wegen Karma. Und ich dachte wirklich, es wäre deshalb verschwunden, weil ich es dir nicht überlassen wollte."

„Na ja, deswegen ist es auch verschwunden, Kumpel. Es war sozusagen eine erzieherische Maßnahme. Wer weiß, was für ein unfreundlicher Kerl du heute wärst, wenn wir diese Sache nicht durchgezogen hätten?!"

Ich muss schmunzeln, weil Bela das sehr überzeugend rübergebracht hat. Sascha dagegen scheint weiterhin eingeschnappt zu sein.

„Ihr habt euch gegen mich verbündet. Das ist unfassbar!“, poltert er.

„Nur zu deinem Besten“, pflichte ich Bela bei. „Und ganz ehrlich: Es war wirklich keiner deiner glanzvollsten Augenblicke, wenn ich das mal so sagen darf.“

Das nimmt ihm den Wind aus den Segeln. „Durchsetzungsstärke nennt man das“, schmollt er.

„Oder man nennt es auch Arschlocheritis“, schlägt Bela vor.

„Wir haben es versteckt und dann nie wieder darüber geredet. Und gerade ist es uns wieder eingefallen, als wir nach dem Weihnachtsschmuck gesucht haben. Also haben wir nachgesehen.“ Ich recke das Eichhörnchen in die Höhe. „Es hat überlebt.“

„Aber es ist ziemlich angepisst, dass wir es die ganze Zeit dort unten haben vergammeln lassen. Es meinte eben, wir sollten es jetzt so schnell wie möglich in eine anständige Weihnachtsdeko integrieren, sonst würde es doch noch in diese glitzernde Nuss reinbeißen, die es schon seit 19 Jahren anlächelt.“

Das bringt Sascha endgültig zum Lachen und er wuschelt Bela durchs Haar, der sich gerade wieder aufrichtet.

„Na wenn das Eichhörnchen das sagt. Dann sollten wir uns wirklich schleunigst an die Deko machen. Ich hoffe, ihr habt noch ein paar mehr als eine mickrige Kugel gefunden.“

„Worauf du einen lassen kannst.“

Ein paar Stunden später erstrahlt das Erdgeschoss weihnachtlich. Wir haben hauptsächlich die alten Accessoires benutzt und teilweise mit Neuem, wie zum Beispiel künstlichen Tannengirlanden, glitzernden Hirschfiguren und Ähnlichem kombiniert. Sascha war unsere Kitsch-Polizei und hat allem Einhalt geboten, was nicht stilvoll aussah. In einer Vase auf der Kücheninsel habe ich trockene Zweige mit Strohsternen und Kugeln geschmückt. Auch das Eichhörnchen hat hier seinen Platz gefunden. Seine Knopfaugen gucken aufgeregt in die Welt und obwohl es totaler Blödsinn ist, habe ich das Gefühl, dass es sich freut, endlich eine schöne Aussicht zu genießen. Auf den Fensterbrettern stehen goldene und silberne Nussknacker und an fast allen Balken haben wir Lichterketten angebracht. Ein großer Kranz mit einer dicken roten Schleife prangt nun mittig über dem Kamin. Mit Dekoration wirkt das Chalet gleich noch gemütlicher als ohnehin schon.

„Jetzt fehlt nur noch der Baum", bemerkt Sascha. Wir lümmeln alle auf den Couchen im Wohnzimmer herum und starren durch die großen Fenster hinaus in das Schneegestöber. Normalerweise holen wir immer eine Tanne aus unserem angrenzenden Wald. Aber aktuell ist da nicht daran zu denken.

„Morgen soll es aufhören zu schneien. Sieht so aus, als wäre der Spuk bald vorbei", erklärt Bela beim Blick auf sein Handy.

„Ich glaube, ich lasse die zweite Gemeinsamkeit gelten", stellt Sascha aus dem Nichts heraus fest.

„Welche zweite Gemeinsamkeit?", frage ich irritiert.

„Kindheitserinnerungen", antwortet er schlicht.

Ich drehe meinen Kopf weg und starre weiter in den Schnee hinaus. Ich möchte nicht, dass jemand meinen Gesichtsausdruck sieht. Die Vergangenheit, die wir heute wieder ein Stück haben aufleben lassen, ist ein Teil von mir. Und dazu gehören dieses Ferienhaus und vor allem Sascha und Bela. Aber es schmerzt auch unglaublich, dass einer in meinem jetzigen Leben kein Teil mehr davon ist. Schon lange habe ich dieses Loch in meiner Seele nicht so intensiv gespürt. Denn das hat er: Bela hat ein Loch in meiner Seele hinterlassen und ich habe bisher nichts gefunden, was es wieder stopfen könnte.

„Nice. Dann haben wir nun schon zwei Gemeinsamkeiten. Unglaublich aber wahr“, versucht Bela die plötzlich angespannte Stimmung zu lockern.

„Wie wärs wenn wir zur Feier des Tages die verbleibende Zeit mit einem Filmmarathon verbringen. Immerhin können wir sowieso nicht viel anderes tun“, schlägt Sascha vor.

„Bin dabei, Bro.“

„Ich auch, aber nur wenn es Weihnachtsfilme sind“, wende ich ein.

Sascha stößt ein langgezogenes Stöhnen aus, das mich verdächtig an einen brünstigen Hirsch erinnert. „Das kannst du mir nicht antun! Gnade, Leonie! Weihnachtsfilme sind kitschig und schrecklich. Habe ich schon gesagt, dass ich sie furchtbar kitschig und unrealistisch finde? Und außerdem sind sie kitschig.“

Ich erwarte, von Bela die gleiche Leier zu hören, aber er überrascht mich erneut: „Nicht alle Weihnachtsfilme sind so.“

Auch Sascha wirkt ziemlich verwirrt. „Äh, Moment mal, fällst du mir jetzt etwa in den Rücken? Das hab ich echt nicht kommen sehen. Das ist wie ein Dolchstoß aus dem Hinterhalt." Er sackt theatralisch auf der Couch zusammen, als hätte ihn wirklich jemand niedergestochen.

„Tut mir nicht leid, da musst du durch Kumpel."

„Also gut", mein Bruder richtet sich wieder auf und funkelt uns an. Er scheint erneut eine seiner manchmal genialen und manchmal furchterregenden Ideen zu haben. „Mir ist eben auch ein einziger Weihnachtsfilm eingefallen, den ich mag. Also, wir sagen jetzt alle drei gleichzeitig unseren Lieblingsweihnachtsfilm. Dann kann keiner schummeln. Jetzt wird Tacheles geredet und ich erfahre in welchen tiefen Kitsch-Kloaken ihr herumwatet!"

Wir grinsen und Bela scheint nicht im Mindesten eingeschüchtert zu sein, was mir irgendwie gefällt.

„Drei ... Zwei ... Eins ... *Kevin – Allein Zu Haus*."

„*Tatsächlich Liebe*."

„*Tatsächlich Liebe*."

Sascha blickt entsetzt von einem zum anderen. „*Tatsächlich Liebe*? Noch unkreativer geht es nicht, oder? Bela? Ernsthaft? Was, um Himmels Willen hat dich dazu verleitet, diesen Namen auszusprechen?" Er fährt sich mit beiden Händen mehrmals übers Gesicht, als hätte er wirklich damit zu kämpfen.

Ich beachte ihn gar nicht weiter, denn ich bin viel zu erstaunt darüber, dass wir anscheinend nicht nur die gleiche Kunst mögen, sondern auch denselben Weihnachtsfilm. Na ja, vielleicht ist das nicht ganz so erstaunlich. Die Auswahl an guten Weihnachtsfilmen ist schließlich nicht so riesig. Dennoch bin ich fassungslos.

Ein Zustand, der dich in diesem Urlaub häufig zu begleiten scheint.

„Warum gefällt er dir?“, wende ich mich direkt an meinen ehemaligen Freund.

„Er ist realistisch. Er behandelt alltägliche Probleme, die jedem von uns passieren können und am Ende geht zwar viel, aber nicht alles gut aus. Dazu das weihnachtliche Flair rund um London und der britische Humor. Warum magst du ihn?“

„Er ist auf jeden Fall ein Klassiker. Die Besetzung ist einfach toll, man merkt die Spielfreude bei jedem der Akteure. Ich weiß nicht genau, ich bin einfach bei den Geschichten dabei. Ich fiebere mit jedem Charakter mit. Das ist es, was für mich einen guten Film ausmacht. Und natürlich geht es um Liebe, das ist bei einem Weihnachtsfilm auch nicht unbedingt schlecht.“

„Bei *Kevin – Allein Zu Haus* geht es auch um Liebe“, funkt Sascha dazwischen.

„Ach du meinst, weil seine Eltern ihn vergessen haben und alleine mit ihren anderen Kindern in den Urlaub fahren?“, stichle ich.

„Nein, weil er seine Familie am liebsten in die Wüste schicken möchte und am Ende dann doch erkennt, dass er sie liebt und vermisst.“

„Wie wärs, wenn wir beide Filme schauen?“, mischt sich Bela in den geschwisterlichen Disput ein.

Dagegen hat niemand etwas einzuwenden.

„Zwei Gemeinsamkeiten an einem Tag. Ihr seid ja fast so kitschig wie euer Lieblingsweihnachtsfilm“, nölt Sascha noch ein bisschen herum, während ich *Tatsächlich Liebe* einschalte.

Kapitel 7

„Seid ihr bereit, Leute?“

Wir tragen alle unsere Schneesachen und stehen im Flur vor der Haustür. Endlich hat es aufgehört zu schneien, und es wird Zeit, dass wir uns der Außenwelt wieder ein bisschen annähern. Das heißt konkret: Wir schippen uns den Weg zum Schuppen frei, in dem sowohl das Schneemobil, als auch die Schneefräse stehen.

„So was von bereit“, antwortet Bela. „Es ist wirklich schön hier, aber ich freue mich mittlerweile wirklich, dieses Haus zu verlassen und an die frische Luft zu kommen“, meint er an Sascha gewandt.

„Hat er gerade *frische Luft* gesagt? Wie alt bist du, Kumpel?"

„Jetzt mach endlich die Tür auf!"

„Also gut." Er zieht die Haustür nach innen auf und eine ganze Ladung Schnee kippt in den Flur. Aber natürlich haben wir damit gerechnet und eine große Decke auf dem Boden ausgebreitet. Die schnappen wir uns jetzt und befördern das nasse Weiß gleich wieder nach draußen. Sascha befreit die beiden Schneeschaufeln, die neben der Haustür lehnen und reicht eine davon seinem Freund. Während mein Bruder und ich uns abwechseln, wenn einer eine Pause braucht, schippt Bela unbeirrt allein weiter. Er ist eindeutig der Sportlichste von uns, was man an seinem Körperbau unschwer erkennen kann. Zumindest, wenn er nicht komplett vermummt ist, so wie jetzt. Nicht, dass ich besonders genau hingesehen hätte.

Es ist anstrengend. So was von.

„Wir hätten die Schneefräse gleich bei der Schneewarnung vor die Haustür stellen sollen", bemerkt Sascha schnaufend, während er den Schnee zu beiden Seiten des schmalen Wegs auftürmt, den wir bisher geschaffen haben. Etwa die Hälfte der Strecke über den Vorplatz, wo die komplett eingeschneiten Autos stehen, haben wir bereits geschafft.

„Super, dass du da jetzt draufkommst", ätzt Bela, dem die anstrengende Arbeit allerdings deutlich weniger anzusehen ist, als meinem Bruder.

„Gib schon her!", dränge ich Sascha, mir die Schaufel wieder zu übergeben. Es braucht nicht lange, um ihn zu überreden, und er setzt sich, um ein bisschen auszuruhen, auf die Stufen vor dem Haus.

Eine Weile lang schippe ich unbeirrt, bis ich merke, dass meine Kräfte langsam nachlassen. Der Schnee ist schwer, obwohl er eher eine pulvrige Konsistenz besitzt. Immerhin besser als Nassschnee. Das größere Problem ist aber, dass ich die Schaufel fast schon über meinen Kopf heben muss, um den Schnee zur Seite zu befördern. Dennoch beiße ich die Zähne zusammen und versuche, noch ein bisschen länger durchzuhalten und meinen Bruder zu entlasten. Aber plötzlich rutscht mir die volle Schaufel aus der Hand und ich kippe versehentlich die ganze Ladung auf Bela. Der reißt überrascht die Augen auf, während der Schnee im Nackenbereich unter seine Jacke rieselt.

Sein Blick schnellt zu mir. „Na warte!“, ruft er.

„Halt! Moment! Das war ein Versehen. Wirklich. Es tut mir leid“, versuche ich mich zu erklären, doch da landet schon eine riesige Ladung nasskaltes Weiß mitten in meinem Gesicht. Ich pruste und wische mir mit den behandschuhten Handrücken darüber. Kurz sehe ich nicht ganz klar, weil sich in meinen Wimpern Eiskristalle verfangen haben. Noch einmal fahre ich mir übers Gesicht.

„Das war eine Kriegserklärung. Ich habe mich entschuldigt!“, beschwere ich mich.

„Ich glaube dir kein Wort, das vorhin war volle Absicht“, hält er dagegen.

„Du bezichtigst mich also der Lüge?“ Ich stemme meine Hände in die Hüften und starre ihn herausfordernd an. „Dann wirst du gleich sehen, was du davon hast!“

Der Weg, den wir freigeschaufelt haben, ist eng und es gibt keinen Platz auszuweichen, außer man möchte sich durch den meterhohen Schnee kämpfen. Bela steht quasi in einer Sackgasse, was ich schamlos ausnutze und eine ganze Salve kaltes Weiß auf ihn niedergehen lasse.

„Ja, gibs ihm!“, feuert Sascha mich von hinten an und wirft ebenfalls Schneebälle auf seinen Freund.

„Hört sofort auf, das ist unfair!“, beschwert dieser sich und versucht, den Schnee aus seiner Jacke zu schütteln.

„So fühlt es sich an, wenn zwei sich gegen einen verschwören“, neckt mein Bruder ihn und schießt ihm einen Schneeball mitten ins Gesicht.

„So, das reicht jetzt.“

Mir schwant Böses, als ich Belas Gesichtsausdruck sehe und schon in der nächsten Sekunde rennt er auf mich zu, packt mich unter den Armen und reißt mich zu Boden. Ich schwanke zwischen Lachen und Kreischen. Nachdem er jedoch anfängt, mich mit Schnee einzureiben, entscheide ich mich fürs Kreischen. Er lässt erst von mir ab, als Sascha sich wie ein Berserker auf ihn wirft. Was so lustig aussieht, dass ich schon wieder grinsen muss. Die beiden kugeln sich so lange im Schnee herum, bis ich sie anflehe, damit aufzuhören, weil meine Bauchmuskeln vor lauter Lachen anfangen weh zu tun. Endlich bleiben auch sie erschöpft liegen und wir versuchen, alle wieder zu Atem zu kommen.

„Ich mach uns mal eine Runde heiße Schokolade", biete ich an, rappele mich auf und klopfe mir den Schnee ab, der überall zu hängen scheint – besonders in meinen Haaren.

Ich höre zustimmendes Gemurmel und trete zehn Minuten später mit einem Tablett und drei Tassen mit dampfendem Inhalt wieder nach draußen. „Pause", rufe ich den beiden zu, die ihre Tätigkeit erneut aufgenommen haben und ein gutes Stück vorangekommen sind.

Bela sieht zum ersten Mal ein wenig erschöpft aus und nimmt sich dankbar eine Tasse. „Mini-Marshmallows", bemerkt er begeistert.

„Meine Regel heißt: Nie heiße Schokolade ohne Mini-Marshmallows trinken", verkünde ich, weil es stimmt. Es gibt einfach nichts Besseres, als diese kleinen Zuckerbomben, die halbaufgelöst auf dem Kakao schwimmen, herunter zu löffeln und auf der Zunge zergehen zu lassen. Ich schließe meine Augen, um die perfekte Kombination aus Schokolade und Zucker ausgiebig zu genießen.

„Das sehe ich", kommentiert Bela lachend. „Und es ist eine Regel, die mir ziemlich gut gefällt."

„Du brauchst nicht so rumzuschleimen, das zählt nicht als Gemeinsamkeit", bemerkt Sascha und verschwindet dann mit seinem halben Gesicht in der Kakaotasse.

Die nächste Pause gibt es zum Mittagessen. Bis dahin haben wir den Weg zum Schuppen gemeistert und es auch geschafft, dessen Tür zu öffnen. Mit der Schneefräse geht nachmittags alles deutlich schneller. Schon bald ist der Hof inklusive der Autos wieder frei und die Jungs machen sich daran, die Zufahrt bis zur Straße zu räumen. Das Schneeräumfahrzeug müsste heute oder spätestens morgen bis zu uns durchkommen, so lautete zumindest die Aussage der Gemeinde, mit der Sascha vorhin telefoniert hat. Dann wären wir wieder vollständig mit der Außenwelt verbunden und vielleicht könnte der Handwerker doch noch seinen Weg zu uns finden.

Ich habe genug vom Schneeschippen. Meine Muskeln fühlen sich schon ganz verkrampft an, also verabschiede ich mich nach innen und räume dort die Küche auf. Mit Musik geht alles leichter, deshalb schalte ich das Radio ein. Die ersten Klänge von *Last Christmas* veranlassen mich dazu, lauthals mitzusingen. Ich weiß, dass die einen diesen Song abgrundtief hassen, während die anderen ihn lieben. Unschwer zu erkennen, zu welcher Fraktion ich gehöre. Sicherheitshalber werfe ich einen Blick aus dem Fenster neben der Haustür und sehe, dass beide draußen noch fleißig und weit entfernt vom Haus arbeiten. Zurück in der Küche drehe ich das Radio auf volle Lautstärke, singe lauthals mit und fange an zu tanzen. Erst vorsichtig, aber schon bald fühle ich, wie sich meine Muskeln dabei lockern und ich mache größere Bewegungen, hole weiter aus und lasse meinen Körper komplett der Musik folgen. Ich tänzle ins Wohnzimmer, drehe schlechte Pirouetten und winde mich in irren Moves. Heißt es nicht immer, man soll tanzen, als ob niemand zusieht? Genau das mache ich. Denn es sieht keiner zu. Denke ich zumindest, bis ich ein leises Lachen höre. Erstarrt vor Schreck halte ich inne. Bela steht nur ein paar Schritte hinter mir. Er trägt noch seine Schneesachen und lehnt süffisant am Türrahmen. Dahinter kann ich Sascha erkennen, der gerade die Haustür schließt. Mein Blick huscht wieder zu Bela und sein arrogantes Grinsen lässt unvermittelt eine solche Hitze in mir entstehen, dass ich sogar fühle, wie mir die Röte ins Gesicht schießt. Ich laufe in die offene Küche und drehe das Radio leiser. Vor allem, um seiner Häme zu entkommen.

Ich weiß nicht, wann mir das letzte Mal etwas so peinlich war.

Ich kann mich nicht daran erinnern.

Oder Moment.

Ich kann mich wieder erinnern.

Unter meine Scham mischt sich ebenso heiße Wut. Die beiden ergeben einen ungünstigen Cocktail, der in Windeseile durch meine Blutbahn schießt und mich komplett ausfüllt. Ich erinnere mich an das letzte Mal, als ich mich noch so viel mehr geschämt habe. Als ich quasi den Gipfel der Scham erklommen habe. Und auch damals war er dabei gewesen.

„Was ist hier los? Kleine Dance Party?“, fragt Sascha gutgelaunt.

Wieder das Lachen, nur dieses Mal lauter. Ich kann mich nicht zu ihm umdrehen, ihm nicht ins Gesicht sehen, weil ich jetzt ausschließlich an damals denke. An diese eine Situation, die alles zwischen uns verändert hat.

„Ich weiß ja nicht, wie man diesen Tanzstil nennt. Vielleicht beschwipster Bossa-Nova, wilder Walzer, fuchsiger Foxtrott oder popliger Pogo? Ich fürchte, du musst deiner Schwester mal einen Tanzkurs spendieren."

Ich bin ein Fass, angefüllt mit Scham und Wut und diese Aussage ist der Tropfen, der dieses Fass zum Überlaufen bringt. Zu sagen, dass ich in dem Moment rot sehe, ist untertrieben. Es ist, als würde mein Körper grellrot blinken und dabei die Kontrolle an sich reißen. Ich kann nur von außen zusehen, was passiert.

Ich drehe mich um und funkle Bela hasserfüllt an. Ich muss wohl fies aussehen, denn sein Lächeln rutscht ihm aus dem Gesicht. Aber es gibt keinen Raum in mir, mich darüber zu freuen. Ich flippe komplett aus. So sehr, wie niemals zuvor in meinem Leben. Ich brülle ihn an, wie ich noch nie jemanden angebrüllt habe. Weil ich diese Schmerzen, die in mir wüten, loswerden muss und mein Körper denkt, dass das ein geeigneter Weg wäre. Obwohl meinem Geist eigentlich klar ist, dass man so nicht mit Menschen umgeht.

„Du bist so ein widerliches Ekelpaket, das sich daran ergötzt andere niederzumachen. Ich hasse dich. Und ich will keine scheiß Gemeinsamkeiten mit dir haben. Keine einzige." Und dann setzte ich mit einem Schluchzen unterlegt und deutlich leiser hinterher: „Und ich dachte, du hättest dich geändert."

Ich schaue ihn nicht an. Will seine Reaktion überhaupt nicht sehen. Könnte es nicht ertragen, wenn ihm das alles egal wäre.

Ich schnappe mir meine feuchten Schneeklamotten vom Haken im Flur, schlüpfe in fliegender Eile in meine Stiefel und lasse meinen Bruder mit offen stehendem Mund im Haus zurück. Mein Ziel ist der Schuppen. Dort angekommen zerre ich mir meine Skihose über die Beine und werfe mir die passende Jacke über. In mir ist alles auf Flucht gepolt. Mein Körper verlangt danach. Das Adrenalin in meinen Adern tut es. Ich muss hier weg. Ich befreie das Schneemobil von seiner Abdeckplane und krame dann den Schlüssel aus einem Blumentopf, der in einem der offenen Schränke steht, die hier im Schuppen an der Wand aufgereiht sind. Aus einer Kommode hole ich einen Helm, den ich mir aufsetze. Dann versuche ich, den Motor zu starten. Nichts. Noch einmal. Kein Mucks. Verzweifelt drehe ich den Schlüssel immer wieder, bis ich frustriert aufschreie, mir den Helm vom Kopf reiße, aufstehe und ihn wütend auf eine der Ablagen knalle.

Ich höre Schritte und wünsche mir inständig, dass nicht Bela es ist, der gerade den Schuppen betritt.

„Leo, was ist los? Was war das eben da drinnen?“, erklingt Saschas′ Stimme und ich bin so erleichtert, dass ich aufstehe und ihm um den Hals falle. Er hält mich fest und drückt mich an sich und das ist das Zeichen für meinen Körper loszulassen. Ich lasse sie los. All die Tränen, die in mir sind und die hinausgelassen werden möchten. All den Schmerz. All den Zorn.

Er sagt nichts und hält mich nur fest. Erst als ich mich wieder einigermaßen gefangen habe, spricht er mich erneut an: „Was ist da zwischen euch passiert? Warum bist du gerade so ausgeflippt? Er hat es nicht böse gemeint. Es war nur ein Scherz. Ich hab nicht viel gesehen, aber es sah toll aus, wie du da rumgewirbelt bist."

„Er hat gelacht", wende ich ein.

„Aber er hat dich nicht ausgelacht."

„Das sagt er vielleicht zu dir."

„Leo, hey, schau mich mal an!" Er nimmt mein Kinn zwischen seine Finger und zwingt mich aufzuschauen. „Du hättest ihn eben sehen sollen. Er war am Boden zerstört, so etwas in dir ausgelöst zu haben."

„So etwas", äffte ich ihn nach.

„Leo, du standest vollkommen neben dir. Ich hab dich noch nie so gesehen. Das hat mir Angst gemacht." Seine grünen Augen blicken mich betroffen an und ich bin kurz davor, ihm endlich die Wahrheit zu sagen. Aber dann macht mein Herz erneut einen Rückzieher. Es wird wieder kalt. Eiskalt.

„Du brauchst dir keine Sorgen zu machen. Ich weiß nicht, vielleicht musste das alles mal raus, weil ich ihm das damals nie so ins Gesicht gesagt habe."

„Das beruhigt mich nicht. Das beruhigt mich überhaupt nicht." Er zieht mich wieder an sich und ich vergrabe meinen Kopf zwischen dem Reißverschluss seiner offenstehenden Jacke und schmiege mich an seinen weichen Pullover.

„Es tut mir leid, dass ich so ausgeflippt bin."

„Ich möchte keine Entschuldigung, ich möchte endlich wissen, was dich so belastet!"

Ich schließe kurz die Augen, um mich zu sammeln. „Ich weiß, aber ich bin noch nicht bereit dafür. Ich muss jetzt alleine sein."

Er schnauft herzzerreißend. „Soll ich gehen?"

„Nein, du sollst dieses Ding hier reparieren!" Ich mache mich los und deute auf das Schneemobil. „Ich gehe ein paar Schritte in den Wald."

„Der Schnee liegt meterhoch", warnt er mich.

„Ich weiß. Ich gehe nicht weit. Ich brauche nur ein bisschen Frieden."

Ich kämpfe mich durch die Schneemassen zu dem Bach hinter dem Haus vor, an dessen Rand ich einfacher vorankomme. Hier ist ein kleiner Teil der weißen Pracht bereits durch die Feuchtigkeit weggeschmolzen. Es ist immer noch anstrengend und ich schaffe nur wenige Meter. Aber jetzt stehe ich mitten in der Natur und ich fühle mich schon etwas leichter.

Ich atme ein und aus.

Ich atme Ruhe und Hass.

Ich atme Kraft und Traurigkeit.

Es ist kalt und ich krame die dunkelgrüne Mütze mit dem großen Bommel aus meiner Jackentasche und ziehe sie mir tief ins Gesicht. Ich bin verwirrt. Weiß nicht mehr, was ich denken soll. Ich habe gerade begonnen, Bela erneut zu vertrauen. Ich habe wieder angefangen, mein Herz ein winziges bisschen für ihn zu öffnen. Wegen unserer Freundschaft. Wegen dem, was mal war. Was wir mal waren. Ich dachte, er hätte sich geändert. Aber vielleicht habe ich gerade überreagiert.

Ach, denkst du wirklich?

Gut, ich habe massiv überreagiert. Aber doch nur, weil ich dachte, dass er so ist wie früher. Dass sich das alles in einer anderen Form wiederholt. Das hat etwas in mir ausgelöst.

Und wenn Sascha recht hat, dass ich das eben in den falschen Hals bekommen habe? Was dann?

Ich weiß überhaupt nichts mehr. Ich weiß einfach nicht, wer Bela wirklich ist und was ich glauben soll. Gerade fühle ich mich wieder, als wäre ich dieses unsichere 15-jährige Mädchen mit Zahnspange.

Leonie, 15 Jahre alt

Ich wartete seit einer Weile im Yogaraum. Drei Monate lang trafen wir uns nun schon heimlich hier. Jeden Donnerstag nach dem Matheclub. Wir hatten herausgefunden, dass die neue Yogalehrerin, die immer dienstags kam, die Tür zu dem Zimmer nie abschloss. Also nutzten wir diese geschützte Atmosphäre, um unsere Freundschaft wieder aufzubauen. Das war zumindest am Anfang der Plan gewesen. Wir unterhielten uns stundenlang, aßen Chips, spielten uns gegenseitig Musik vor und alberten herum. Nach und nach waren wir uns immer näher gekommen. Bis ich mir nicht mehr schönreden konnte, was ich wirklich von ihm wollte. Aber ich wusste nicht genau, wie er darüber dachte. Ich war verliebt, in meinen ehemals besten Freund, mit dem ich aufgewachsen war. Eine heikle Sache, auch wenn wir keine gemeinsamen Urlaube mehr im Chalet verbrachten. Deshalb versuchte ich, meine Gefühle so gut wie möglich wegzuschieben, denn ich war froh, dass wir endlich wieder befreundet waren. Ich hatte ihn unglaublich vermisst, das merkte ich erst jetzt so richtig, wo er erneut in meinem Leben aufgetaucht war. Und ich wollte das nicht gefährden. Unsere Zeit hier im Yogaraum war mir heilig. Gerade auch, weil zuhause immer noch alles kopfstand. Mein Verhältnis zu Sascha war im Moment schwierig, denn ich verstand nicht, warum er unserem Vater so leicht verziehen hatte.

Es klopfte leise, dreimal kurz hintereinander und zweimal mit längerem Abstand. Ein Lächeln schlich sich auf mein Gesicht. Wir hatten ein Zeichen vereinbart, damit wir uns darauf einstellen konnten, sollte doch einmal jemand anderes den Raum betreten.

Im nächsten Moment setzte sich Bela im Schneidersitz auf die Matte neben mir und schleuderte seinen Rucksack in die hinterste Ecke. Er hasste die Schule abgrundtief, war aber nie bereit, mit mir darüber zu sprechen. Ich hatte ihn gefragt, ob er Nachhilfe bekam, was er bejahte. Lernen mochte er mit mir jedenfalls nicht, das hatte ich ihm mehrfach angeboten. Ich hatte das Gefühl, dass er vor mir nicht dumm dastehen wollte und das musste ich akzeptieren. Auch wenn ich niemals von ihm denken würde, dass er nicht intelligent wäre. Aber in der

Schule gut zu sein, hatte oft gar nicht unbedingt etwas mit Intelligenz zu tun, sondern mehr mit Angepasstheit oder einer Begabung in bestimmten Bereichen. Aber immer, wenn ich ihm das zu erklären versuchte, blockte er ab.

„Schlechter Tag?“, fragte ich ihn.

„Ja, aber vor allem, weil ich gleich wieder weg muss. Meine Tante aus Japan ist zu Besuch und meine Eltern wollen mit ihr an irgendeinen See fahren zum Spazierengehen und dann zum Essen.“ Er griff sich an den Hals und tat so, als würde er sich selber würgen.

Ich konnte meine Enttäuschung nicht verbergen, das sah ich an seinem entschuldigenden Blick. „Das hört sich doch ganz nett an. Ist sicher spannend, was sie so aus Japan erzählt“, versuchte ich meine Gefühle zu überspielen.

Er schnaufte. „Sie ist schon seit fast einer Woche da und glaub mir, ich kann das Wort Japan langsam nicht mehr hören! Sie liegt meiner Ma ständig in den Ohren, dass sie doch wieder zurückgehen soll.“

Das schockierte mich ziemlich. „Zieht sie das denn in Erwägung?“

„Auf keinen Fall. Sie liebt es hier. Sie hat einen super Job als Astrophysikerin und mein Pa ist Schauspieler. Ich meine, der könnte in Japan gar nicht arbeiten, weil er die Sprache nicht beherrscht.“ Bei seinen Worten rollte mir ein riesiger Stein vom Herzen – von der Größe des japanischen Bergs Fuji.

„Wann musst du denn los?“, hakte ich nach.

Er blickte auf seine Uhr und verzog den Mund. Dabei kräuselten sich seine Lippen leicht und ich schaffte es nicht, wo anders hinzusehen. „Eigentlich sollte ich schon zuhause sein", gab er zerknirscht zu.

„Okay", ich versuchte, ein fröhliches Gesicht zu machen, obwohl meine Welt gerade ein bisschen in sich zusammenstürzte. Wir hatten kaum drei Worte miteinander gewechselt. „Dann sehen wir uns eben nächste Woche."

Wieder eine Woche warten.

Eine Woche Horror daheim.

Eine Woche Sehnsucht nach ihm.

Ich zwang mir ein Lächeln auf meine Lippen.

„Ausgerechnet heute", er fuhr sich mit einer Hand durch seine sorgfältig gestylten schokobraunen Haare und brachte sie damit völlig in Unordnung. Mir gefiel das ohnehin besser so. Es wirkte entspannter. „Aber vielleicht sehen wir uns ja am Samstag, auf Darios Party?" Seine Miene hellte sich auf, als hätte er die beste Idee des Jahrhunderts gehabt. Einerseits freute ich mich darüber, dass er mich plötzlich am Wochenende sehen wollte, und das auch noch in der Öffentlichkeit. Bisher hatten wir unsere Freundschaft geheim gehalten und das war vor allem von ihm ausgegangen. Ich vermutete immer, dass er um seinen Ruf besorgt war, wenn man uns zusammen sah. Was mir natürlich einen heftigen Stich versetzte, sobald ich daran dachte. Aber es schien, als hätte ich mich getäuscht und das war das Allerbeste an seiner Frage. „Also, ähm, ich bin nicht eingeladen, deshalb wohl eher nicht“, antwortete ich ihm schüchtern.

„Was heißt hier nicht eingeladen? Alle aus dem Jugendtreff sind eingeladen. Er hat erst gestern hier Flyer verteilt.“ Er zog seinen Rucksack zu sich heran und kramte darin herum, bis er einen völlig zerfledderten blauen Zettel zutage förderte, den er mir reichte.

Ich strich ihn glatt und las die spärlichen Informationen darauf: Die Adresse von Darios Zuhause, die Uhrzeit, wann es losgehen sollte, außerdem war ein Foto vom Gastgeber abgebildet, auf dem er eine Ananassonnenbrille trug und einen Cocktail aus einem Flamingostrohhalm schlürfte.

„Ist das eine Motto-Party?“

„Keine Ahnung, ich glaube nicht. Ich muss jetzt leider wirklich los, sonst gibt es Ärger.“ Wir standen beide gleichzeitig auf und sein rechter Ellbogen mit dem umgehängten Rucksack landete dabei versehentlich in meinem Bauch. Ich gab einen dumpfen Laut von mir und versuchte, das Gleichgewicht wieder zu finden. Aber Bela war schneller und hielt mich an beiden Armen, um mir Stabilität zu geben. „Sorry! Verdammt, das war ungeschickt von mir. Gehts dir gut? Hab ich dir wehgetan?“

„Alles okay“, antwortete ich lächelnd. „Ich war nur überrascht.“

Auch seine Gesichtszüge entspannten sich. Und obwohl er mich längst wieder hätte loslassen können, tat er es nicht. Wir sahen uns in die Augen und ich spürte seine warmen, sanften

Hände an meinen bloßen Armen. Ich war ihm so nah, dass ich sein Parfum roch: ein angenehmer Duft, irgendetwas Frisches, Unaufdringliches. Vielleicht ein Unisex-Parfum?

„Ich würde mich wirklich freuen, wenn du am Samstag auch kommen würdest", sagte er mit rauer Stimme. Ich schluckte und starrte auf seine Lippen, die mir etwas zuzuflüstern schienen. Ein zartes Versprechen. Ich musste nur überlegen, ob ich daran glauben wollte.

Er ließ mich nicht einfach nur los. Er lockerte seinen Griff und fuhr federleicht meine Arme entlang, bis er bei meinen Händen angelangt war. Er strich mir behutsam über die Handinnenflächen und dann erst ließ er mich frei. Schließlich drehte er sich um und ging.

Ich stand eine Weile noch so da und spürte dieser Berührung nach. Sie war eindeutig nicht freundschaftlich gewesen. Ich wusste zwar nicht viel über Beziehungen, aber das konnte ich sehr wohl unterscheiden. Sie war zärtlich gewesen. Auf eine angenehme Weise sogar erstaunlich intim. Sie war definitiv ein Versprechen auf mehr und ich beschloss, ins kalte Wasser zu springen und daran zu glauben.

Gegenwart

Ich habe daran geglaubt. Habe ihm vertraut – und bin bitter enttäuscht worden. Ich frage mich, ob ich jetzt wieder an dem gleichen Punkt angelangt bin wie damals. Zum dritten Mal ist er in mein Leben getreten, aber ich habe keine Ahnung, ob ich einen weiteren Dämpfer verkraften kann. Das erste Mal waren wir beste Freunde gewesen. Das zweite Mal Verliebte. Wobei, Moment, ich war verknallt gewesen. Er, wie sich später herausgestellt hat, wohl nicht. Und nun das dritte Mal. Wäre eine Freundschaft nach unserer Vorgeschichte überhaupt wieder möglich? Möchte ich das? Oder war mein Ausbruch von vorhin eine Warnung an mich selbst, ihm nicht so schnell erneut Vertrauen zu schenken?

Kapitel 8

Die Sonne kitzelt mich mit ihren Strahlen wach. Ich bleibe noch einem Moment im Bett liegen und genieße das warme Licht auf meiner Haut. Dann gehe ich zum Fenster und blicke hinaus. Die freundliche Helligkeit hat die Landschaft rund um das Chalet in ein echtes Winterwunderland verwandelt. Es sieht aus, als wäre die Welt mit einer dicken Schicht aus glitzerndem Puderzucker bestäubt. Nach den drei Tagen, die wir fast nur in der Hütte verbracht haben und dem gestrigen Tag mit all der Plackerei habe ich heute das Bedürfnis, die Natur da draußen zu genießen.

Ich spule in Windeseile meine Morgenroutine ab und gehe hinunter in die Küche zum Frühstücken. Bela ist anscheinend schon hier gewesen, weil lediglich zwei Teller auf der Kücheninsel stehen. Vor einem davon sitzt mein Bruder. Ich bin ehrlich gesagt froh, nur ihn hier zu treffen, weil ich mir immer noch unschlüssig bin, wie ich mich Bela gegenüber verhalten soll.

„Guten Morgen, Sonnenschein“, begrüßt Sascha mich. „Schön, dass du wieder lächelst.“

„Bei diesem herrlichen Tag bleibt mir ja gar nichts anderes übrig“, gebe ich gutgelaunt zurück. Ich habe beschlossen mir meine Stimmung von Bela nicht verderben zu lassen und die Entscheidung, ob ich mit unserer Gemeinsamkeiten-Challenge weitermachen möchte, noch zu vertagen.

„Mich zieht es heute raus in die Natur. Hast du Lust Schneeschuhwandern zu gehen?“, frage ich meinen Bruder, während ich mir eine Semmel schmiere, die in einem Körbchen bereitliegt. Ich bin so froh, dass Sascha erstens supergut kocht und zweitens immer früher aufsteht als ich. So darf ich mich täglich an den gedeckten Frühstückstisch setzen. Das ist herrlich und das komplette Gegenteil meines sonstigen Alltags, wo ich jeden Morgen alleine bin.

„Ich habe vor, mit dem Schneemobil ins Dorf zu fahren, und dort mal nach dem Rechten zu schauen. Ob alles wieder seinen geregelten Gang geht. Außerdem ist uns die Milch ausgegangen. Möchtest du mich vielleicht begleiten?“

Ich ziehe die Nase kraus. „Nein, ehrlich gesagt nicht. Mir ist heute nach einem Genießer-Tag in der Natur."

„Den starte ich dann, wenn die Pisten wieder freigegeben sind", entgegnet er. „Ich sause lieber den Berg hinunter, anstatt mich mit komischen Dingern an den Füßen den Berg hinauf und dann wieder runter zu quälen." Er wackelte mit den Augenbrauen, um seine Aussage noch zu unterstreichen.

„Es macht unglaublich Spaß, mit den Schneeschuhen den Berg wieder runter zu gleiten und zu springen", erkläre ich ihm. „Und es ist definitiv deutlich umweltfreundlicher als Skifahren."

„Ja, das mag sein. Manchmal habe ich das Gefühl, dass alles was Spaß macht, schlecht für die Umwelt ist." Er stöhnt. „Bist du sicher, dass du bei der Schneelage alleine gehen möchtest?", fährt er fort.

Ich rolle mit den Augen. „Ich war auf zig Lawinen-Schulungen und ich nehme immer die komplette Ausrüstung mit", erkläre ich ihm. „Außerdem bin ich meistens alleine unterwegs, weil mich in dieser Familie ja selten jemand begleiten möchte."

„Vielleicht geht Bela mit dir? Er war heute schon früh wach, keine Ahnung, wo er jetzt steckt. Snowboarden geht ja noch nicht", tastet er sich vorsichtig vor.

Ich beschließe, meinen unzurechnungsfähigen Eindruck von gestern wieder wettzumachen und ganz erwachsen zu reagieren.

Bist du sicher, dass du erwachsen bist, Leonie? Du versuchst es zwar oft, aber das Ergebnis lässt meistens zu wünschen übrig.

Ich ignoriere meine innere Stimme und antworte rasch, bevor ich es mir anders überlegen kann: „Wenn ich ihn treffe, werde ich ihn fragen."

Das bringt mir ein stolzes Lächeln von Sascha ein, das mich noch mehr strahlen lässt.

Nach dem Frühstück ziehe ich mir passende Kleidung an, die aus einer wasserdichten, atmungsaktiven Softshellhose in Türkis besteht und einer ebensolchen Jacke in Dunkelgrau. Über meine Wanderschuhe ziehe ich mir Gamaschen, damit kein Schnee in sie eindringt. Außerdem nehme ich einen Rucksack mit, in den ich Verpflegung packe, ein kleines Erste-Hilfe-Set und die Lawinenausrüstung: eine Sonde, ein Suchgerät und eine Schaufel. Ich fühle mich richtig energiegeladen und freue mich auf meinen Ausflug alleine. Ja, ich habe Sascha versprochen Bela zu fragen, falls ich ihn treffe. Aber bisher ist er mir nicht begegnet und ich werde mich sicher nicht auf die Suche nach ihm begeben. Als ich jedoch den Schuppen betrete, werden meine Pläne durchkreuzt. Hier zieht sich Bela doch tatsächlich gerade Schneeschuhe an. Ich hätte eher mit einer Reaktion wie der von meinem Bruder gerechnet, schließlich ist der Tätowierer eine coole Socke und fährt passend zu seinem Image Snowboard. Dass er sich freiwillig auf eine Schneeschuhwanderung begeben will, ohne dass ich gefragt habe, wundert mich. Und zeigt mir erneut, wie wenig ich ihn doch kenne.

„Guten Morgen", begrüßt er mich etwas zurückhaltend. Wir haben uns seit gestern nicht mehr gesehen und er scheint genau wie ich unsicher zu sein. Was zu Saschas Aussage passen würde, dass er mich nicht aus Gemeinheit hat auflaufen lassen.

Oder er spielt seine Rolle par excellence.

Ich schnaufe innerlich, weil mich diese Unsicherheit in mir selbst nervt.

„Guten Morgen. Ich weiß, ich wiederhole mich irgendwie, aber ich hätte nicht gedacht, dass du Schneeschuhwandern gehst ..."

Ich merke, wie er seine angespannten Schultern ein wenig fallen lässt. Er scheint erleichtert, dass ich ein ganz normales Thema angeschnitten habe.

„Ich bin gerne draußen in der Natur. Snowboarden ist mein Ding, aber manchmal ist es ein bisschen ruhiger auch schön. Man kann sich mehr auf die Umgebung konzentrieren und nimmt sie intensiver wahr."

„Das finde ich auch", entgegne ich immer noch etwas verdutzt. Ich hole mir meine eigenen Schneeschuhe aus einem der Schränke und lege sie an.

„Darf ich dich begleiten?", fragt er mich und ich bin froh, dass er mir zuvorgekommen ist, denn ich weiß nicht, ob ich es übers Herz gebracht hätte, mich dazu zu überwinden, ihn zu fragen.

„Nachdem wir jetzt beide schon hier sind." Ich zucke mit den Schultern und laufe los. Mehr als diese Einladung wird er von mir nicht bekommen. Aber mehr braucht er auch nicht. Er folgt mir durch den Wald, den Berg hinauf, bis wir an einen freien Hang kommen. Die Aussicht ist gigantisch. Der Schnee streckt sich fast unberührt vor uns aus und schimmert mit dem kleinen Bach, der den Bergrücken durchschneidet, um die Wette. Ich halte einen Moment inne, weil ich diesen Anblick genießen möchte. Ohne Sonnenbrille hätte ich keine Chance überhaupt etwas zu sehen, so sehr strahlt das Weiß um uns herum.

Bela ist neben mich getreten und bewundert ebenfalls die Umgebung. „Ich liebe Schnee. Er ist wie eine strahlende Hülle, die alle Geräusche abdämpft. Ich weiß zwar, dass er keinen Geruch hat, aber die Luft in einer schneebedeckten Landschaft ist so frisch und klar wie nirgends sonst."

„Und er ist wie eine warme Decke, der die Natur beschützt. Schnee ist definitiv eine der herrlichsten Sachen auf dieser Welt", pflichte ich ihm bei.

Während mein Blick weiter über den Abhang wandert, bemerke ich aus dem Augenwinkel, wie Bela mich ansieht.

„Dann ist das die Nummer Vier", sagt er plötzlich. „Unsere vierte Gemeinsamkeit."

Ich nicke, sehe aber nicht zu ihm hin. Zu viel Unausgesprochenes liegt zwischen uns, als dass ich mich jetzt einfach auf dieses Gesprächsthema einlassen könnte.

Er scheint das zu spüren und setzt zwei Mal zum Reden an, bricht aber immer wieder ab. Beim dritten Mal schafft er es endlich, ein paar Worte hervorzuholen. Und die haben es in sich: „Das mit gestern tut mir leid. Ich wollte dich nicht verletzen. Es war schön, dich so frei zu sehen, ehrlich. Ich hätte darüber keine Witze machen sollen. Manchmal bin ich ein echter Trampel. Ich überspiele Unsicherheiten damit."

„Unsicherheiten?“ Jetzt blicke ich ihn doch an. „Wann bist du jemals unsicher gewesen?“ Es ist mit Sicherheit die Eigenschaft, die am allerwenigsten zu ihm passt.

Er kneift die Augen kurz zusammen und fasst sich mit Daumen und Zeigefinger, die in schwarzen Handschuhen stecken, an die Nasenwurzel. „Du würdest mir nicht glauben, wenn ich dir die Wahrheit sage.“

„Vielleicht versuchst du es ja zur Abwechslung mal mit der Wahrheit, anstatt dich ständig hinter irgendwelchen schauspielerischen Leistungen zu verstecken. Dann könnte ich dich womöglich im Ansatz verstehen.“

Er lacht und es klingt bitter. Erstaunlich bitter. Es ist ein dunkles Lachen, fast schwarz. Ganz ohne Sonnenlicht. Es verschluckt eher das Licht, anstatt welches auszusenden. Als wäre es krank.

„Wenn das so einfach gehen würde.“ Mehr scheint er darüber nicht sagen zu wollen, denn er rammt seine Wanderstöcke vehement in den Boden und stapft mit seinen Schneeschuhen weiter voran.

Ich folge ihm und versuche, nicht darüber nachzudenken, warum er glaubt, mir nicht die Wahrheit sagen zu können oder mir sein wahres Ich zu zeigen. Aber sooft ich diese Gedanken, die doch zu nichts führen, wegschiebe, sie verstecken sich in einer kleinen Ecke meines Unterbewusstseins. Dort komme ich nicht an sie heran und sie piesacken mich weiter.

Die Strecke beginnt, steiler und auch anspruchsvoller zu werden, und ich bin froh darüber. So kann ich mich voll aufs

Laufen konzentrieren. Es ist anstrengend und schön, denn die Umgebung hüllt mich ein und gibt mir dieses Gefühl der Entspannung. Ich sehe Spuren von Tieren und versuche, mir vorzustellen, wer oder was genau dort vorbeigekommen ist. Im Moment sieht es so aus, als gäbe es hier kein Leben, aber in der Dämmerung sind der vielen Spuren nach zu urteilen, einige Tiere unterwegs.

Plötzlich macht Bela Halt und blickt abschätzend den nächsten Hang hinauf. „Ich denke, der ist steiler als dreißig Grad, oder?"

Ich blicke ebenfalls hoch. Um Lawinen zu vermeiden, sollte man mit Schneeschuhen keine Hänge betreten, die stärker geneigt sind – gerade bei den jetzigen Schneeverhältnissen.

Wir sind nicht weit vom Gipfel entfernt und ich spüre eine große Sehnsucht, von oben aufs Tal zu blicken. Aber er hat recht. Der Hang hat eine Neigung, die wahrscheinlich hart an der Grenze ist.

„Könnte sein, aber ich denke, dass es gerade noch passt", erwidere ich.

„Und ich denke, dass es gerade nicht passt. Wir sollten umkehren und uns eine andere Route suchen!" Er zieht sein Handy aus der Tasche.

„Ich kenne diese Strecke. Ich bin sie schon öfter gelaufen. Und dieser Hang hat nie Probleme gemacht. Wenn wir ihn umgehen wollen, müssten wir einen riesigen Umweg in Kauf nehmen, der uns mindestens eine Stunde kostet. Ich bin diesen

Winter noch nicht viel gelaufen und ich weiß nicht, ob ich das konditionell schaffe."

„Na gut, dann lass uns wieder umkehren. Man soll aufhören, wenn es am schönsten ist, oder wie war das?" Er schenkt mir ein Lächeln, aber ich schaue ihn nur ungläubig an. „Nein, man hört auf, wenn man das Ziel erreicht hat und in diesem Fall ist das der Gipfel."

„Wie war das mit: *Der Weg ist das Ziel*?"

„Deine Plattitüden kannst du dir sparen. Ich gehe weiter. Aber du kannst gerne schon zurückgehen. Oder du nimmst den Umweg und ich warte oben auf dich", biete ich ihm an. Er würde es alleine wahrscheinlich schneller als in einer Stunde schaffen und ich könnte am Gipfel Brotzeit machen, während ich auf ihn warte.

„Ich lasse dich sicher nicht allein", bemerkt er ernsthaft.

„Wie du meinst." Ich fürchte, ein kleines bisschen drängt mich auch mein Trotz weiter, einfach nur um Bela zu widersprechen. Nicht besonders klug von mir.

Ich gehe einige Schritte in den Hang hinein und auf einmal steigt ein seltsames Gefühl in mir hoch. Ich sehe, dass Bela gerade hinter mir herkommen will, und schreie ihm zu, dass er zurückbleiben soll. Geschockt von meinem Ton, starrt er zu mir hoch und dann höre ich ein knarzendes Geräusch.

Es fährt mir durch Mark und Bein und eine Gänsehaut überzieht augenblicklich meinen gesamten Körper.

Verdammte Axt, Leonie. Warum musst du ständig deinen Kopf durchsetzen?

Ich sehe zuerst, wie sich das Schneebrett löst, auf dem ich stehe, bevor ich spüre, wie es sich unter mir bewegt. Alles geht so schnell, dass ich keine Chance habe, die Gefahrenzone zu verlassen. Ich bin in diesem Moment einfach nur froh, dass Bela mir nicht in diese Dummheit gefolgt ist. Ich versuche krampfhaft, das Gleichgewicht zu halten und mich mit dem Schneebrett den Hang hinunter zu bewegen, aber die Naturgewalt reißt mich von den Füßen. Unkontrolliert schlittere ich den Berg hinab.

„Leonie“, höre ich Bela noch rufen, dann spüre ich, wie mein Kopf unsanft auf einem Stein aufschlägt, und bin für einen Moment so benommen, dass ich nicht mehr weiß, wo oben und unten ist. Ich habe schreckliche Angst, dass mich der Schnee begräbt, und kann nicht klar denken. Meine Instinkte übernehmen und als mich die Lawine in den Wald zerrt, versuche ich alles, um mich an einem Baum festzukrallen. Aber die Schneemassen sind zu stark. Ich weiß, wo dieser Wald endet, nämlich an einem steilen Abhang, der nur nackten Fels bietet – und bodenlose Tiefe. Die Furcht unter dem Schnee begraben zu werden erscheint mir auf einmal lächerlich, wenn ich daran denke, in die Tiefe zu stürzen. Ich versuche, meine Füße in den Boden zu stemmen, spüre aber nur einen heftigen Schmerz in der rechten Wade.

Du musst dich irgendwo festhalten, Leonie. Wenn du über den Abhang gerissen wirst, bist du tot!

Das ist der einzige Gedanke, der in meinem Kopf Platz hat. Mir ist schwindlig und meine Sicht ist irgendwie getrübt. Ich rufe noch einmal all meine Kräfte ab und erwische tatsächlich einen dünnen Baumstamm, an dem ich mich mit beiden Armen einhänge und zusätzlich mit den Händen festkralle. Der Schnee poltert unter mir entlang und über mich hinweg, aber ich gebe nicht nach. Meine Beine hängen in den Abgrund. Das war verdammt knapp. Ich versuche verzweifelt, mit meinen Füßen Halt zu finden, doch da ist nichts unter mir.

Ich weiß nicht, wie lange es dauert, aber plötzlich herrscht Stille um mich herum. Nur noch vereinzelte kleine Schneebrocken kullern den Hang über mir hinunter. Meine Arme schmerzen. Ich konzentriere mich voll und ganz darauf, mich an dem Baum festzuhalten und mich hochzuziehen, aber die Energie reicht nicht aus. Die Schwerkraft zerrt an mir. Wie ein Feind, der mich in die Tiefe reißen will. Meine Beine baumeln hilflos in der Luft, weil ich nichts finde, wo ich sie aufsetzen kann. Mir ist heiß und der Kopf tut weh.

Als ich jemanden meinen Namen schreien höre, weiß ich im ersten Moment nicht, ob ich mir das nur einbilde. Ich habe zwar gesehen, dass Bela außerhalb des Lawinenbereichs stand, aber alles ging so schnell. Vielleicht hat es ihn auch erwischt. Nur wenn ich es nicht bald schaffe, mich irgendwie hochzuziehen, ist er meine letzte Chance, mich aus dieser verheerenden Lage zu befreien.

„Leonie", höre ich meinen Namen jetzt viel deutlicher. Bela muss schon näher gekommen sein.

„Hier bin ich", krächze ich eher, als das ich schreie. Ich räuspere mich und merke beim Einatmen, wie meine Lunge schmerzt. „Hier bin ich“, rufe ich erneut und dieses Mal schaffe ich es, lauter zu schreien. Was mich aber sofort zum Husten bringt. Wenn ich Zeit hätte, mir Vorwürfe über meine eigene Blödheit zu machen, würde ich es tun, aber ich verschiebe das auf später. Denn es wird ein Später geben. Daran klammere ich mich genauso, wie ich mich an diesen mickrigen Stamm klammere, der alles ist, was mich noch vom Jenseits trennt.

Ich höre Bela erneut meinen Namen brüllen und dieses Mal nehme ich die Verzweiflung in seiner Stimme wahr. Hat er mich vorhin nicht gehört?

„Ich bin hier“, rufe ich aus Leibeskräften und ignoriere alles, was mir wehtut. „Ich brauche Hilfe.“

Die Muskeln in meinen Armen fangen an zu zittern – ich werde nicht mehr lange durchhalten. Ich überlege, ob es schlauer ist, mich weiter festzuhalten bis Bela mich erreicht hat oder meine allerletzten Reserven zu mobilisieren und erneut den Versuch zu starten, mich hochzuziehen. Ich weiß nicht, wie viel Zeit mir bleibt. Wie viel Körner noch in meiner Sanduhr sind, die mein Leben abzählt.

Endlich sehe ich im Augenwinkel einen Schatten den Hang hinunterkommen.

„Hier bin ich“, rufe ich wieder.

„Ich sehe dich, Leo. Halt dich fest! Ich bin gleich bei dir. Halte durch, Leo!“

Dass er in der Nähe ist, lässt mich meine letzten Kräfte mobilisieren. Ich ignoriere das Brennen in den Armen, das Zittern und Zucken.

„Nur noch ein paar Meter." Er klingt atmenlos und ich sehe, wie er sich mit Bedacht auf dem Rücken den Hang bis zu mir hinuntergleiten lässt.

Die Schmerzen werden so stark, dass die Umgebung immer wieder vor meinen Augen verschwimmt. Plötzlich löst sich eine Hand vom Stamm und auch der Arm rutscht ab. Als ich nachgreifen will, sind meine Finger zu steif und ich kriege den Baumstamm nicht mehr zu fassen. Panik überschwemmt mich. „Bela, ich rutsche ab. Ich kann mich nicht mehr halten."

„Du schaffst das, Leo. Halt dich verdammt noch mal fest! Wag es ja nicht, loszulassen!", seine Stimme überschlägt sich. Endlich ist er bei mir. Er hat seinen einen Fuß in einen Baumstamm gehakt und streckt beide Hände nach mir aus. Er greift zuerst nach meiner freien Hand und zieht mich ein Stückchen hoch. Dann noch ein Stück. Und schließlich finden meine Beine Halt auf dem Felsen und ich stemme mich in die Höhe. Er packt mich mit beiden Armen und gemeinsam robben wir in flacheres, ungefährlicheres Terrain. Ich lasse alles los. Wie ein nasser Sack liege ich im Schnee und spüre meine Hände und Arme kaum noch. Es fühlt sich an, als würden sie nicht zu meinem Körper gehören. Auch Bela braucht einen Moment, um wieder zu Atem zu kommen, doch dann zieht er mich sofort in seine Arme. Er hält mich fest, als hätte er Angst, ich könnte wieder abrutschen. Aber ich bin in Sicherheit – dank ihm.

Hör dir Lied 3 der Playlist an: The Lighthouse Keeper – Sam Smith

Bela greift zu seinem Handy, das im Rucksack steckt. „Ich versuche, Sascha zu erreichen, damit er dich mit dem Schneemobil abholt und ins Krankenhaus bringt. Oder soll ich die Rettung verständigen? Wie schlimm bist du verletzt? Was tut dir weh?"

Ich überprüfe meinen Körper. Bewege langsam und vorsichtig jeden einzelnen Teil. Alles funktioniert einigermaßen, bis auf meine Arme und Hände. Ich bin unglaublich erleichtert. Es scheint nichts gebrochen zu sein. „Mein Kopf tut weh, weil ich mir den heftig angeschlagen habe. Meine Hände und Arme spüre ich kaum noch, vom Festhalten. Und meine Lunge schmerzt, wenn ich stärker einatme. Aber ich glaube, ich bin glimpflich davongekommen." Ich kann es selbst kaum fassen.

„Sascha geht nicht dran. Ich schicke ihm eine Nachricht mit unserem Standort. Wenn er sich innerhalb der nächsten Minuten nicht meldet, rufe ich die Rettung."

Immer noch liege ich mit meinem Rücken auf Belas Brust und seine Arme umschlingen mich, während er in den Händen sein Smartphone hält und eine Nachricht tippt. Ich linse zu ihm nach oben und sehe seinen ernsten Gesichtsausdruck. Auf seiner Stirn hat sich eine steile Falte gebildet und er presst die Lippen zusammen. Dann ist er fertig und schiebt mich vorsichtig von sich herunter. „Ich habe einen Biwaksack dabei, in den wickeln wir dich jetzt ein, damit nicht auch noch eine Unterkühlung dazukommt."

Er zerrt ein winziges Päckchen aus seinem Rucksack, das sich beim Auseinanderwickeln, als eine Art Schlafsack entpuppt. Er hilft mir, meine Füße hineinzustecken, und achtet dabei darauf, dass ich mich so wenig wie möglich bewege. Dann setzt er sich wieder hinter mich und hält mich. Und egal was vorher zwischen uns passiert ist, ich lasse erleichtert meinen Kopf an seine Brust sinken und schließe die Augen.

„Du darfst nicht einschlafen!", ermahnt er mich.

„Ich weiß. Ich brauche nur einen Moment, um wieder klarzukommen. Du hast mich gerettet. Keine Ahnung, wie man sich für so was Großes bedankt. Wäre ich allein gegangen, wäre ich jetzt..."

„Sag es nicht!", bittet er mich. „Du warst nicht allein. Und du brauchst dich nicht zu bedanken. Was ich getan habe, war selbstverständlich."

„Du hättest mich auch einfach da hängen lassen können. Schließlich habe ich dich die letzten Tage ziemlich genervt, oder?" Es ist ein schlechter Versuch, einen Scherz zu machen. Jetzt weiß ich endlich, wo dieser Begriff *Galgenhumor* herkommt. Vielleicht muss man eine Nahtoderfahrung erleben, um solchen Blödsinn von sich zu geben.

Ein seltsamer Ton entschlüpft Belas Kehle und ich versuche hochzuschauen, aber er hat sein Kinn auf meinen Kopf gelegt und ich kann sein Gesicht nicht sehen.

„Weinst du?", frage ich ihn deshalb.

„Wie kommst du denn darauf?“, schnieft er.

„Und ich hätte gedacht, da kommen nur gefrorene Tränen aus deinen Eisaugen.“

Das bringt ihn zum Lachen und zum Schniefen. „Ich dachte für einen Moment, ich hätte dich verloren.“

Es ist eine seltsame Formulierung, weil wir ja nicht mehr befreundet sind. Aber ich bin so erschöpft, dass ich keine Gehirnkapazität frei habe, länger darüber nachzudenken.

„Warum, verflucht, weinst du nicht?“, fragt er mich.

„Ich glaube, ich bin zu müde dafür. Und vielleicht fließt noch zu viel Adrenalin von meinem Überlebenskampf in meinen Adern. Sonst würde ich wahrscheinlich heulen wie ein Schlosshund. Da mach ich mir keine Illusionen. Warum heult eigentlich ein Schlosshund?“

„Darüber machst du dir gerade Gedanken?“ Das Piepsen seines Handys unterbricht ihn. „Sascha hat sich gemeldet. Er ist schon unterwegs und wird in zehn Minuten da sein.“

„Und, was ist jetzt mit dem Schlosshund? Lach nicht, ich versuche nur, mich abzulenken.“

„Okay, also ich weiß es nicht. Aber spontan würde ich sagen, dass es vielleicht ein Gespenster-Hund ist, weil es die ja auf Schlössern gibt – also Gespenster. Warum dann nicht auch Gespenster-Hunde? Und deshalb heult er. Wie ein Geist eben.“

„Das könnte tatsächlich stimmen“, sinniere ich.

Eine Zeit lang schweigen wir, aber er rüttelt mich immer wieder, damit ich nicht einschlafe.

„Ich bin so müde“, bemerke ich irgendwann schläfrig.

Er reibt über meine Arme, aber mir ist gar nicht kalt. Der Schlafsack und seine Körperwärme im Rücken halten mich kuschelig warm. Und da ist noch mehr. Ich fühle mich geborgen bei ihm. So nah bei Bela zu sein, fühlt sich an wie zuhause. Er fühlt sich an wie zuhause. Und weil ich in dieser ziemlich ungewöhnlichen Extremsituation stecke, erlaube ich mir diese Emotionen. Ich gestatte mir, das alles zu fühlen und es nicht zu hinterfragen.

„Du darfst aber nicht schlafen. Bitte, Leo, streng dich an! Ich habe mir heute schon so viele Sorgen um dich gemacht, das reicht für ein ganzes Leben."

„Erzähl mir was, damit ich nicht einschlafe!"

Er schnaubt. „Okay, einen Moment, mir fällt gleich was ein. Was soll ich erzählen? Eine Geschichte?"

„Oder eine Wahrheit."

Ein paar Sekunden ist es still. „Hier ist eine Wahrheit. Die wahrste Wahrheit"

„Was soll das sein, die wahrste Wahrheit?"

„Die Wahrheit ist natürlich immer die Wahrheit. Aber oft lässt man trotzdem noch etwas weg. Die wahrste Wahrheit ist alles: Das was man erzählen möchte und das, was man vielleicht lieber für sich behält."

„Klingt spannend."

„Okay. Also, hier ist die wahrste Wahrheit: Ich bin für dich da, Leo. Egal, was zwischen uns passiert ist, ich bin immer für dich da. Und auch, wenn du es mir nicht glaubst, aber du kannst dich auf mich verlassen." Er streicht mir meine schneenassen, rotbraunen Haare aus dem Gesicht. Dabei berühren seine Fingerspitzen, die gerade nicht in Handschuhen stecken, federleicht meine Wange. „Ich wollte nicht…“, da unterbricht ein schnell lauter werdendes Motorengeräusch seine Worte. Ich hätte gerne gewusst, was er nicht wollte. Aber schon hält mein Bruder das Schneemobil an und steigt so rasant ab, wie ich es noch nie bei ihm gesehen habe. Er reißt sich den Helm herunter und stolpert durch den Schnee zu uns. Dann nimmt er mein Gesicht in beide Hände und blickt mich mit einer solchen Sorge an, dass mein Herz sich einmal in der Brust herumdreht. Es tut weh, weil ich nicht möchte, dass er sich sorgt, aber es ist auch schön, seine Liebe zu mir so offensichtlich zu sehen. „Was machst du für Sachen?“ Er presst mir einen Kuss auf die Stirn und ich gebe ein Stöhnen von mir, weil mein Kopf das nicht so toll findet. Aber mein Herz liebt es. Es wird warm, trotz all dem Schnee um mich herum.

„Tut mir leid, Schwesterlein. Wie kriegen wir dich jetzt ins Krankenhaus? Sollen wir nicht doch besser die Bergrettung verständigen?“

„Ich kann mit dem Schneemobil mitfahren. Es ist nichts gebrochen. Das schaffe ich schon. Die Bergrettung hat bestimmt anderes zu tun, als sich um eine leicht Verletzte zu kümmern, deren Bruder ein Schneemobil fahren kann.“

„Wir wissen nicht, ob du innere Blutungen hast“, wendet er ein.

„Habe ich nicht. Quetschungen wahrscheinlich, aber ich bin glimpflich davongekommen.“

Obwohl das Schneemobil nur für zwei Personen konzipiert ist, gehen wir das Risiko ein, zu dritt zu fahren, damit ich zwischen Sascha und Bela eingeklemmt bin und mich nirgends festhalten muss. Meine Hände und Arme versagen vor Erschöpfung immer noch ihren Dienst. Wir fahren langsam und legen zwischendrin mehrere Pausen ein, in denen sie mir aufnötigen Wasser zu trinken. Sie benehmen sich wie Glucken. Als das Krankenhaus in Sicht kommt, sind wir alle erleichtert.

Kapitel 9

Ich muss eine Nacht zur Beobachtung in der Klinik bleiben. Sascha holt mich am nächsten Morgen ab und erkundigt sich mehrfach beim Arzt, ob wirklich alles in Ordnung ist. Meine Lunge hat glücklicherweise nichts abbekommen, aber meine Rippen sind geprellt, deshalb auch der Schmerz, wenn ich tief einatme. Ansonsten hab ich einige weitere weniger schlimme Prellungen am ganzen Körper verteilt und eine leichte Gehirnerschütterung. Nichts, was ein paar Tage Ruhe nicht wieder reparieren könnten.

Zu meiner Überraschung lehnt Bela an Saschas Auto, als wir auf den Parkplatz treten. Er lächelt mich an und da ist keinerlei

Eis in seinen Augen. Er scheint sich ehrlich zu freuen, mich zu sehen.

„Ich hatte schon Angst, er würde dich raustragen", bemerkt er schmunzelnd.

„Er wollte mir einen Rollstuhl organisieren, aber davon konnten sowohl der Arzt als auch ich ihn gerade noch abhalten." Das bringt ihn zum lachen.

„Ja, ja, macht euch nur über mich lustig. Aber das sind meine Großer-Bruder-Gene, gegen die kann ich überhaupt nichts tun."

Die Fahrt nach Hause zum Chalet verläuft locker und gelöst. Wir machen Scherze, amüsieren uns und ich beginne mich wieder daran zu erinnern, wie es früher einmal zwischen uns dreien war. Es gibt da diesen Spruch mit dem dritten Rad am Wagen, aber auf uns hat er nie zugetroffen.

Wir waren eine Einheit.

Eine Gemeinschaft.

Ein Dreiergespann.

„Er hat mich gestern Abend gezwungen, noch einen Weihnachtsfilm anzuschauen. Kannst du dir das vorstellen?", echauffiert sich Sascha gerade.

„Du Armer", heuchle ich Mitleid. „Welchen denn?"

„Einer, der bestens zu ihm passt: *Der Grinch.*"

„Äh, Moment mal. Ich bin ganz sicher kein Grinch. Ich steh auf Weihnachten. Wirklich. Ich meine, wer liebt keine Geschenke? Ich mag nur keine Weihnachts*filme*. Das ist ein großer Unterschied."

„Also bist du der Weihnachtsfilm-Grinch“, kichere ich.

„Wenn ihr solche Freude daran habt, mich mit einem grünen hässlichen Männlein zu vergleichen, dann bitte, tut euch keinen Zwang an“, stöhnt er.

„Keine Sorge, du bist ein blondgelockter Engel von einem Weihnachtsfilm-Grinch“, wendet Bela ein.

„Immerhin einer, der hier meine Qualitäten anerkennt.“

Die Jungs haben mir ein Lager auf der Couch eingerichtet und zwischen den vielen Kissen und der weichen Decke aus Fellimitat ist es so kuschelig, dass ich sofort wegdöse. Als ich wieder aufwache, sehe ich einen weißbärtigen Mann vor dem Kamin sitzen und mich durchzuckt der Gedanke, dass mein Kopf wohl doch etwas mehr abbekommen hat, als die Ärzte angenommen haben. Denn selbst nachdem sich mein Blick scharfgestellt hat, sitzt da immer noch der Weihnachtsmann vor dem Kamin. Nur, dass er keine roten Sachen trägt und auch keine Mütze auf dem Kopf hat, sondern ein altes, ziemlich zerschlissenes Basecap. Und statt eines Sacks scheint er eine Werkzeugkiste dabeizuhaben, die aufgeklappt neben ihm steht.

„Tut mir leid, ich wollte Sie nicht wecken. Ihr Bruder meinte, ich könnte mir kurz den Kamin anschauen, weil ich spontan Zeit hatte, jetzt wo die Straßen wieder frei sind.“ Und endlich fällt der Groschen. Das ist natürlich nicht der Weihnachtsmann und mit meinem Gehirn scheint doch alles so weit in Ordnung zu sein.

Ich setze mich auf und richte mir etwas verlegen die Haare. Das scharfe Ziehen in meiner Rippengegend erinnert mich sofort wieder daran, dass ich nicht ganz fit bin. Es fühlt sich außerdem komisch an, dass der Handwerker mich beim Schlafen gesehen hat.

„Ihr Bruder wollte Sie nicht aufwecken, ich hoffe, das ist in Ordnung." Anscheinend hat er meine Unsicherheit gespürt.

„Ja, natürlich, vielen Dank, dass Sie so spontan Zeit gefunden haben", sage ich deshalb schnell.

Er dreht sich wieder um und steckt seinen Kopf in den offenen Kamin und tastet mit den Händen darin herum.

„Können sie schon sagen, warum er nicht mehr richtig brennt und der Rauch ins Wohnzimmer zieht?", versuche ich Konversation zu machen. Ich frage mich, wo Sascha abgeblieben ist.

„Ihr Bruder unterhält sich gerade draußen mit dem Postboten", schallt es aus dem Kamin. Wie unheimlich. Als hätte er meine Gedanken gelesen. Meine laut ausgesprochene Frage hat er allerdings nicht beantwortet.

„Kennen sie sich mit Kaminen aus?", füge ich eine andere hinzu. Ich meine, mich erinnern zu können, dass Mama davon gesprochen hat, er wäre als Handwerker so etwas wie eine Allzweckwaffe und hätte kein besonderes Spezialgebiet. Sämtliche Kaminexperten, oder wie auch immer diese Berufsgruppe sich nennt, sind ausgebucht gewesen.

„Das könnte man so sagen", brummt es aus dem Kamin.

Seltsamer Kauz. Endlich höre ich Schritte vom Gang her. Gleich darauf steht Sascha neben mir.

„Hey, du bist wach", grinst er mich an. „Herr …"

„Weiß." Das nächste Brummen.

„Genau, Herr Weiß ist so freundlich, sich den Kamin doch noch anzusehen. Vielleicht schaffen wir es wirklich, ihn bis Weihnachten zum Laufen zu bringen. Wie sieht es da drinnen aus?"

Herr Weiß kommt wieder zum Vorschein und sein Bart ist nicht mehr ganz so weiß wie vorher. An einigen Stellen hängt ein bisschen graue Asche darin.

„Da scheint es ein Problem mit der Abluft zu geben. Eigentlich ein Fall für den Kaminkehrer, aber da werden Sie vor Weihnachten keinen mehr bekommen", schnauft er, als er sich etwas mühsam aufrichtet.

Wie betagt ist der Kerl überhaupt? Müsste er nicht schon in Rente sein? Aber so ein weißer Bart macht ja direkt um einige Jahre älter, wahrscheinlich verschätze ich mich völlig und er ist erst Anfang fünfzig.

„Aber Sie haben Glück. Ich kann das auch reparieren. Ich brauche dazu nur anderes Werkzeug, um den Abzug wieder frei zu bekommen."

„Ich glaube, meine Mutter hatte im Sommer schon mal einen Kaminfeger da und der meinte, das solle sich ein Fachmann ansehen, weil der Abzug in Ordnung wäre", wirft Sascha ein.

Der Handwerker klappt seine Werkzeugkiste zu und hebt sie mit einem Ruck vom Boden hoch. „Sie können mir glauben, ich hatte es schon mit einigen Kaminen zu tun und ich bin mir sicher, dass es der Abzug oder auch das Rauchrohr ist. Aber es ist Ihre Entscheidung. Ich kann die Tage noch einmal kommen und versuchen, ihn bis Weihnachten zum Laufen zu bringen. Aber natürlich nur, wenn Sie wollen."

„Aber natürlich wollen wir", grätsche ich dazwischen, bevor Sascha weitere Zweifel äußern kann. „Meine Mutter hat mich extra eine Woche früher hierher beordert, wegen des Kamins. Ich finde, wir sollten nichts unversucht lassen, ihn zu reparieren."

„Also gut, dann vertrauen wir mal auf Ihre Expertise. Vielen Dank, dass Sie es versuchen wollen. Ich bringe Sie zur Tür."

Während mein Bruder schon vorgeht, blickt sich Herr Weiß noch einmal zu mir um: „Ich wünsche Ihnen gute Besserung. Manchmal hilft ein bisschen Ruhe ja auch dabei, Gedanken zu sortieren." Er lächelt mich an und bevor ich etwas auf diese leicht seltsame Aussage erwidern kann, ist er schon meinem Bruder in den Flur gefolgt.

Die Jungs kümmern sich rührend um mich. Sie bringen mir sogar mein Abendessen – Germknödel – an die Couch. Danach setzen sich beide zu mir. Während Sascha sich längs auf einem der Sofas ausstreckt, setzt sich Bela auf den Schafwollteppich und lehnt sich mit dem Rücken an die Couch rechts von mir. Er trägt ein weit ausgeschnittenes weißes T-Shirt, das mir einen Blick auf einige seiner Tattoos gestattet, die aus dem Ausschnitt den Hals hinauf wandern. Direkt unter der Halskuhle erkenne ich ein rundes Symbol, das ein Zwischending aus Sonne und Blume zu sein scheint. Ornamentale Blätter ranken sich an beiden Seiten bis zu seinem Hals hinauf. Auch Belas Arme sind fast komplett mit verschiedenen Bildern bedeckt. Ich erkenne einen Löwenkopf in einer Uhr, ein Auge, Flügel und noch mehr Blumen und Blätter. Ich versuche, nicht zu starren, aber ich bin viel zu fasziniert, um wegzusehen. Er lacht gerade über etwas, das Sascha erzählt hat und beugt sich dabei so weit vor, dass der Ausschnitt seines Shirts ein kleines Stück weiter herunterrutscht. Und da sehe ich es. Eindeutig. Aber das kann nicht sein. Ruckartig richte ich mich auf, was mein Kopf mit einem dumpfen Pochen beantwortet und auch meine Rippen beschweren sich wieder. Ich ignoriere es und rutsche zum Rand der Couch. Und bevor ich mich davon abhalten kann, knie ich mich vor Bela auf den Boden und ziehe an seinem Shirt, so dass das Bild komplett freigelegt ist.

Ich habe mich nicht getäuscht.

Bela ist völlig überrumpelt von meiner Aktion und scheint erstarrt zu sein, denn er bewegt sich keinen Millimeter.

„Was ist das?“, frage ich, obwohl ich die Antwort bereits kenne. Aber ich muss es von ihm hören.

„Ein keltischer Knoten“, sagt er, als wäre er nichts besonderes.

Ich drehe mich zu Sascha um und mache so den Blick für ihn auf das Tattoo frei, das direkt über Belas Herzen sitzt. Er scheint nicht überrascht zu sein.

„Du wusstest davon?“

Er verzieht das Gesicht entschuldigend und zuckt mit den Schultern.

Es ist nicht einfach nur ein keltischer Knoten. Es ist eine Triqueta. Ein Dreischenkel. Drei Halbkreisbögen, die sich zu einem gleichseitigen Dreieck vereinen, das keinen Anfang und kein Ende besitzt.

Leonie, 7 Jahre alt

„Wir sollten es schwören.“ Mein Bruder sah uns mit ernster Miene an. Wir saßen zu dritt im Kreis auf dem Boden des Kinderzimmers. Draußen prasselte der Regen gegen die Fensterscheibe. Es war das erste Jahr seit langem, dass wir in den Weihnachtsferien hier oben in den Bergen keinen Schnee hatten. Wir waren alle ziemlich enttäuscht: kein Rodeln, kein Schneemann, keine Schneeballschlachten und kein Skifahren. Schon seit Tagen hatte der Himmel seine Schleusen geöffnet und wir versuchten uns hier im Haus die Zeit zu vertreiben.

„Was genau meinst du?“, fragte Bela.

„Na, dass wir immer Freunde bleiben. Wir drei. Wir halten zusammen, egal was kommt.“

„Genau, wir drei gegen den Rest der Welt“, plapperte ich nach, was ich erst Letztens irgendwo im Fernsehen mitbekommen hatte. Aber ich meinte es auch so. Ich hatte keine besseren Freunde auf dieser Welt, als meinen Bruder und Bela. Niemandem vertraute ich mehr, bis auf Mama natürlich.

„Wir drei für immer“, stimmte Bela ein.

„Also lasst es uns schwören.“

„Wie schwört man denn?“, hakte ich nach.

„Na, mit Blut natürlich“, erklärte mein Bruder altklug.

„Igitt, das ist ja widerlich“, erwiderte ich.

„Und es tut weh. Gibt es keine andere Möglichkeit?“, fragte Bela hoffnungsvoll.

Sascha überlegte angestrengt, was ich daran erkannte, dass er seine Stirn runzelte. Das tat er immer, wenn er intensiv nachdachte. Und meistens kamen am Ende tolle Ideen dabei raus, oder verrückte oder beides. Nur ab und zu schoss er übers Ziel hinaus. Einmal hatte er uns zum Beispiel überredet, am alten Haus an der Wegbiegung zu klingeln. Er war sich sicher gewesen, dass dort niemand mehr wohnte. Aber eine runzelige Frau hatte uns die Tür geöffnet, die wie eine Hexe aussah, und wir waren schreiend davongerannt.

„Ich habe erst vor Kurzem in einem Buch etwas über die Kelten gelesen und da war dieses Zeichen zu sehen.“ Mein Bruder schnappte sich ein Blatt Papier aus der untersten Schreibtischschublade und einen Bleistift. Beides legte er vor sich auf den Boden. Dann begann er, etwas zu zeichnen, und wir schauten gebannt zu. „Das ist eine Triqueta“, erklärte er stolz, nachdem er fertig war. „Es bedeutet Dreisamkeit und es ist endlos, weil es kein Anfang und kein Ende hat.“

„Das ist cool“, bemerkte Bela. „Wir sind drei und wir wollen für immer befreundet sein. Das passt super.“

„Dann ist das ab jetzt unser Zeichen“, erklärte Sascha bestimmt.

„Aber wie sollen wir nun auf das Zeichen schwören?“, fragte ich verständnislos.

„Ich habe mal ein Bild gesehen, auf dem haben sich drei Menschen an den Handgelenken gehalten. So, dass am Ende ein endloser Kreis entstanden ist.“

„Versteh ich nicht, Bela“, bemerkte ich.

„Lasst uns alle die Triqueta oder wie das heißt, mit Kuli auf unsere Handflächen zeichnen. Den Rest zeige ich euch gleich.“

Ich holte drei Kugelschreiber und wir versuchten alle unser Glück, das Zeichen auf die Hände zu malen. Meines war ziemlich schief, das von Sascha ganz okay und Belas sah perfekt aus. Ich war beeindruckt.

„Wow, wie hast du das gemacht?“

„Ist doch nicht schwer“, tat er es ab. „So und jetzt greifst du mit der rechten Hand um das Handgelenk von Sascha.“ Ich befolgte die Anweisung. „Und Sascha fasst um mein rechtes Handgelenk. Genau. Und ich schnappe mir jetzt Leos′.“

Und tatsächlich, wir bildeten mit unseren Händen ein Dreieck.

„Nicht schlecht. Jetzt können wir schwören. Macht die Augen zu!“, bat ich die beiden. „Sprecht mir nach!“ Ich kam mir bei diesen Worten ziemlich erwachsen vor. Und ich war stolz darauf, zwei so gute Buddys zu haben. „Ich schwöre, dass wir immer Freunde sein werden, dass wir uns immer gegenseitig unterstützen und dass uns nichts auseinanderbringen wird.“

Feierlich sprachen sie mir nach. Einen Moment verharrten wir noch so. Dann öffneten wir die Augen und blickten uns an. Wir teilten jetzt diesen Schwur miteinander. Dieses Geheimnis. Es war aufregend und beruhigend. Denn was sollte mir im Leben schon passieren, mit zwei solchen Freunden an meiner Seite?

Gegenwart

Die Erinnerung hält mich gefangen. Ich sehe uns immer noch da sitzen, als wäre es gestern gewesen, aber es ist Jahre her. Das Tattoo dagegen ist mit Sicherheit erst im Erwachsenenalter entstanden. Da war der Schwur längst gebrochen.

„Warum haben wir eigentlich aufgehört, Freunde zu sein?“, fragt Sascha in die Runde und reißt mich aus meinen Gedanken. Wie elektrisiert lasse ich Belas T-Shirt los und setze mich wieder auf die Couch. Dort ziehe ich die Decke eng um mich, als könnte sie mich vor diesem Gespräch beschützen.

„Was ist damals zwischen euch beiden passiert? Was ist dieses Geheimnis, das ihr schon ewig hütet, als wäre es der verdammte Schatz vom Silbersee.“ Bisher war er eigentlich immer verständnisvoll gewesen, was dieses Thema betrifft, aber gerade habe ich den Ärger in seiner Stimme deutlich wahrgenommen.

„Welches Geheimnis meinst du?“, versucht Bela sich wie immer lässig zu geben.

„Welches Geheimnis?“, fragt Sascha genervt zurück. „Gibt es da etwa mehrere?“ Er sieht fassungslos zwischen uns beiden hin und her. Als wir nicht antworten, fährt er fort. „Wir waren mal Freunde. Mehr als das. Wir waren wie Familie. Wir haben es uns geschworen."

„Wir waren Kinder", spielt Bela das Ganze herunter.

„Ach ja, genau. Und deshalb war es also nicht real. Dafür ist das Tattoo auf deiner Brust aber ziemlich real, finde ich. Ich will jetzt endlich Antworten! Die habe ich mir verdient. Ich habe eure dämlichen Spielchen die ganze Zeit mitgespielt, war verständnisvoll und habe Rücksicht genommen, aber das ist jetzt vorbei. Raus mit der Sprache!"

Ich habe ihn bisher nie so erlebt, es scheint ihm wirklich ernst zu sein. Und ich gebe ihm recht. Er hat die Wahrheit verdient. Wenn es nur nicht so verflucht schmerzhaft wäre sie auszusprechen. „Ich war in ihn verliebt", sind die ersten Worte, die ich darüber verliere, und sie fühlen sich wirklich verloren an. Ich kann sie nicht mehr zurücknehmen. Sie sind weg. Ausgesprochen. Es gibt sie jetzt in der echten Welt, nicht mehr nur in meinem Kopf. In meinem Herzen. Und zwei Menschen haben sie gehört. Unauslöschbar. Ich habe die Worte so lange in mir verwahrt und nun habe ich sie freigelassen. Und ich weiß nicht, ob ich sie je wieder in den Mund nehmen kann, oder ob sie einfach weg sind. Verloren.

Ein wenig beklommen sehe ich zu Sascha hinüber. Beklommen deshalb, weil es wahrscheinlich meine Gefühle waren, die dieses ganze Schlamassel überhaupt möglich gemacht haben, das unsere Freundschaft zerstört hat. Hätte ich mich nicht in Bela verliebt, wäre das alles nicht passiert.

Aber statt Enttäuschung sehe ich Verständnis in seinen Augen. In diesen grünen Augen, die meinen so ähnlich sind. Vielleicht sind unsere Herzen sich ja auch ähnlich.

„Das erklärt vieles. Und wenn ich so darüber nachdenke, habe ich es sowieso geahnt. Aber es erklärt nicht, was bei dieser Party passiert ist."

„Ich habe sie verletzt. So sehr, dass ich es niemals wieder gut machen kann. Und das alles, weil ich nicht der sein konnte, der ich eigentlich sein wollte."

Es ist das erste Mal, dass er etwas zu dieser Sache sagt. Dass er darüber spricht. Ich blicke zu ihm hinüber, um zu verstehen, was genau er damit meint. Seine Augen sind auf den Boden gerichtet. Sein Gesicht zu einer Maske erstarrt – einer Maske der Qual. Es erschreckt mich, weil ich ihn noch nie so gesehen habe. Und das erste Mal beginne ich, mich dafür zu öffnen, dass ich anscheinend nicht alles über diesen Abend weiß. Denn ich dachte immer, er hat mich im Stich gelassen. Er hat mich ausgeliefert. Und das, ohne mit der Wimper zu zucken. Aber seine Miene beweist mir das Gegenteil. Also entweder bereut er spät oder er bereut es schon immer. Und die zweite Option würde dem Ganzen eine völlig neue Wendung geben, auch wenn ich mir beim besten Willen nicht vorstellen kann, wie sie aussehen könnte.

„Niemals ist ein hartes Wort", bemerkt mein Bruder. „Vielleicht solltest du sie erst einmal um Verzeihung bitten, bevor du voreilige Schlüsse ziehst. Oder hast du das schon getan?"

Das hat er nicht.

Bela hebt seinen Kopf und blickt hilfesuchend Sascha an, der ihm aufmunternd zunickt.

„Leo, ich …“ Er schafft es nicht, mich anzusehen. Sein Blick zuckt unruhig im Zimmer hin und her. Dann endlich, sieht er mir in die Augen. Geschmolzenes Eis. Das ist es, was ich darin erkenne.

„Es tut mir leid, Leo“, sagt er dann und Tränen steigen mir in die Augen, weil ich nicht mehr damit gerechnet habe, diese Worte jemals zu hören. Sie legen sich wie ein wärmender Mantel um mein kaltes Herz. Aber es braucht noch mehr, um es aufzutauen. Ich muss mehr von ihm hören. „Was tut dir leid?“, frage ich ihn deshalb.

„Ich …“ Sein Adamsapfel hüpft, weil er schluckt. „Ich kann das nicht …“ Er steht auf und verlässt den Raum.

Hör dir Lied 4 des Soundtracks an: Nieselregen – LEA, Lina Maly

Die Tränen kullern meine Wangen hinunter, wie salzige Regentropfen. Erst nur ein paar. Aber dann ergießt sich eine Flut über mein Gesicht. Ströme. Bindfäden. Ein ganzer Himmel auf den Wangen.

Ich spüre, wie das Polster auf dem ich sitze, heruntergedrückt wird, und dann fühle ich starke Arme, die sich um mich legen. Sascha.

„Es tut mir leid. Ich habs versaut“, flüstere ich mit erstickter Stimme und mache mich von ihm los.

„Es ist egal, warum es so gekommen ist. Wichtig ist nur, dass ihr beide diejenigen seid, die es wieder kitten können. Wir könnten wieder die Triqueta sein.“

„Ich verstehe, dass du dir das wünschst...“

„Nein, nicht nur ich. Ich habe euch die letzten Tage beobachtet und ich weiß, dass ihr es auch vermisst. Und es ist möglich. Wir können wieder Freunde werden. Aber nicht mit dem Ballast, den ihr rumschleppt. Es wird Zeit, dass ihr ihn abwerft.“

Ich schnaufe. „Du hast doch gesehen, wie er dichtmacht.“

„Wahrscheinlich wäre es besser, ihr redet zuerst einmal nur zu zweit.“

„Ich weiß nicht ...“

„Aber ich weiß es. Es liegt an euch.“ Nun steht auch er auf und geht. Und ich bleibe allein zurück mit Gewitter im Kopf und Regen auf meinen Wangen.

Kapitel 10

Heute ist der dreiundzwanzigste Dezember, ein Tag vor Heiligabend. Das Gespräch gestern war aufwühlend und ich bin lange wach gelegen.

Ohne Ergebnis, typisch.

Das stimmt, ich bin im Moment nicht gerade entschlussfreudig. Aber es ist hart eine Entscheidung zu treffen, vor allem, wenn man auf die Mitarbeit eines weiteren Menschen angewiesen ist. Eines Menschen, der sich gestern wie so oft aus der Affäre gezogen hat und abgehauen ist. Einerseits finde ich, dass Sascha recht hat. Vielleicht wäre es wirklich an der Zeit, diesen Ballast ein für alle Mal abzuwerfen und über die Sache zu reden. Aber ich bin zu stolz dafür, mich von Bela abweisen zu lassen, weshalb das Ganze nicht so leicht ist. Andererseits hat er sich gestern entschuldigt und vielleicht war es das dann auch. Möglicherweise sollte ich endlich über meinen Schatten springen, ihm verzeihen und die Sache für immer ruhen lassen. Am besten nie wieder daran denken. Es aus meinem Gedächtnis tilgen. Der Unfall hat mir gezeigt, wie schnell das Leben vorbei sein kann. Es schadet nur mir selbst, diesen alten Groll mit mir herumzuschleppen.

Beim Frühstück treffe ich niemanden, weil ich länger geschlafen habe als sonst. Die anderen zwei sind anscheinend schon unterwegs, oder haben sich auf ihre Zimmer zurückgezogen. Vielleicht ist ein bisschen Abstand nicht das Schlechteste, bevor der Rest der Verwandtschaft hier heute eintrudelt.

Mein Kopf tut kaum noch weh und auch die Schmerzen in der Rippengegend sind schon weniger geworden. Die Schmerztabletten tun ihr Übriges. Ich rühre gedankenverloren in meinem Tee und als ich die Tasse endlich an den Mund setze, ist er kalt. Doch bevor ich mich darüber ärgern kann, klingelt es an der Tür. Ich schrecke hoch und überlege, ob das schon meine Eltern sein könnten. Aber sie würden nicht klingeln, denn sie besitzen einen Schlüssel. Genau wie Belas Eltern. Ich erhebe mich etwas schwerfällig vom Barhocker und öffne die Tür. Herr Weiß steht lächelnd davor. Er trägt wieder das abgenutzte Basecap und sein Bart strahlt in reinstem Weiß. Da scheint wirklich kein einziges Härchen grau zu sein.

„Ich habe das richtige Werkzeug dabei." Er hebt seinen Arm, unter dem alle möglichen Utensilien stecken, die ich noch nie gesehen habe. Nur eine Bürste kommt mir bekannt vor, weil sie mich an die erinnert, die der Kaminkehrer normalerweise benutzt.

„Wunderbar." Ich ringe mir ein Lächeln ab. Weiterhin in Gedanken begleite ich ihn ins Wohnzimmer und frage, ob ich etwas tun kann, um ihm zu helfen, was er verneint. Gegen einen Kaffee hat er allerdings nichts einzuwenden, also laufe ich in die Küche und setze die Maschine in Gang. Glücklicherweise funktioniert sie vollautomatisch, weshalb ich nichts weiter tun muss, als ein Knöpfchen zu drücken. Das kommt mir entgegen, da ich keinen Kaffee trinke und mich damit nicht unbedingt gut auskenne. Ich stelle ihm die Tasse auf den Couchtisch und sehe, dass er auf dem Boden einige Planen ausgebreitet hat, um den Wohnraum vor dem Ruß zu schützen. Beruhigt verabschiede ich mich kurz und begebe mich erneut in die Küche, um das Frühstücksgeschirr aufzuräumen und den kalten Tee wegzukippen. Dann gehe ich nach oben und tausche die Jogging-Klamotten gegen eine Jeans und einen dicken Norwegerpullover aus. Ich will schließlich nicht, dass meine Eltern sich Sorgen machen, sobald sie hier eintreffen und mich sehen. Mir geht es schon besser und es wäre mir am liebsten, wenn alle mich ganz normal behandeln und mich nicht ständig betüddeln würden.

Als ich danach das Wohnzimmer betrete, brennt ein knisterndes Feuer im Kamin und der Handwerker ist gerade dabei, seine Sachen zusammenzupacken. Ich bin erstaunt, dass es so schnell geklappt hat.

„Es war nur das Rauchrohr, das in den Schacht übergeht, das mit Ruß verstopft war. Deshalb hat auch der Kaminkehrer sich nicht zuständig gefühlt, weil der sich nur mit dem Schornstein beschäftigt. Ich kann Ihnen das nächste Mal eine kleine Bürste dalassen, damit kriegen Sie das auch selber hin. Das Rauchrohr sollte pro Heizperiode einmal gereinigt werden, dann stimmt auch der Zug wieder."

„Wow, das ist wirklich genial, dass Sie das so schnell gelöst haben", bedanke ich mich fast schon überschwänglich. „Meine Mama wird sich freuen. Und ich freue mich auch. Ein knisterndes Feuer macht alles gleich viel behaglicher."

„Das stimmt." Er lächelt mich breit an und obwohl ich ihn anfangs für einen komischen Kauz gehalten habe, wird er mir langsam aber sicher doch noch sympathisch. In seinem Bart haben sich wieder ein paar graue Ascheflocken festgesetzt.

„Manchmal ist es besser, sich Dingen zu stellen. Einmal die ganzen Altlasten loszuwerden. Erst dann kann es wieder richtig warm werden." Ich habe das dumpfe Gefühl, dass er nicht über den Kamin redet. Aber natürlich tut er das, oder?

Ich öffne ihm die Haustür und er tritt mit seinen ganzen Gerätschaften unter dem Arm wieder ins Freie.

„Sie schicken meinen Eltern die Rechnung zu oder soll ich gleich etwas bezahlen?"

„Nein, das ist nicht nötig. Ich regle das im neuen Jahr."

„Na dann wünsche ich Ihnen frohe Weihnachten und vielen Dank noch einmal, dass Sie sich so kurz vor den Feiertagen noch die Zeit genommen haben“, verabschiede ich mich.

„Ich wünsche dir auch frohe Weihnachten, Leonie. Und ich denke, dein Herz weiß, was zu tun ist. Du solltest darauf hören.“ Dann dreht er sich um und geht zu seinem Auto. Wie vom Donner gerührt stehe ich da und starre ihm hinterher, wie er sein Equipment in den Kofferraum legt und dann mit seinem klapprigen Mini-Van aus dem Hof fährt.

Woher kennt er meinen Vornamen? Und warum hat er mich plötzlich geduzt? Und was zum Geier hat er mit seinen seltsamen, völlig aus dem Zusammenhang gerissenen Worten gemeint? Ich will das alles als Unsinn eines älteren Mannes abtun, aber irgendwie wollen sie mir nicht aus dem Kopf gehen. Doch bevor ich mich weiter damit beschäftigen kann, biegt der Mercedes meiner Eltern in die Einfahrt. Meine Mutter steigt auf der Beifahrerseite aus und kommt auf mich zu. Sie ist wie immer perfekt geschminkt. Nicht übertrieben, nur ein leichtes Make-up, dass sie sehr gepflegt wirken lässt. Ihre schulterlangen, großen, blonden Locken liegen wie immer makellos um ihr zartes Gesicht und wippen beim Gehen leicht hin und her. Alles an ihr wirkt grazil und stilvoll und manchmal ein wenig zerbrechlich. Sie war noch nie jemand, an den man sich hätte anlehnen können. Aber das musste sie auch nie sein. Dafür hatte ich immer Sascha.

„Hallo, mein Herz“, sie drückt mich an sich und ich verkneife mir einen Schmerzenslaut. Stattdessen konzentriere ich mich auf ihr Veilchenparfum, das sie schon trägt, seit ich klein bin. Diesen Duft habe ich fest mit ihr verknüpft. Sie gehören quasi untrennbar zusammen. Mein Vater lädt gerade die Koffer aus und ich gehe schon mal mit ihr ins Haus. Ich nehme ihr den Mantel ab und hänge ihn in die Garderobe, während sie im Spiegel ihr Aussehen überprüft. Sie weiß noch nichts von meinem Unfall und ich werde es ihr bestimmt nicht freiwillig erzählen. Sie macht sich furchtbar schnell Sorgen und ich will sie an Weihnachten nicht damit belasten, vor allem, weil es mir schon deutlich besser geht.

„Ach, der Kamin funktioniert ja doch wieder", ruft sie erfreut aus dem Wohnzimmer und ich will ihr gerade nachgehen und von Herrn Weiß' super Job erzählen, aber da kommt mein Vater durch die Tür.

„Leonie, wie schön dich zu sehen." Er stellt die Koffer ab und kommt auf mich zu, um mich zu begrüßen. Es ist jedes Mal steif und krampfig, wenn wir uns begegnen und ich versuche, es immer schnell hinter mich zu bringen. Er drückt mir in Künstler-Manier zwei Küsschen auf die Wange. Wir berühren uns dabei kaum. Ich muss zugeben, dass er gut aussieht. Er hat diesen kreativen Charme. Seine leicht graumelierten Haare, die ursprünglich fast schwarz waren, sind immer ein wenig verstrubbelt, was ihm ein verwegenes Aussehen verleiht. Sein Fünf-Tage-Bart dagegen ist akkurat gepflegt. Seine braune Hornbrille gibt ihm dazu einen intellektuellen Touch. Seine Kleidung ist wie immer leger. Er trägt ein schwarzes Shirt unter einem Jeanshemd. Insgesamt sieht er locker zehn Jahre jünger aus, als er wirklich ist. Er ist attraktiv und das ist vielleicht auch das Problem, denn er hatte nie Schwierigkeiten damit, Frauen für sich einzunehmen. Und das hat er während seiner Ehe ausgiebig getan. Seit meine Eltern ihren zweiten Versuch gestartet haben, scheint er seinen Affären abgeschworen zu haben, aber das macht die ganze Sache für mich nicht unbedingt leichter.

„Wie war die Fahrt?", frage ich höflichkeitshalber, höre seiner Antwort aber nur mit einem Ohr zu.

Ich habe mich für Kinderpunsch entschieden – wegen der Schmerzmittel. Ich umklammere die heiße Tasse fest und starre in die rötliche Flüssigkeit. Am liebsten wäre ich wieder im Chalet. Alleine. Eigentlich freue ich mich jedes Jahr auf den Besuch des Christkindlmarkts von Sankt Leopold, aber heute kann ich ihn nicht genießen. Es sind alle mitgekommen, auch Belas Eltern, die mittlerweile eingetroffen sind. Ich versuche, die ganze Zeit, ihrem Sohn aus dem Weg zu gehen, und dazu Saschas fragenden Blicken, die er mir immer wieder zuwirft. Meine Eltern treiben mich darüber hinaus mit ihren alten Verhaltensmustern in den Wahnsinn. Gerade hat mein Vater meiner Mama eine Tüte gebrannter Mandeln gekauft, weil er nicht weiß, dass sie die gar nicht mag. Unauffällig lässt sie die Süßigkeit in ihrer Handtasche verschwinden. Sie wird sie später mir geben.

Wie kann man nach all der Zeit nicht wissen, dass sie, Magenbrot, ein Lebkuchengebäck, bevorzugt? Es ist frustrierend, den beiden dabei zuzusehen, wie sie aneinandervorbeileben. Zumindest sieht es für mich danach aus. Keine Ahnung, warum sie überhaupt wieder zusammengekommen sind. Ich finde, wir waren definitiv besser ohne ihn dran.

Mit Alkohol wäre das alles leichter zu ertragen gewesen, aber den darf ich mir ja leider nicht gönnen. Ich konzentriere mich auf den Geruch meines heißen Getränks nach Nelken, Zimt und Orange. Dann nehme ich den letzten Schluck und gebe die Tasse meinem Vater, der sich für alle das Pfand zurückholt.

Wir schlendern weiter die Buden entlang und halten auch an dem Stand mit dem Christbaumschmuck an, der jedes Jahr am selben Platz steht. Die Kugeln sind mittlerweile moderner geworden. Es gibt saure Gurken, rosarote Donuts und kleine Champagnerflaschen aus Glas. Aber ich bin jetzt wirklich nicht in Stimmung, für alte Traditionen. Deshalb lasse ich die Bude so schnell wie möglich hinter mir und bleibe bei einem Verkäufer stehen, der gedrechselte Schalen aus Holz anbietet. Die sind zwar nicht besonders hübsch, aber dafür erinnerungsfrei.

Was tust du hier eigentlich?

Das ist eine gute Frage. Die Worte von Herrn Weiß fallen mir wieder ein. Ich solle auf mein Herz hören, weil es die Antwort angeblich schon wisse. Wie kitschig ist das denn? Ich meine, das könnte tatsächlich aus einem dieser unseligen amerikanischen Weihnachtsfilme sein, die Netflix jedes Jahr zuhauf produziert und die zu achtzig Prozent kompletter Schrott sind, da muss ich Sascha recht geben.

Du könntest es ja trotzdem mal versuchen.

Versuchen? Also gut. Hallo Herz, hast du mir vielleicht was zu sagen? Ich höre irgendwie gar nix. Hallo? Ist da jemand? Keine Antwort. Komisch.

Dein Humor war auch schon mal besser.

Frustriert drehe ich mich um und sehe Bela etwas abseits stehen. Er hat sich heruntergebeugt und bindet gerade einen seiner Schnürstiefel neu. Er trägt keine Mütze, hat aber die Kapuze seines Hoodies über den Kopf gezogen, so dass vorne nur ein paar Strähnen seiner schokoladenbraunen Haare hervorlugen. Die zweireihig geknöpfte, graue Wolljacke, die er trägt, spannt ein bisschen an seinen breiten Schultern. Er richtet sich auf und steckt seine Hände in die Jackentaschen. Dann sieht er sich nach den anderen um. Irgendwie wirkt er nicht besonders fröhlich heute. Ich würde sogar so weit gehen zu behaupten, dass er einen leicht verlorenen Eindruck auf mich macht. Ohne darüber nachzudenken setze ich mich in Bewegung und gehe auf ihn zu. Es wird Zeit, sich endlich mit der alten Geschichte auseinanderzusetzen. Und dieses Mal werde ich ihm keine Chance geben, abzuhauen.

Na siehst du, es spricht ja doch mit dir – dein Herz.

Ich stocke kurz, als ich realisiere, dass ich wirklich gerade einem inneren Drang folge. Sofort meldet sich mein Trotz und will das Ganze aufhalten, doch ich ignoriere ihn. Ich möchte das jetzt endlich tun: für mich, aber auch für uns.

Bela blickt in dem Moment in meine Richtung, als ich ihn schon fast erreicht habe. Ich sehe das Erstaunen in seinen Augen aufblitzen.

„Ich möchte das gerne klären. Jetzt. Du hast gesagt, dass du immer für mich da bist und das ist erst zwei Tage her."

Ich höre, wie er tief durchatmet, dann bittet er mich, kurz zu warten. Er spricht mit seinen Eltern und kommt schließlich wieder zu mir. „Sie fahren mit einem Auto zurück, wir können das andere haben", erklärt er. Ich winke kurz in die Richtung meiner Eltern, möchte aber vermeiden, mit ihnen zu sprechen. Ich will ihnen jetzt nichts erklären, es wird Zeit, diese Sache endlich hinter mich zu bringen und das so schnell wie möglich.

Wir entscheiden uns für eine Hotelbar in der Nähe, weil wir beide wissen, dass hier nie viel los ist und dass es schummrige Ecken gibt, wo man sich ungestört unterhalten kann. Ich hege die Hoffnung, dass dieses Gespräch in der Öffentlichkeit nicht ganz so emotional wird, einfach, weil ich versuchen werde, mich zusammenzureißen. Es muss ja nicht gleich jeder wissen, dass ich einen dunklen Fleck in meiner Vergangenheit habe, der mich zu einem psychischen Wrack oder wahlweise zu einer Furie mutieren lässt. Ich fühle mich also sicherer, es auf neutralem – und vor allem öffentlichen – Boden zu führen. Das scheint Bela genauso zu sehen.

Wir bestellen unsere Getränke an der Bar und nehmen sie dann mit in die hinterste Ecke. Der Tisch wird durch einige Pflanzen und einem hölzernen Raumteiler ganz gut vom Rest des Barraums abgeschirmt. Die Einrichtung ist im alpenländischen Stil gehalten, aber auf eine traditionelle Weise. Deshalb ist hier auch nicht so viel los. Die meisten Touristen bevorzugen den modernen Alpen-Chic. Darum sind hier vor allem Einheimische anzutreffen. Heute sind nur zwei weitere Tische besetzt.

Eine Weile sitzen wir uns schweigend gegenüber und nippen angestrengt konzentriert an unseren Getränken, als gäbe es einen Preis für den ernsthaftesten Trinker zu gewinnen. Wir würden ohnehin verlieren, da wir beide auf Alkohol verzichtet haben. Alkohol. Das perfekte Stichwort.

Eigentlich wollte ich nicht mehr daran denken. Aber nun tue ich es doch, weil es mir jetzt wichtig erscheint, sich an alles zu erinnern.

Leonie, 15 Jahre alt

Ich hatte niemanden gefunden, der mich zu Darios Party begleitet hätte. Sämtliche Mädels aus dem Mathe-Club hatten mich für verrückt erklärt, dass ich dorthin gehen wollte. Sie wussten, wie die beliebten Jugendlichen sein konnten, und sie hatten mich mehrfach gewarnt. Doch ich musste unbedingt dahin. Wegen Bela. Die Feier war mir total egal. Aber ich war mir sicher, dass er mich vor allen Idioten auf dieser Party beschützen würde. Er hatte schließlich gewollt, dass ich komme. Vielleicht würden wir heute endlich einen Schritt weitergehen. Ich wagte es kaum, zu hoffen. Nachts träumte ich davon, wie er mich küsste. Wie er schmecken würde. Wie es sich anfühlen würde. Es wäre mein allererster Kuss mit einem Jungen. Und auch tagsüber konnte ich mich nur schwer auf irgendetwas konzentrieren. Meine Gedanken waren vollständig besetzt von ihm. Seinen dunklen Haaren, seinen blauen Augen und seinem unglaublichen Lächeln. Er gab mir das Gefühl zuhause zu sein, viel mehr als meine Eltern es jemals geschafft hatten.

Also beschloss ich, alleine zu gehen. Ich stand stundenlang vor dem Spiegel und probierte ein Outfit nach dem anderen an. Ich wollte, dass er mich trotz meiner kurvigen Figur und meiner Zahnspange attraktiv fand. Mein Traum war es, so auszusehen, wie die Models in der Bravo oder die beliebten Mädchen an unserer Schule. Also zog ich eine enge Jeans an und dazu ein Top mit dünnen Spaghettiträgern. Es passte kein normaler BH darunter, weil man die Träger gesehen hätte, deshalb entschloss ich mich für ein trägerloses Modell aus dem Textildiscount. Meine üppige Oberweite fand hier zwar kaum Halt, aber es sah deutlich besser aus, als alle weiteren Optionen. Auch für mein Make-up nahm ich mir ausreichend Zeit. Ich betonte die Lippen mit Gloss. Meine Augen umrandete ich mit kupferfarbenem Lidschatten, der gut zu meinen rötlichbraunen Haaren passte, die ich mir gerade wachsen ließ. Ich wollte gerne zumindest irgendeinem Schönheitsideal entsprechen und fast alle beliebten Mädchen an meiner Schule und im Jugendclub hatten lange Haare.

Meine Mama war heute praktischerweise bei einer Freundin und ich hatte ihr vorgeschwindelt, dass ich bei einem Mädchen aus dem Matheclub übernachten würde. Das erlaubte es mir, so lange auf der Party zu bleiben, wie ich wollte. Und wenn ich dann erst spät nach Hause käme, könnte ich sagen, ich hätte mich mit meiner Freundin gestritten und doch in meinem eigenen Bett schlafen wollen.

Der Abend war lau, also verzichtete ich auf eine Jacke, weil ich bei der Party keine Lust hatte, ständig darauf aufzupassen. Ich fuhr mit der Trambahn und musste nur einmal umsteigen. Das Haus von Darios Eltern befand sich in einer ruhigen Wohnsiedlung von München. Einigermaßen gut betuchte Familien lebten hier idyllisch in Häuschen mit mittelgroßen Gärten. Keine Villen, aber alleine dass es Einfamilienhäuser in der Stadt waren, zeigte deutlich einen dick gepolsterten Geldbeutel.

Schon von draußen hörte ich die Musik. Ich war aufgeregt, weil ich ja nicht wirklich eingeladen war, und hoffte sehr, möglichst bald auf Bela zu treffen. Ich reihte mich hinter einer Gruppe Unbekannter ein, die gerade die Treppen zur Haustür hinaufstiegen und spekulierte darauf, nicht groß aufzufallen. Mein Plan ging auf und ich konnte mich mit ihnen in das schon gut gefüllte Haus schummeln. Überall saßen, lachten und quatschten junge Menschen. Das Wohnzimmer war brechend voll. Man hatte die Sofas zur Seite geschoben, so dass eine Tanzfläche entstanden war, die allerdings bisher eher spärlich frequentiert wurde. Ich ließ meinen Blick über alle Köpfe schweifen, konnte Bela aber nirgends entdecken. Dafür ein paar andere, darunter auch Lester, dem ich auf keinen Fall ohne meine Begleitung unter die Augen treten wollte. Demzufolge machte ich mich auf die Suche nach der Küche, wo ebenfalls die Hölle los war. Doch selbst hier: Fehlanzeige. Ich durchkämmte das ganze Erdgeschoss, aber es schien, als wäre Bela noch nicht da. So langsam wurde mir mulmig zumute. Also ging ich wieder in die Küche und ließ mir von irgendjemand einen Plastikbecher mit einem Getränk in die Hand drücken. Keine Ahnung was das sein sollte. Es schmeckte stark nach Alkohol, aber hatte zudem eine süße Note, was das Ganze erträglich machte. Ich klammerte mich an meinem Becher fest und trank immer wieder kleine Schlucke, nur um etwas zu tun zu haben und bloß nicht aufzufallen. Ich stellte mich in eine Ecke des großen Raums und tat so, als würde ich zu einer Gruppe Mädchen gehören, die sich jedoch überhaupt nicht für mich interessierten. Niemand interessierte sich für mich und so schmerzhaft das auf der einen Seite war, so egal konnte es mir sein. Denn mir war nur das Interesse von einem einzigen Menschen wichtig.

Nach dem dritten Becher begann mir auf einmal schummrig zu werden. Bis eben war es mir gut gegangen und ich hatte mich sogar ein wenig entspannen können, aber ich fühlte mich auf einmal ziemlich wackelig auf den Beinen. Ich hatte bisher selten Alkohol getrunken. Auch einen Rausch kannte ich nicht. Trotzdem war ich mir fast sicher, dass das einer werden könnte. Ich machte mich auf die Suche nach Wasser, da stupste mich jemand an der Schulter an. Endlich. Er war gekommen. Mein etwas verschwommener Blick auf die Uhr zeigte mir, dass es bereits fast Mitternacht war. Ich konnte es kaum glauben, dass ich hier schon über drei Stunden auf Bela gewartet hatte. „Wo warst du so lang?“, raunzte ich ihn an, aber er antwortete nicht, sondern zog mich mit sich in den Gang und die Treppe hinauf in ein Zimmer. Wahrscheinlich war es das von Dario, weil es wie ein Jugendzimmer aussah, aber ich konnte mich nicht wirklich auf die Einrichtung konzentrieren. Alles schwankte und meine Gliedmaßen wollten mir nicht mehr richtig gehorchen.

Er schloss die Tür hinter uns und ich tastete mit meiner Hand nach einer Stütze. Ich erwischte den Bettpfosten und ließ mich dann erleichtert auf die Matratze sinken. Ich hatte keine Ahnung, warum Erwachsene sich absichtlich betranken. Es fühlte sich falsch an und unheimlich. Ich war nicht mehr Herrin der Lage und das machte mir Sorgen. Aber glücklicherweise war ich jetzt nicht länger allein.

„Ich musste aus dem Fenster steigen, weil meine Eltern mich nicht weglassen wollten.“

„Warum?“

„Egal, jetzt bin ich hier.“ Er setzte sich neben mich.

„Ja, jetzt bist du endlich hier“, nuschelte ich und lächelte ihn an. Glaubte ich zumindest. Auch über meine Gesichtsmuskeln hatte ich die Kontrolle verloren.

Er grinste. „Sag mal, kann es sein, dass du betrunken bist?“

„Ich fürchte ja. Ich mag das überhaupt nicht. Aber dich mag ich, dich mag ich wirklich sehr.“ Neben der Fähigkeit meinen Körper zu kontrollieren hatte ich wohl auch das Kommando über mein Sprachzentrum abgegeben, denn ich hatte ganz sicher nicht vorgehabt, das so direkt zu sagen.

Bela lachte. „Du bist süß, wenn du betrunken bist."

„Nur wenn ich betrunken bin?"

„Nein, eigentlich immer."

Er strich mir eine Strähne aus dem Gesicht und ich kuschelte meine Wange in seine Hand und schloss die Augen. Aber das war keine gute Idee, weil alles anfing sich wie irre zu drehen, daraufhin öffnete ich sie hastig wieder. Ich ärgerte mich, dass ich viel zu schnell und viel zu viel getrunken hatte. Das hätte unser Moment werden sollen.

„Ich dachte, wir küssen uns heute endlich", platze ich heraus. Und auf einmal kam es mir gar nicht mehr so schlimm vor, die Wahrheit zu sagen. Warum tat ich das nicht immer? Es war doch so leicht. Ich musste gar nicht darüber nachdenken, sondern mein Mund fand die Worte von ganz alleine. Vielleicht begann ich langsam zu verstehen, warum Erwachsene sich freiwillig betranken. Es schien ein paar Vorteile zu haben.

Bela schaute etwas verdutzt. „An deine Offenheit könnte ich mich gewöhnen. Und auch wenn ich noch stocknüchtern bin, möchte ich dir sagen, dass ich mir das ebenfalls gewünscht habe." Er rückte ein bisschen näher und seine Finger fuhren von meiner Wange, über meine Schulter zu meiner Hand, die er schließlich festhielt. Ein wirklich angenehmes Gefühl. Und plötzlich war mir danach, Luftsprünge zu machen. Alles fühlte sich so unwirklich schön an. Aber gleich darauf wurde mir schlagartig richtig übel. Ich presste mir die Hand auf den Mund

und Bela zog mich in Windeseile vom Bett hoch, durch die Tür, den Flur und dann durch eine andere Tür. Er schien sich hier auszukennen, denn wir waren im Bad gelandet. Gerade noch rechtzeitig, kniete ich mich vor die Toilettenschüssel und erbrach mich.

Zehn Minuten später waren wir wieder zurück in Darios Zimmer, wie Bela mir inzwischen bestätigt hatte. Ich fühlte mich wie benebelt und war froh, ihn neben mir zu haben. Wir legten uns aufs Bett und er hielt mich im Arm. Ich schmiegte mich an ihn und schloss meine Augen. Wie in einem Traum bekam ich mit, dass jemand hereinkam. Ich wollte meine Lider wieder öffnen, aber sie waren schwer wie Blei. Ich hörte Lesters Stimme, doch es machte mir keine Angst, weil Bela bei mir war.

Als ich wieder aufwachte, war ich allein. Ich fühlte mich komplett desorientiert und wusste nicht, wo ich mich befand. Schwerfällig setzte ich mich auf. Mir war immer noch schlecht, mein Kopf pochte und meine Wahrnehmung war deutlich eingeschränkt. Ich sah leicht verschwommen und hatte Gleichgewichtsprobleme, besonders nachdem ich mich vom Bett hochgestemmt hatte. Von draußen drang laute Musik in den Raum, also musste die Party wohl noch laufen. Ich versuchte, auf die Wanduhr im Zimmer über dem Schreibtisch zu schauen, aber die Zeiger verschwammen immer wieder vor meinen Augen. Wo war Bela? Vielleicht nur kurz auf der Toilette. Ich setzte mich auf einen Stuhl und legte den Kopf in die Hände. Wartete. Aber er kam nicht zurück. Alles, was ich wollte, war nach Hause in mein Bett. Ich musste das anscheinend alleine schaffen.

Mühsam zog ich mich an der Schreibtischplatte nach oben und schleppte mich zur Zimmertür. Ich öffnete sie und wurde erst einmal geblendet von dem grellen Licht, das im Flur brannte. Ich bekam mit, dass er nicht leer war, wie vorhin, sondern, dass hier mittlerweile auch Leute in Gruppen zusammenstanden, knutschten und tranken. Ich schwankte bedenklich und versuchte, mich an der Wand abzustützen. Ich spürte alle Blicke auf mir und ein paar der Leute um mich herum fingen an, zu lachen. Ich musste anscheinend ein ziemlich armseliges Bild abgeben, aber das war mir egal. Ich wollte hier nur raus und nach Hause. Ich schwor mir, nie wieder Alkohol zu trinken.

Jemand griff mich am Arm, um mich zu stabilieren. „Hey, ganz vorsichtig, Kleine. Wir wollen ja nicht, dass du hinfällst." Ich wankte weiter und kam an einer Gruppe Jungs vorbei, die ich nicht kannte.

„Na, das ist ja mal eine freundliche Aufforderung!", posaunte einer davon in meine Richtung. „Ich finde, die sollten wir auf keinen Fall ausschlagen." Er schien selbst nicht mehr nüchtern zu sein, denn er lallte ziemlich. Auch seine Kumpels, die plötzlich anfingen zu grölen und sich alle in meine Richtung bewegten, wirkten betrunken. Aber ich sah meine Umgebung weiterhin leicht verschwommen. Auf einmal waren sie um mich herum. Viel zu nah. Ich spürte eine Hand an meinem Po und eine an meinem Ausschnitt. Ein Junge zog an einem Spaghettiträger und ich hatte keine Ahnung, was hier schlagartig los war. Mit meinen verlangsamten Bewegungen versuchte ich, sie von mir wegzuschieben. „Was soll das? Hört auf!“ Eigentlich hatte ich laut schreien wollen, aber es kam nur leises Genuschel aus meinem Mund. Ich probierte, mich zu konzentrieren. „Ich will das nicht. Lasst mich in Ruhe!“ Das war zumindest laut genug gewesen, aber es schien sie nicht zu interessieren.

„Jetzt zier dich nicht so!“

Jemand zog an meinem Oberteil, bis es über meine Brüste rutschte. Ich bekam Panik. Sie überflutete meinen Körper und gab mir den Impuls, wie wild um mich zu schlagen. Ich traf irgendjemanden mit einem Ellbogen, und hörte einen Schmerzenslaut.

„Die hats dir aber gegeben.“ Ich vernahm Gelächter und nutzte den Moment, um wegzukommen. Schnell zur Treppe. Ich stolperte über die ersten Stufen, fing mich gerade so am Geländer ab. Auch hier standen und saßen Leute. Ich wollte mich an ihnen vorbeidrängen, aber alle starrten mich an und lachten. Jemand legte den Arm um meine Schultern und ich versuchte, ihn wegzuschieben, aber er war zu schwer. Inzwischen riss ein Unbekannter wieder an meinem Top. Auf einmal stand ich nur noch in dem halterlosen BH da und mein Oberteil hing lose um den Bauch. Das musste ein Alptraum sein. Ich schlief wahrscheinlich. Was war hier los? War ich plötzlich in einem Irrenhaus gelandet? War ich irre? Warum machten die das? Weshalb ließen sie mich nicht in Ruhe?

Ich wollte das Top wieder hochziehen, aber jemand hielt meine Arme fest. Und mit einem Mal lagen meine Brüste frei. Irgendjemand hatte mir den BH ausgezogen. Er war weg. Heiße Scham brannte sich durch meinen betäubten Körper. „Hört auf!", schluchzte ich. „Hört endlich auf!" Ich versuchte, meine Arme freizubekommen.

Finger an meinen Brüsten tatschten, kniffen und drückten. Hände. Mehrere. Sie fassten mich ohne meine Einwilligung an, als wäre ich eine Puppe, nichts weiter.

Waren das wieder die Jungs von vorhin?

Endlich bekam ich eine Hand frei. Ich schlug um mich. Schrie.

„Hey, was soll das?", hörte ich eine weibliche Stimme.

„Wir haben nur ein bisschen Spaß."

„Ihr lasst sie jetzt sofort in Ruhe!" Das Mädchen klang autoritär. Vielleicht war sie eine von den Beliebten. Es schien auf jeden Fall zu wirken. Endlich ließen sie von mir ab. Ich schwankte, verlor das Gleichgewicht. Stolperte ein paar Treppen hinunter. Wollte einfach nur weg.

„Da steht *Bitte anfassen*!", verteidigte sich eine Jungenstimme.

Was? Wo? Ein Blick nach unten auf mein Dekolletee bestätigte die Aussage. Jemand hatte diese Worte dick und fett mit schwarzem Edding auf mir hinterlassen. Tränen brannten in meinen Augen, aber ich wollte hier nicht weinen. Nicht auch das noch.

„Und ihr Vollidioten meint, sie hätte sich das selbst draufgeschrieben, oder was?“ Ich wusste nicht, wer da sprach, aber ich fühlte unendliche Dankbarkeit.

Ich fiel mehr vorwärts, als dass ich ging, trotzdem hielt ich nicht inne. Ich probierte, im Laufen mein Oberteil wieder hochzuziehen, aber meine Bewegungen waren ungelenk und schwammig. Weiteres Gelächter um mich herum. Ich fühlte mich armselig, klein und beschmutzt. Und ich schämte mich. Und da sah ich ihn. Bei einem hastigen Blick ins Wohnzimmer. Da stand er zusammen mit Lester. Er hatte gesagt, sie wären keine Freunde. Dabei hatte Lester sich an mir gerächt. So viel wurde meinem alkoholumwölkten Gehirn jetzt klar. Und Bela hatte nichts dafür getan, um ihn aufzuhalten. Schlimmer: Er hatte mich mit dieser Nachricht auf der Brust und in meinem Zustand alleine gelassen.

Ein stechender Schmerz durchzuckte meine Herzgegend.

Nur schnell weiter.

„Was ist denn mit der los?“

Wieder Gelächter.

„Die hat ja riesige Brustwarzen, voll eklig.“

Ich hatte bisher nicht gewusst, dass Scham körperliche Schmerzen bereiten konnte, aber das tat sie. Immer heißer schoss sie durch meinen Organismus und verbrannte alles, was ihr in die Quere kam. Mein Selbstbewusstsein. Meine Stärke. Mein Vertrauen.

„Warum läuft sie hier halbnackt rum?“

„Titten-Show, wohooo! Zeig was du hast!“

Es war wie ein Spießrutenlauf, aber endlich hatte ich die Haustür erreicht und mein Oberteil wieder an Ort und Stelle gebracht. Ich stolperte nach draußen und gab der Tür einen Schubs, damit sie wieder zufiel. Stille. Die frische Luft half mir, einen etwas klareren Kopf zu bekommen. Die Straßen waren leer und ich begegnete niemandem. Ich schaffte es endlich, auf meine Armbanduhr zu schauen. Es war halb vier Uhr morgens. Es fuhren keine Trams mehr, also ging ich zu Fuß. Dann fing ich an zu rennen. Ich rannte den gesamten Weg nach Hause. Und den ganzen Weg schluchzte ich völlig unkontrolliert. Mein Körper wurde geschüttelt von diesen Schluchzern. Er bebte. Alles bebte. Aber am schlimmsten bebte mein Herz.

Ich habe mir so lange nicht erlaubt, mich daran zu erinnern. Mir Einzelheiten ins Gedächtnis zu rufen. Natürlich habe ich dieses Erlebnis nicht vergessen, aber ich habe es erfolgreich verdrängt. Und Belas Schuld an dieser ganzen Sache war für mich immer klar erwiesen gewesen. Wir waren gemeinsam im Bett gelegen, als Lester hereinkam. Wahrscheinlich war es meinem Freund peinlich, dass er uns erwischt hat. Was dafür sprach: Bela hat mich sofort nach seiner Ankunft in ein leeres Zimmer gezogen. Auch diese Tatsache verfolgte mich, als ich wieder nüchtern geworden war. Ich hatte gedacht, er wolle unsere Freundschaft und vielleicht sogar unsere aufkeimenden Gefühle öffentlich machen. Aber das war nicht passiert. Er hat mich wieder versteckt. Und was genau danach geschehen ist, war mir immer egal gewesen. Denn wie man es dreht und wendet, Bela hat mich allein gelassen. Ob mit Lester oder ob er sogar dabei war, als ich mit Filzstift beschmiert worden bin, war nie wichtig gewesen. Alles, was ich wissen musste, war, dass Bela mich verraten hat. Ausgerechnet er. Er hat mein Herz in Eis verwandelt.

Ich bin nie wieder in den Jugendclub gegangen und ich habe Bela damals eine lange Zeit nicht wiedergesehen. Er hat nie versucht, Kontakt mit mir aufzunehmen. Auch das sagte mir alles, was ich wissen musste. Es war ihm nicht ernst mit mir gewesen.

Ich atme tief durch, um die Fassung nicht zu verlieren, und drehe das Glas mit Eistee, das vor mir auf dem Tisch steht. Für einen Moment versuche ich, mich völlig darauf zu konzentrieren. Es ist mir immer egal gewesen, was genau passiert ist. Aber jetzt nicht mehr. Jetzt will ich den Grad seines Verrats bis ins Detail wissen.

„Was ist passiert, als Lester ins Zimmer gekommen ist?", frage ich und drehe weiterhin das Glas mit der bernsteinfarbenen Flüssigkeit.

„Er ..." Bela stockt.

„Er hat dich aufgezogen, warum du mit der Zahnspangenfresse im Bett liegst, oder?", helfe ich ihm auf die Sprünge. Ich blicke hoch und sehe, wie Bela sich windet. Dann nickt er.

„Und in diesem Moment war ich dir peinlich."

„Du warst mir nicht peinlich“, widerspricht er. „Ich hatte nur so lange an meinem Ruf gearbeitet und hatte Angst, alles würde in sich zusammenfallen. Es war dämlich, aber damals wollte ich diese Fassade aufrechterhalten.“

„Dein Ruf war dir also wichtiger als ich.“ Eine Feststellung.

„Nicht wichtiger, aber wichtig ja. Du weißt nicht, was es mich gekostet hat, das aufzubauen. Allen etwas vorzuspielen, die ganze Zeit.“

„Ich verstehe nicht, wovon du redest.“

Er schweigt.

„Was ist dann passiert?“, bohre ich weiter nach. Er soll nichts mehr zurückhalten, egal wie schmerzhaft es wird.

„Ich habe mich rausgeredet. Habe erzählt, dass du betrunken bist und ich das ausnutzen wollte. Aber schon als ich es ausgesprochen habe, wusste ich, dass das ein Fehler gewesen ist. Ein riesiger Fehler. Lester ist sofort darauf angesprungen. Er hat etwas davon gefaselt, dass er noch eine Rechnung mit dir offen hätte und wir uns jetzt ein bisschen mit dir vergnügen könnten. Ich habe totale Panik bekommen. Ich wollte dich beschützen, aber ich war so dumm und naiv. Ich hätte niemals gedacht, dass Lester wirklich etwas Übergriffiges versuchen würde. Trotzdem wollte ich ihn und die Jungs, die bei ihm waren, so schnell wie möglich von dir trennen. Ich redete mir den Mund fusselig, dass du langweilig wärst und wir uns nicht die Mühe machen sollten. Du würdest ohnehin schon tief schlafen. Ich schlug vor, nach unten zu gehen und ein Trinkspiel zu spielen. Wir waren schon fast bei der Tür, als Lester noch einmal zurückging, sich den

Edding schnappte und etwas auf dein Dekolletee kritzelte. Ich hab das erst gar nicht bemerkt, bis einer aus der Gruppe Lester angefahren hat, was der Scheiß soll. Es entstand ein kleiner Tumult und er hat abgewiegelt, dass es ein harmloser Scherz sei und wir uns abregen sollten. Ich war so froh, als ich sie endlich alle durch die Tür bugsiert hatte. Ich ging mit ihnen nach unten, um sie abzulenken. Ich wollte später wieder nach dir schauen ..."

Es war hart das alles zu hören. Richtig hart. „Aber das hast du nicht. Du hast nicht nach mir geschaut."

„Weil du dann schon weg warst. Ich habe die Leute vor der Tür gefragt, ob sie dich gesehen hätten, und sie haben mir erzählt, was passiert ist." Er schluckt sichtlich. Seine Stimme ist fast nur noch ein Flüstern.

„Du hast mich also verleugnet und alleine liegen lassen, mit diesen Worten über meiner Brust. Was hast du gedacht, was passiert, wenn ich damit durch die betrunkene Menge laufe?", echauffiere ich mich. Ich verstehe einfach nicht, was in seinem Kopf vorgegangen ist.

Er zwickt die Augen zusammen, als würde ihm meine Frage Schmerzen bereiten.

„Ich wusste nicht, was da stand."

„Du hast nicht nachgesehen? Du hast ihn einfach irgendwas auf mich draufschreiben lassen? So egal war ich dir? Das passt doch alles nicht zusammen. Du hast davor gesagt, dass du mich magst, du wolltest mich küssen. All die Zeit, die wir im Yogaraum verbracht haben. Was war das? Auch eine Lüge?"

„Nein“, sagt er vehement und blickt mir wieder in die Augen. „Ich war verliebt in dich.“

„Das ist doch Unsinn. Dann hättest du mich nicht mit diesem beschissenen Spruch auf der Haut liegen lassen.“

„Wenn ich gewusst hätte, was da gestanden hat, hätte ich dich niemals allein gelassen.“

Das ist leicht zu behaupten nach all der Zeit. In mir streiten ganz unterschiedliche Gefühle miteinander. Ich bin froh, dass er es bereut. Dass er anscheinend unter seiner Fehlentscheidung gelitten hat. Und, dass er auf eine ziemlich verquere Art versucht hat, mich zu beschützen. Aber verstehen tue ich das alles trotzdem nicht. „Vielleicht muss ich gar nicht nachvollziehen, was du getan hast“, sage ich laut. „Letztendlich habe ich mich auch selbst in diese Situation gebracht. Natürlich nicht absichtlich. Ich wollte mich nicht betrinken. Es ist einfach so passiert. Aber ich war unvorsichtig. Das war mein Fehler. Und ich habe sogar noch Glück im Unglück gehabt. Als der Vorfall passiert ist, war es spät. Die meisten anderen waren ebenfalls betrunken. Handys mit Videofunktion waren bei den Jugendlichen noch nicht so verbreitet. Auf jeden Fall ist in der Schule nichts durchgesickert. Ich hatte diese furchtbaren Minuten, aber am nächsten Tag war alles vergessen. Niemand hat mich aufgenommen und meine Brüste im Internet ausgestellt. Ich denke, heute wäre die Geschichte wahrscheinlich nicht so glimpflich ausgegangen.“

„Ich kann mir nicht mal annähernd vorstellen, wie du dich gefühlt haben musst. Es ist der schlimmste Fehler, den ich in meinem ganzen Leben begangen habe."

„Wir alle bauen mal Mist. Aber du hättest es mir erklären können. Du hättest dich entschuldigen können."

„Ich habe mich so geschämt. Ich fand nicht, dass ich es verdient hätte, dass du mir jemals verzeihst. Ich wollte dir meinen Anblick ersparen." Seine Stimme zittert, während er das sagt. „Ich habe ihn bestraft. Lester. Ich weiß, dass dir das jetzt nicht hilft. Rache hilft niemandem. Aber ich konnte ihn so nicht davonkommen lassen. Ich habe ihn vor all seinen Freunden gedemütigt."

„Was hast du getan?"

„Nichts worauf ich stolz bin. Aber ich hoffe, dass er nie wieder jemandem so etwas angetan hat wie dir. Das war das Einzige, was ich für dich tun konnte."

Er wollte es mir nicht sagen und ich ließ es ihm durchgehen. Nach all den Jahren spüre ich eine gewisse Genugtuung, dass Lester nicht so leicht davon gekommen ist, wie ich immer gedacht habe. Die Einzelheiten sind nicht relevant. „Es ist gut, dass wir darüber sprechen. Ich hätte nicht gedacht, dass es dir so viel ausgemacht hat. Ich glaubte, dass du mich erst verraten und dann einfach fallen gelassen hast, weil ich dir nicht wichtig genug war."

„Und was denkst du jetzt?"

„Dass du vielleicht einfach nur ein unverantwortlicher 17-Jähriger gewesen bist, der das Ganze nicht überblickt hat.

Der vielleicht auch zu arrogant war, um seinen Gefühlen einen höheren Stellenwert einzuräumen, als seinem sozialen Status."

Das trifft ihn. Ich höre, wie er scharf Luft holt, seine Hände im Nacken verschränkt und seinen Kopf nach hinten wirft.

„Und wir beide wissen, dass die eigentlichen Täter die waren, die mich ohne mein Einverständnis angefasst haben. Ich glaube noch nicht einmal Lester hat damit gerechnet, dass es so aus dem Ruder laufen würde." Ich will ihn keinesfalls in Schutz nehmen, aber es ist wichtig für mich, dass ich alles richtig einordne – und dass ich verzeihen kann.

„Du hast recht, mit dem leichtfertigen 17-Jährigen. Wahrscheinlich hast du recht. Aber du weißt immer noch nicht, warum das alles passiert ist." Er starrt weiterhin an die Decke.

„Gibt es denn ein warum?"

Er nimmt seine Hände herunter und sieht mich wieder an. Sein Blick ist gehetzt. Er atmet tief ein und dann lässt er mich endlich in seine Seele schauen. „Ich bin Legastheniker."

Damit habe ich nicht gerechnet. Überhaupt nicht. Ich begreife zuerst gar nicht, wie das alles zusammenhängt. Kann mich nicht darauf konzentrieren, die richtigen Parallelen zu ziehen. Denn es gibt eine Sache, die mein Verstand und mein Herz mir entgegenschreien und die ich als erstes aussprechen muss: „Warum hast du das verheimlicht? Wir waren beste Freunde, schon als Kinder. Wir haben uns vertraut, das dachte ich zumindest."

Er trinkt einen Schluck von seiner Cola. Stellt das Glas ab. Trinkt erneut. „Es wurde erst gegen Ende der Grundschule diagnostiziert. Die Lehrer dachten ganz lange einfach nur, dass ich entweder dumm bin, faul oder beides. Und ich dachte das auch eine lange Zeit. Und das ist nichts, womit man gerne hausieren geht, auch nicht vor seinen besten Freunden. Vielleicht gerade nicht vor ihnen. Ich wollte nicht, dass sich euer Bild von mir ändert. Und als meine Mam mich dann zu sämtlichen Spezialisten geschleppt hat und endlich klar war, dass ich eine genetisch bedingte Störung habe, da wollte ich das alles erst einmal selbst verstehen. Ich kam mir unzulänglich vor. So viele Menschen hatten mir das schließlich jahrelang eingeredet, dass ich es irgendwann selbst glaubte. Und deshalb bat ich meine Eltern niemandem aus unserem Freundeskreis etwas davon zu erzählen. Die Zeit mit euch im Chalet, war die einzige Zeit im Jahr, in der ich mir halbwegs normal vorkam. Der Rest war ein immerwährender Kampf."

Ich weiß nicht, was ich darauf sagen soll. Vielleicht dass es mir leidtut? Ich bin fassungslos, weil es mir nie aufgefallen ist.

„Wie konntest du das so lange verheimlichen?"

„Man lernt viele Tricks als Legastheniker. Ich habe mich immer so durchgeschummelt. Als Kind natürlich auch mit der Hilfe meiner Eltern. Ich bestellte in Restaurants meistens Kinderschnitzel mit Pommes, um nicht die Speisekarte lesen zu müssen. Das meiste, was ich hätte in der Schule lesen sollen, habe ich gehört. Ich hatte erlebt, wie Menschen sich mir gegenüber verhielten, als sie dachten, ich wäre dumm. Und das wollte ich nie wieder erleben. Deshalb habe ich angefangen, mir ein Image aufzubauen. Ich wusste, ich könnte entweder der Außenseiter sein, der Legastheniker, der nicht richtig lesen und schreiben kann und den alle bemitleiden. Oder ich könnte der lässige Typ sein, dem Schule und Lehrer am Arsch vorbeigehen. Dem seine Noten egal sind und der lieber Skateboard fährt und Graffitis sprayt. Ich habe mich für Letzteres entschieden und es war harte Arbeit, diese Fassade aufrecht zu halten. Ich war nur ein Jahr am Gymnasium, aber das hat einfach nicht funktioniert. Den Übertritt habe ich ohnehin nur wegen Sonderregelungen geschafft. Also haben mich meine Eltern an eine Privatschule geschickt. Hier wussten von Anfang an alle, womit ich zu kämpfen hatte. Ich bekam endlich wirkliche Hilfestellung. Mir wurde eine Diktier-Software für den Laptop gestellt, dazu alle Unterrichtsmaterialien als Hörbücher. Außerdem bekam ich zur Unterstützung eine Person an die Seite gestellt, die neben mir saß und Texte für mich las. Und die auch in Prüfungen für mich geschrieben hat. Also natürlich nur das, was ich ihr gesagt habe, sie durfte nichts hinzufügen. Das war das erste Mal, dass ich einigermaßen mithalten konnte. Aber vor meinen ehemaligen Klassenkameraden und den Leuten im Jugendclub habe ich meine Fassade einfach weiter aufrechterhalten. Ich wollte so normal sein, wie möglich. Und natürlich habe ich mein Ansehen auch genossen."

Das rückt endlich alles ins richtige Licht. Es ist keine Entschuldigung für sein Verhalten, aber eine logische Erklärung.

„Du konntest die Worte über meiner Brust nicht lesen“, stelle ich fest.

„Ich kann schlecht lesen, wenn ich mich sehr anstrenge. In emotionalen Situationen bekomme ich es gar nicht hin. Legasthenie gibt es in ganz unterschiedlichen Formen. Die Störung ist angeboren. Das Gehirn verarbeitet geschriebene Sprache in einem anderen Teil, als bei Menschen ohne Legasthenie. Dazu deutlich langsamer und ungenauer. Bei meiner Form der Legasthenie verschwimmen und bewegen sich die Buchstaben ineinander. Beim Schreiben ist es, als ob ich jedes Wort das erste Mal in meinem Leben sehen würde.“

Ich beginne eine leise Ahnung davon zu bekommen, wie sein Alltag aussieht. Wenn alles, was Schrift ist, verschwimmt. Wenn dein Gehirn nicht abspeichern kann, wie Wörter geschrieben werden. Wenn du gesprochene Sprache überhaupt nicht in Einklang mit dem bringst, was überall aufgeschrieben steht: auf Busplänen, in Büchern, auf Speisekarten, Eintrittstafeln, Wanderwegen, Flyern, Kassenzetteln und Kaffeetassen. Wenn man so darüber nachdenkt, ist Schrift omnipräsent. Schwer vorstellbar, wie es wäre, das alles nicht verstehen zu können oder nur mit immensem Aufwand.

Er sieht erschöpft aus und ein wenig erleichtert. „Wollen wir noch eine Runde spazieren gehen?“, fragt er mich und ich bin froh, dass er das vorschlägt, denn ich brauche dringend frische Luft und ein bisschen Zeit, um das alles zu verarbeiten.

Hör dir Lied 5 des Soundtracks an: Permanent Way – Charlie Cunningham

Wir gehen eine Weile schweigend nebeneinander her. Jeder von uns hängt seinen eigenen Gedanken nach. Es fällt mir schwer, einzuordnen, was die Wahrheiten von heute für uns bedeuten.

Fühle ich mich belogen und außen vor gelassen? Ja. Aber ich kann nachvollziehen, warum er es getan hat. Und ich maße mir nicht an, zu verstehen, wie es ist in seiner Haut zu stecken.

Kapiere ich endlich, wie es zu dem Vorfall bei der Party gekommen ist? Ja, das tue ich. Vor allem begreife ich jetzt, dass ich nicht die Einzige war, die Gefühle hatte. Und das erleichtert mich ungemein.

Kann ich ihm verzeihen, nachdem ich das jetzt alles weiß? Vielleicht. Aber ich schaffe es nicht ad hoc. Ich muss das erst sacken lassen.

„Das war ganz schön viel auf einmal“, breche ich das Schweigen.

„Ich weiß“, ist alles, was er darauf sagt.

Wir laufen über eine Brücke, die einen kleinen Fluss überspannt. Er bleibt stehen, beugt sich vor und lehnt seine Unterarme auf die Brüstung. Die Szenerie wird beleuchtet von einer Straßenlaterne, die alles in unwirkliches, orangefarbenes Licht taucht. Und genauso irreal fühlt sich dieser Moment an.

Wer ist Bela Lambert?

Der Junge aus Kindertagen, der mit mir das Eichhörnchen unter den Dielenbrettern versteckt hat. Der Jugendliche, der mit seiner Legasthenie zu kämpfen hatte und mir unglaublich weh getan hat. Oder der erwachsene Künstler, der jetzt hier steht und mit gerunzelter Stirn auf das tiefschwarze Wasser blickt. Es fällt mir schwer, diese Belas alle unter einen Hut zu bekommen. Sie zu einer Person zu verschmelzen.

„Wer bist du?“, frage ich deshalb. „Ich habe keine Ahnung, wer du bist“, flüstere ich und übertöne damit kaum das Rauschen des Bachs.

Er dreht sich zu mir um. Kommt einen Schritt auf mich zu. Nimmt meine Hände und trotz unserer Handschuhe, spüre ich seine Körperwärme.

„Ich weiß, warum du das denkst. Aber es gibt niemanden in meinem Leben, der mehr von meinem Herzen gesehen hat als du.“

Obwohl es im ersten Augenblick romantisch klingt und vielleicht auch ein bisschen pathetisch, weiß ich, wie er es meint. Wir waren uns nah, im Kindesalter. Haben uns ewige Freundschaft geschworen. Ein Trio, das einmal unzerstörbar gewirkt hat. Und wir waren uns als Jugendliche nah. Wochenlang nur wir beide in diesem Kellerraum, wo wir unsere Welten miteinander geteilt haben. Und dann bei der Party. Wo ich seine dunkle Seite kennengelernt habe. Diese Fixierung auf seine Außenwirkung und was sie ausgelöst hat.

„Ich hoffe sehr, dass du mir die Chance gibst, dass wir uns wieder richtig kennenlernen. So wie wir beide jetzt sind. Denn ich wäre unglaublich gerne mit dir befreundet, Leo. Mit dir und Sascha."

„Wir sollten es ihm erzählen. Alles", antworte ich darauf. Denn mehr kann ich im Moment nicht dazu sagen.

Er nickt. „Dann lass uns nach Hause fahren!"

Kapitel 11

Das Gespräch mit meinem Bruder, das wir noch am gestrigen Abend geführt haben, war emotional. Ich konnte ihn gerade so davon abhalten, Bela an die Gurgel zu gehen, als er endlich erfahren hat, was auf der Party passiert ist. Danach hat er geweint und ich habe ausnahmsweise einmal ihn getröstet und ihm versichert, dass ich darüber hinweg bin. Denn dieses Gefühl habe ich seit Belas und meiner Aussprache wirklich. Ich habe endlich den Ballast abgeworfen.

Als sich alle wieder etwas beruhigt haben, hat Bela uns mehr über seine Legasthenie erklärt. Auch, dass er heute viel offener damit umgeht. Er nutzt am liebsten Sprachnachrichten, aber gerade in der Kommunikation mit Kunden kommt er manchmal um E-Mails nicht herum. Deshalb schreibt er unter jegliche professionelle Korrespondenz den Satz: *Von einem Legastheniker verfasst*. Neuste Technik hilft ihm außerdem dabei, per Sprachsoftware Texte zu verfassen und sie sich vorlesen zu lassen, was ihm den Alltag deutlich erleichtert. Und es ist anscheinend ein offenes Geheimnis in der Tattoo-Szene, dass er niemals Schriftzüge sticht. Keinerlei Buchstaben. Auch er selbst trägt nicht einen an seinem bemalten Körper. Ausschließlich Bilder.

Sascha kam überhaupt nicht damit klar, dass er es nie bemerkt hat. Er kramte eine Erinnerung nach der anderen aus seinem Kopf und wollte sie mit uns durchgehen. Wir diskutierten die Tricks und Kniffe, die Bela angewendet hat, um sich nicht zu verraten. Zum Beispiel hat er uns immer unauffällig dazu gebracht, Dinge vorzulesen, wie Anleitungen von Brettspielen oder Gewinnspiele auf der Cornflakespackung. Entweder weil er plötzlich dringend auf die Toilette musste, etwas Wichtiges machen wollte, oder er einfach selbstbewusst herausposaunte, er habe jetzt keine Lust zu lesen.

Das alles lasse ich Revue passieren, während ich nicht sanft von der Sonne im schönen Schlafzimmer meiner Eltern aufgeweckt werde, sondern vom lauten Schnarchen im Stockbett unter mir.

Kurzerhand werfe ich ein Kissen nach meinem Bruder. Ein langgezogenes Stöhnen antwortet mir. „Was soll die fiese Attacke am Morgen?“

„Ja, ganz genau. Das frage ich mich auch. Bäume sägt man eigentlich draußen.“

„Häh?“

„Du schnarchst, als würdest du einen ganzen Wald abholzen wollen.“

„Du übertreibst schamlos.“

„Tue ich nicht. Leider.“ Ich schnaufe und lasse mich in die Matratze zurücksinken.

„Dafür, dass heute Weihnachten ist, hast du ganz schön schlechte Laune“, kommt es von unten.

Ich muss über mich selber lachen. „Daran habe ich heute tatsächlich noch gar nicht gedacht. Dieses Weihnachtsfest ist ziemlich anders.“

„Allerdings. Aber eine Sache ist genau wie jedes Jahr: Wir brauchen einen Baum!“

Ich richte mich abrupt auf und freue mich darüber, dass meine Rippen kaum noch schmerzen. „Stimmt. Na dann mal los! Das mit dem Sägen hast du ja schon fleißig geübt.“

Hör dir Lied 6 der Playlist an: You Make It feel like Christmas – Gwen Stefani, Blake Shelton

Der ganze Tag ist von Geschäftigkeit geprägt. Während Bela, sein Papa Michael und Sascha in den verschneiten Wald stapfen, um einen Baum zu fällen, verschwinde ich mit Mama, meinem Vater und Akiko in der Küche, um das Abendessen vorzubereiten. Es gab bei uns nie *das eine* Weihnachtsessen, wie bei vielen anderen Familien. Wir überlegen uns jedes Jahr, worauf wir Lust haben und kochen dann meistens zusammen. Dieses Mal haben wir uns für ein kleines Drei-Gänge-Menü entschieden. Während ich für den Salat zur Vorspeise zuständig bin, übernehmen meine Eltern gemeinsam den Hauptgang – Rinderrouladen. Akiko ist für die Nachspeise federführend: Sie backt eine traditionelle japanische Weihnachtstorte, die aus Biskuitteig besteht, der mit Sahne bedeckt und mit Erdbeeren garniert wird. Ich kenne die Torte aus meiner Kindheit und freue mich darauf, heute Abend endlich mal wieder ein Stück davon zu verputzen. Sie ist nämlich verdammt lecker.

Akikos lange graue Haare hat sie heute mit einer großen Spange am Hinterkopf festgesteckt, damit sie ihr beim Teigrühren nicht ins Gesicht fallen.

Ich sitze an der Kücheninsel und putze den Feldsalat, oder wie er in Österreich heißt: Vogerlsalat. Ich lasse mir Zeit dabei, weil für die Vorspeise nicht so viel zu tun ist.

Meine Eltern nehmen die Arbeitsfläche an der hinteren Wand der Küche in Beschlag und klopfen gerade das Rindfleisch flach. Dabei necken sie sich gegenseitig, lachen und strahlen sich an. Es ist seltsam, sie so gelöst zu sehen. Jahrelang waren für sie und für uns Kinder nur die weniger schönen Seiten einer Ehe tägliches Programm. Die ständigen Affären meines Vaters, die meine Mutter immer mehr zermürbten, die lauten Streits, bei denen auch das ein oder andere Teil zu Bruch ging. Das permanente Misstrauen meiner Mama und die ewigen Vorhaltungen. Und dann schließlich die Trennung, nach der sie sich immer noch weiter stritten. Jahrelang habe ich nur dieses Bild der Beziehung meiner Eltern vor Augen gehabt. Und jetzt plötzlich scheint alles gut zu sein. Auf einmal. Nachdem meine Kindheit so belastet war von ihrer toxischen Ehe. Und nun soll ich die brave Tochter spielen und mich freuen, dass sie endlich ihr vollkommenes Glück gefunden haben. Aber das kann ich nicht so ohne weiteres. Denn es geht nicht in meinen Kopf. Ich warte quasi jede Sekunde auf einen Rückschlag. Auf laute Stimmen und gemeine Worte. Und deshalb fällt es mir schwer, diesem Abbild der angeblichen Perfektion zuzuschauen. Also wende ich meine Aufmerksamkeit Akiko zu, die mir gegenüber an der Kücheninsel steht und Eier in eine Schüssel schlägt.

„Was gibt es denn sonst noch für weihnachtliche Gerichte in Japan, die dort traditionell gegessen werden?“, frage ich sie interessiert. „Bisher kenne ich nur deinen leckeren Kuchen.“

„Oh, danke für das Kompliment, Leonie. Du wirst lachen, aber viele Familien in Japan essen zu Weihnachten Gerichte von *Kentucky Fried Chicken*.“

„Du meinst von dieser Fastfood-Kette?“, frage ich erstaunt nach.

„Ja, genau. In den Siebzigern kamen die ersten Fastfood-Läden nach Japan. Das war damals etwas ganz Neues und Angesagtes. Und da gab es diese berühmte

Werbekampagne, etwa in der Mitte dieses Jahrzehnts. *KFC* bot ein besonderes Weihnachts-Paket an. Und daraus hat sich das alles entwickelt. Bis dato hatten sich kaum Weihnachtstraditionen etabliert, weil weniger als ein Prozent der japanischen Bevölkerung Christen sind. Und es ist bis heute sehr beliebt. Man holt sich das Menü nach Hause und muss lange im Voraus bestellen. Und beim Abholen bilden sich ewige Schlangen." Sie muss selbst darüber grinsen.

Ich schaue sie immer noch ungläubig an. „Du verschaukelst mich, oder?"

Akiko blickt von ihren Eiern auf und lacht jetzt richtig. „Nein, das stimmt wirklich. Und es gibt jedes Jahr einen Teller dazu mit der Jahreszahl und einem weihnachtlichen Motiv. Den sammeln viele Familien."

Ich gluckse, weil ich mir gerade vorstelle, wie es wäre, wenn hier in Österreich oder bei uns in Deutschland alle Menschen an Weihnachten ihre Menüs bei McDonalds abholen würden. Das ist unvorstellbar.

Ich parke den Salat bis heute Abend in einer großen Schüssel und stelle sie in den Kühlschrank. Dann mache ich mich daran, die Rote Beete und den geräucherten Lachs in feine Streifen zu schneiden. Zuletzt rühre ich das Orangen-Honigdressing an und röste ein paar Walnüsse. Meine Vorbereitungen sind somit abgeschlossen. Perfektes Timing, denn ich höre lautes Poltern von der Haustür und luge in den Flur, wo Bela und sein Vater den Baum hereintragen. Sie haben ihn draußen wohl schon vom meisten Schnee befreit, aber er verliert immer noch eine Menge Eiskristalle, während sie ihn ins Wohnzimmer tragen.

Die Tanne ist ziemlich groß geraten, aber durch die doppelte Deckenhöhe im Wohnbereich, gibt es zumindest kein Problem damit, sie aufzustellen. Allerdings ist es nicht leicht, den Baum gerade auszurichten, weil er recht schwer ist. Der Rest des Nachmittags vergeht mit dem Schmücken wie im Flug, für das Sascha, Bela und ich uns freiwillig melden. Seit unserer Aussprache gestern hat sich etwas zwischen uns verändert, das ist deutlich zu spüren. Wir sind viel unbefangener und ich bekomme ein Gefühl dafür, wie es wäre, würden wir unsere Freundschaft wirklich wieder aufleben lassen. Wir holen alle Christbaumkugeln aus unserer Kindheit hervor und hängen sie an die immer noch feuchten Zweige. Unter dem Weihnachtsbaum haben wir mehrere Handtücher ausgebreitet, um das Tauwasser aufzufangen.

„Die großen Kugeln weiter runter!“, erinnere ich Sascha. „Das weißt du doch. Oben kleine Kugeln und dann werden sie nach unten hin immer größer.“

„Und warum genau sollen wir das so machen?“, fragt er zurück und reißt seine Augen dabei weit auf.

„Weil das am besten aussieht. Es liegt an den Proportionen“, versuche ich es ihm zu erklären. Er rollt nur mit den Augen, hängt den Christbaumschmuck aber weiter nach unten.

Stück für Stück verwandelt sich die Tanne in einen funkelnden Weihnachtsbaum. Die Nadeln verströmen diesen typischen Geruch nach Wald – würzig und frisch. Wir hören

Weihnachtsmusik beim Schmücken und singen mit. Während Sascha die Töne gut halten kann, brummt Bela mehr, als dass er singt.

„Du brummst wie ein Bär im Stimmbruch, Alter!", zieht ihn mein Bruder deshalb auf.

„Nicht jeder kann Engelshaar *und* eine engelsgleiche Stimme besitzen, so wie du!", kommt prompt ein ironischer Kommentar zurück. „Mein Brummen ist zumindest sexy."

Ich verschlucke mich fast an meinem Glühwein, den ich gerade trinke. Die ganze Zeit habe ich versucht, genau das nicht mehr in Bela zu sehen. Habe krampfhaft probiert, seine Augen, seine Muskeln, sein Lächeln – all das zu ignorieren. Die Gefühle die ich einmal ihm gegenüber hatte einfach zu vergessen. Und nun stößt er mich quasi mit der Nase darauf.

„Sexy Engel oder sexy Brummbär – also ich glaube ich weiß, wofür sich die Ladys entscheiden würden", kontert mein Bruder grinsend.

Ich konzentriere mich voll auf die Kugel, die ich gerade in der Hand halte und suche die Tanne nach einer freien Stelle ab, von denen es kaum noch welche gibt. Überall hängen Sterne, Engel, Glöckchen und der Baum erstrahlt in warmen Rot- und Goldtönen, so wie in unserer Kindheit.

Akiko kommt herein, stellt sich neben Bela und streicht ihm zärtlich über den Rücken. „Er sieht wunderschön aus", macht sie uns ein Kompliment. „Ich freue mich schon sehr auf heute Abend." Sie blickt auf die Uhr und zwinkert dann. „Nur noch drei Stunden bis zur Bescherung."

„Mama, wir sind keine Kinder mehr, die es nicht mehr erwarten können, bis es endlich losgeht“, tadelt Bela sie.

„Also du vielleicht nicht“, grätscht Sascha dazwischen. „Aber der mit dem engelsgleichen Haar freut sich schon wie Bolle aufs Geschenkeauspacken. Und auf das Essen natürlich. Und darauf, dass wir endlich die Lichter am Baum anschalten. Und auf die Spiele, die wir nach der Bescherung spielen werden. Und auf die vielen Kerzen, die wir anzünden. Und überhaupt.“

Akiko lacht. „Das ist schön, dass sich zumindest einer hier noch freuen kann.“ „Zwei“, ergänze ich. „Liegt wohl in der Familie.“ Denn ganz ehrlich, Weihnachten ist einfach der schönste Feiertag. Weil es um Familie geht, weil alle sich so viel Mühe mit den Vorbereitungen geben und weil es die leckersten Naschereien, wie zum Beispiel Zimtsterne, nur zu dieser Zeit im Jahr gibt.

„Ach, Leonie, was ich dich noch fragen wollte. Sollte nicht dein Freund ursprünglich an Weihnachten herkommen?“, wendet sich Akiko freundlich an mich.

Ihre Worte wirken wie eine Ladung Schnee, die jemand über mir ausgekippt hat. An Sander habe ich seit Tagen nicht gedacht. Aber jetzt fällt mir alles wieder ein. Und in diesem Moment hämmert sich ein Gedanke in meinen Kopf wie ein Eispickel: Nie mag mich jemand genug, um sich vollständig für mich zu entscheiden.

Er breitet sich in mir aus und lässt meinen Körper in eine Art Schockstarre verfallen. Ich kann mich für einen kurzen Moment nicht bewegen und ich bekomme keine Luft.

„Ich wusste nicht, dass du einen Freund hast", bemerkt Bela verwundert und unterbricht damit meine negative Gedankenspirale.

„Wir haben uns getrennt, deshalb kommt er heute nicht", erkläre ich Akiko.

„Oh, das war dann wohl ein Fettnäpfchen. Tut mir leid. Anke hat mir gar nichts davon erzählt", bemerkt sie zerknirscht.

„Ich glaube, weil Mama es selbst noch nicht verarbeitet hat. Sie hat ihn für den perfekten Schwiegersohn gehalten und uns schon vor dem Altar gesehen."

„Dabei hat dieses Arschloch ihr das Herz gebrochen, weil er es mit seiner Sekretärin getrieben hat. Der Anwalt und die Sekretärin – was für ein grottenschlechtes Klischee", schaltet sich mein Bruder ein.

Das hat er jetzt nicht wirklich vor allen gesagt, oder? Verflucht. „Sascha!", stoße ich peinlich berührt seinen Namen aus.

„Was denn? Darf doch jeder wissen, was für ein übler Kerl er ist."

Aber ich wollte eben nicht, dass es jeder weiß. Vor allem nicht Bela. Warum genau, kann ich mir auch nicht erklären. Obwohl mir klar ist, dass Sander der Schuldige ist, gehören doch immer zwei dazu, wenn eine Beziehung scheitert. Mein Selbstbewusstsein steht schon seit Jahren auf sicheren Füßen, dennoch wankt mein Inneres gerade gewaltig. Denn da ist diese kleine Stimme in mir, die mir immer wieder zuflüstert, dass irgendetwas mit mir nicht stimmt. Warum sonst hätte Bela sich damals für seinen Ruf und gegen mich entschieden? Weshalb hat Sander sich bei der ersten sich bietenden Gelegenheit in ein Abenteuer gestürzt, ohne dabei an mich und die Folgen für unsere Beziehung zu denken? Etwas muss mir doch fehlen, weil sich Männer nicht zu hundert Prozent für mich entscheiden.

Stop! Halt! Hör sofort auf, mit diesem gequirlten Schwachsinn!

Ausnahmsweise freue ich mich über den Einwurf meiner inneren Stimme. Denn sie hat recht. Diese destruktiven Gedanken machen keinen Sinn. Ich bin es wert. Warum auch immer andere Menschen das nicht erkennen. Es ist nicht mein Problem. „Ich glaube, wir sind hier fertig. Ich gehe mich schon mal umziehen." Leicht benommen verlasse ich den Raum, um der Situation zu entfliehen.

Im Kinderzimmer angekommen atme ich erst einmal tief durch. Dann hole ich mein Kleid für heute Abend aus dem Schrank. Auch wenn hier weniger Platz ist, als im begehbaren Kleiderschrank meiner Eltern, habe ich meine Kleidung möglichst knitterfrei aufgehängt und eingeräumt. Das Kleid hat oben ein recht schlichtes enganliegendes Oberteil in Schwarz und geht in einen weit schwingenden halblangen Rock über, auf dem kleine goldglitzernde Schneeflocken aufgestickt sind. Es schmeichelt meiner kurvigen Figur, weil es meine Oberweite und die Taille betont. Und es passt perfekt zum heutigen Anlass. Ich schlüpfe hinein und fühle mich sofort wohl, als ich mich im Spiegel betrachte.

„Da habt ihr es, ihr fiesen Gedanken. Ich bin fabelhaft. Also verschwindet aus meinem Kopf!"

In dem Moment wird die Tür geöffnet und Sascha kommt herein.

„Sorry, ich wollte deine Selbstgespräche nicht unterbrechen", witzelt er.

Ich schnaufe hörbar, weil er heute wirklich das Talent hat, mich zu ärgern.

Er setzt sich aufs Bett: „Aber jetzt mal im ernst. Ich hätte das vorhin nicht sagen sollen, oder?"

Ich drehe mich zu ihm um und mein Herz wird weich, weil er mich so reuevoll anblickt. Ich kann ihm ohnehin nie lange böse sein. „Es ist ja kein Geheimnis, oder so. Aber auch wenn es sich seltsam anhört, ist es mir irgendwie unangenehm, wenn es jeder weiß."

„Dir sollte es nicht unangenehm sein, sondern ihm."

„Das ist mir klar", erkläre ich, während ich in meine schwarzen Pumps schlüpfe. „Theoretisch. Aber trotzdem muss es ja nicht die ganze Welt wissen."

Er stöhnt. „Das gefällt mir nicht. Du weißt doch, wie toll du bist. So einer hat dich nicht verdient. Das hatte er von Anfang an nicht."

„Du mochtest ihn", weise ich meinen Bruder auf eine Sache hin, die er zu vergessen scheint.

„Ja, das stimmt. Selbst ich irre mich mal. Kommt sehr selten vor, aber es passiert."

Auch wenn mir gerade gar nicht danach ist, muss ich schmunzeln.

„Das Kleid steht dir übrigens wunderbar."

„Danke."

„Nicht dafür. Und jetzt lass uns Weihnachten feiern!"

Der ganze Raum erstrahlt im Lichterglanz von Dutzenden von Kerzen, die meine Mama angezündet hat. Nach dem Geschenkeauspacken und dem Essen sitzen wir alle rund um das prasselnde Kaminfeuer. Na ja, alle, bis auf meinen Vater. Der telefoniert mit irgendjemandem auf der anderen Seite der Welt, bei dem nicht gerade Heiligabend ist, wegen seiner nächsten Ausstellung. Nicht, dass es ungewöhnlich wäre, dass ihm seine Arbeit wichtiger ist, als seine Familie. Aber es wieder einmal verdeutlicht zu bekommen, macht mir mehr aus, als ich gedacht hätte. Das muss eine Art weihnachtliche Sentimentalität sein, anders kann ich es mir nicht erklären. Eigentlich habe ich über die Jahre einen starken Schutzschild entwickelt, wenn es um ihn geht. Aber es scheint nicht völlig kugelsicher zu sein.

Wir beschließen, *Activity* zu spielen, und losen die Gruppen aus. Ich bin zusammen mit Bela und seinem Papa Michael in einem Team. Er ist ebenfalls Künstler – Schauspieler. Und auch wenn er dann und wann eine gewisse Egozentrik an den Tag legt, die ich von meinem Vater kenne, ist die Beziehung zu seinem Sohn sehr eng. Er würde niemals auf die Idee kommen, an einem Abend wie heute, geschäftliche Telefonate zu führen. Aber als Tatortkommissar muss er das vielleicht auch gar nicht. Schließlich spielt er vor allem in Deutschland. Trotzdem – er hat grundsätzlich einen stärkeren Familiensinn. In meiner Kindheit habe ich mir manchmal ausgemalt, wie es wäre, seine Tochter zu sein. Und mir vorgestellt, ob es ihn auch stören würde, dass ich nicht wie er, künstlerisch begabt sei. In meinem kindlichen Glauben wäre es ihm natürlich egal gewesen. Heute bin ich mir im Klaren darüber, dass niemand perfekt ist und jeder Fehler macht. Aber es wäre schön, wenn mein eigener Vater ein paar weniger davon begangen hätte.

Activity ist ein Spiel, bei dem man seinen Teammitgliedern Begriffe erklärt, die sie erraten sollen. Es gibt drei verschiedene Optionen das zu tun, die sich immer wieder abwechseln: Man kann es mündlich erklären, es aufzeichnen oder per Pantomime spielen.

Natürlich übernimmt Michael als Schauspieler bei uns den Teil mit dem Gebärdenspiel. Gerade hebt er seine Schiebermütze hoch, die privat quasi sein Markenzeichen ist und reibt sich über seine recht kurz geschorenen grauen Haare.

„Frisur. Friseur. Stoppeln?“, rate ich ins Blaue hinein.

Das Letzte scheint richtig zu sein. Nun deutete er mit den Händen ein großes Rechteck in der Luft an.

„Feld!“, ruft Bela. „Stoppelfeld.“

Michael nickt erfreut, deutet aber an, dass noch etwas fehlt. Er macht Bewegungen, die an ein Lenkrad erinnern und dann ist es klar. „Stoppelfeldrennen“, rufen Bela und ich gleichzeitig. Michael kommt zu uns und klatscht uns ab. „Super gemacht, ihr beiden!“

Ich fange Belas Blick auf, der sich ebenso über den Erfolg freut und mich anstrahlt. Seine Augen hat er eindeutig von Michael geerbt. Dieses strahlende Blau ist unverkennbar.

Auch die nächsten Runden laufen gut für uns. Bela ist als Tätowierer unser Zeichenprofi und ich bin erstaunt, was er mit nur wenigen Strichen aufs Papier bringt.

Mir bleibt dann also die Rolle der mündlichen Erklärerin und ich schlage mich ganz passabel. Dabei fällt mir auf, wie häufig ich auf Dinge von früher zurückgreife, an die Bela sich alle erinnern kann. Etwa: „Weißt du noch wie wir den kleinen Schnauzer immer genannt haben, der in dem Haus am Dorfplatz gewohnt hat?“ Oder „An einem Sommer hier im Ferienhaus konnten wir nicht oben im Bergsee schwimmen gehen, warum nicht?“

Am Ende liegen wir sechs Punkte vorne und die andere Gruppe hat eine letzte Chance uns einzuholen. Mehr als sechs Punkte sind in einem Zug kaum zu schaffen, also können sie maximal mit uns gleichziehen.

Sascha muss eine Pantomime machen und das verspricht immer einen hohen Unterhaltungswert, denn er hängt sich jedes Mal voll rein.

Ich lehne mich zurück und sehe zu, wie er mit seinen Händen über dem Kopf herumwirbelt, als wolle er eine ganze Kolonie an Fliegen verscheuchen.

„Sieben auf einen Streich."

„Windmühle."

„Fliegenklatsche. Mückenplage", kommen die Vorschläge aus seinem Team. Aber er schüttelt immer den Kopf. Jetzt fängt er an, vor dem Kamin auf und ab zu laufen, und seine Arme rudern dabei wild. Ich muss laut losprusten, weil er so lustig aussieht. Die Begriffe die Akiko und meine Mama hineinrufen, werden immer skurriler, aber mein Bruder schüttelt weiter den Kopf. Langsam macht sich ein bisschen Verzweiflung auf seinem Gesicht breit.

„Du musst es anders versuchen, Bro. Dein Team hat keinen Plan, was du damit meinst", lacht Bela.

„Hey", ich stupse ihn in die Seite „Hör auf, ihnen zu helfen, wir sind kurz davor zu gewinnen!"

Er tut so, als hätte ich ihn schwer verletzt und reibt sich die Stelle an seinem Arm. Sascha hampelt unterdessen im Hintergrund weiter herum, als würde sein Leben davon abhängen.

„Du Armer. Das ist also alles nur aufgepumpte Muskelmasse und keine echte, sonst hätte dich mein Stupser definitiv nicht so hart getroffen", necke ich ihn.

„Aua, jetzt hast du auch noch mein Selbstwertgefühl getroffen. Nun tut es doppelt weh", bemerkt er theatralisch.

„Oh nein, das wollte ich nicht. Soll ich pusten?", frage ich scheinheilig.

Tatsächlich schiebt er sich den Ärmel seines schwarzen, enganliegenden Rollkragenpullovers hoch, so dass seine tätowierte Haut zum Vorschein kommt. „Genau hier." Er deutet auf seinen Oberarm, direkt auf das Bild eines Ankers.

„Ich fürchte, das musst du selbst erledigen", entgegne ich belustigt, kann aber nicht aufhören, auf seinen Oberarm zu starren. Etwas in mir möchte mit den Fingern über die Bilder streichen, die weiche Haut berühren, will seine Körperwärme spüren. Und genau das ist der Moment, in dem mir übel wird. Denn ich weiß, was sich hier anbahnt. Und ich werde es dieses Mal nicht zulassen. Diese Gefühle haben mir bisher nur Unglück gebracht, und ich bin fest entschlossen, sie zu ignorieren. Also konzentriere ich mich wieder auf Sascha. Aber Michael verkündet gerade, dass dessen Zeit abgelaufen ist.

„Rotorblätter. Es waren Rotorblätter. Ich war ein Hubschrauber." Geknickt lässt er sich neben mich aufs Sofa plumpsen, während sich meine Mama und Akiko schlapp lachen. „Das hätte ein Hubschrauber sein sollen?", prusten sie beide unisono.

Ich wuschle ihm durch seine Locken. „Ich fand, du hast eine Eins-a-Leistung abgeliefert, Bruderherz. Ich wäre sofort auf Hubschrauber gekommen."

„Wärst du?", fragt er mich hoffnungsvoll.

„Äh, nein. Aber dein Enthusiasmus ist unschlagbar", beschwichtige ich ihn. „Dir zuzuschauen hat wirklich am meisten Spaß gemacht. Und das ist mein voller Ernst."

Das scheint ihn etwas zu besänftigen.

„Und, was habe ich verpasst?", fragt mein Vater gutgelaunt, während er ins Zimmer kommt, und zieht alle Aufmerksamkeit auf sich. Meinem Verständnis nach sollte er sich erst einmal entschuldigen, dass er fast eine ganze Stunde weg war, aber das passt wohl nicht zu ihm. Genau wie seine Kinder irgendwie nicht zu ihm passen. Er hat es schon ewig nicht erwähnt. Und dennoch ist es in mir präsent. Ich habe es so lange verinnerlicht, bis ich es selbst geglaubt habe. „Du hast den lustigsten Teil des Abends verpasst, damit musst du jetzt wohl klarkommen." Mein Mund hat sich bewegt, bevor ich ihn stoppen konnte. Und meine Stimme hat diesen bissigen Unterton angenommen, ehe ich im Stande war, sie daran zu hindern. Dabei wollte ich mich gerade an Weihnachten ihm gegenüber zusammenreißen.

Hat ja super geklappt.

„Das war ein ganz wichtiges Telefonat mit dem Museum in New York", mischt sich meine Mama ein und nimmt ihn wie so häufig in Schutz. Und ehrlich gesagt ist eigentlich das, das Schlimmste an der Sache. Nicht, dass er so ist, wie er eben schon immer ist, sondern, dass sie plötzlich wieder auf seiner Seite steht und das von mir auch erwartet. Aber bei mir hat er sich nie entschuldigt.

„Ich glaube, ich schnappe mal kurz frische Luft", verabschiede ich mich aus der Gruppe, nehme draußen im Flur meinen Mantel vom Haken, schlüpfe hastig in meine warmen Stiefel und trete auf den Hof.

Die Luft ist eiskalt und der heute neugefallene Schnee knirscht unter meinen Schuhen. Atemwölkchen treiben vor mir her und ich blicke in den Himmel hinauf. Endlos weit spannt sich das tiefschwarze Firmament vor mir auf, gesprenkelt von Millionen von Sternen. Es ist ein magischer Anblick, ganz ohne die Lichtverschmutzung einer Stadt.

Ich höre die Haustür klappern und blicke über die Schulter. Ich hätte Sascha erwartet, aber Bela läuft in seinen langen dunklen Mantel gehüllt auf mich zu.

Ich lenke meinen Blick wieder nach oben. Er stellt sich neben mich und schaut ebenfalls hoch. Vereinzelt schieben sich Wolken über den Himmel. Ich merke, wie der Wind auffrischt und sie weiter antreibt.

„Der Sternenhimmel hier ist gewaltig“, bemerkt er. „Es sind dieselben Sterne, man sieht sie von hier aus nur besser. Das hast du mal zu mir gesagt, als ich meinte, der Himmel wäre hier besonders. Weißt du noch?“

Als könnte ich das jemals vergessen. Wir beide, gemeinsam, unter dem Glanz der Lichterketten im Yogaraum. Aber das kann ich ihm nicht sagen. Nein. Ich will es nicht.

„Da ist das Sternbild Orion und darunter der Hase“, deute ich stattdessen in den Himmel, wo die Wolken ihn noch nicht verdeckt haben.

„Wow, du kennst dich mit Sternbildern aus?“

„Ich finde immer nur ein paar. Aber das ist jedes Mal ein gutes Gefühl. Sie bringen für mich Ordnung in dieses ganze Himmelschaos.“

Er lacht leise und das Geräusch jagt durch meinen Körper. Wie ein Berserker. Als wolle es nur positive Gefühle finden und sie an die Oberfläche zerren. Und tatsächlich biegen sich meine Mundwinkel ganz leicht nach oben.

Ein einziges Lachen von ihm.

Mehr braucht es nicht.

„Also für mich ist es genau das Gegenteil. In diesem Chaos liegt für mich der Zauber. Diese ganzen Sterne und Planeten über uns. Wild verstreut. Von hier aus ist jeder einzelne winzig klein, aber in diesem gesammelten Durcheinander ergibt sich ein Gesamtbild von ganz besonderer Schönheit."

Es ist interessant, aus welchen unterschiedlichen Blickwinkeln wir ein und dieselbe Sache betrachten. „Das scheint es zu sein, was wir sind. Du bist das Chaos und ich bin die Ordnung", teile ich meinen spontanen Gedanken mit ihm.

Er sagt nichts dazu, sondern spricht das an, was ich lieber vergessen möchte. „Du und dein Vater, das ist nicht so ganz einfach zwischen euch, oder?"

„Du weißt ja, dass ich nie besonders gut mit ihm klargekommen bin und dann die schwierige Phase während der Scheidung." Er kennt meine Gefühle in dieser Zeit am besten von allen, denn unter dem künstlichen Sternenhimmel im Jugendtreff habe ich ihm jede Einzelheit erzählt. Und wie er gerade vorhin bewiesen hat, hat er das meiste anscheinend nicht vergessen. „Es ist für mich total irreal, dass sie wieder zusammen sind. Ich sollte mich freuen, aber ich verstehe es einfach nicht. Und ich kann ihm auch nicht verzeihen, was alles passiert ist. Er hat auch nie mit mir darüber geredet. Sie haben plötzlich verkündet, dass sie es noch mal miteinander versuchen wollen und weitere Erklärungen gab es nicht. Wir sollen das einfach schlucken. Aber es ist unmöglich für mich."

„Das verstehe ich."

„Wirklich? Ich komme mir in dieser Familie manchmal wie eine Außerirdische vor. Sascha packt das alles immer deutlich besser als ich."

„Jeder Mensch ist eben anders. Und wenn er mein Vater wäre, dann könnte ich das was vorher war auch nicht einfach so vergessen."

„Danke", ist alles, was ich herausbringe. Denn seine Worte haben sich auf meine Seele gelegt wie Bepanthensalbe auf eine Wunde: kühlend, beruhigend, angenehm. Dieses Gefühl möchte ich für einen Augenblick genießen.

„Tust du mir einen Gefallen und machst kurz die Augen zu? Und nicht öffnen, egal, was du hörst!"

„Okayyyyy..." Ich bin mir nicht sicher, wie ich das finden soll.

Du versuchst, ihm wieder zu vertrauen, das ist die perfekte Übung!

Also schließe ich meine Lider. Ich höre, wie sich seine Schritte entfernen und erneut das Klappern der Haustür. Nach wenigen Momenten kommt er zurück. Es ist hinter meinen Lidern ein bisschen heller geworden, wahrscheinlich hat er das kleine Licht an der Hauswand angeschaltet. Nun scheint er wieder vor mir zu stehen. Ich vernehme leise den Klang eines Glöckchens.

„Hörst du das?", fragt er mich.

„Das tue ich, es löst aber nicht meine Verwirrung."

„Es ist Weihnachten“, erwähnt er daraufhin, als würde das alles erklären.

„Ah, ja, genau, da war doch was.“ Der ironische Unterton in meiner Stimme ist deutlich zu hören.

„Das Glöckchen ist das Zeichen dafür, dass der Weihnachtsmann gerade da gewesen ist.“

„Darf ich die Augen jetzt wieder aufmachen?“, frage ich hoffnungsvoll. Ich bin keine Freundin von unkontrollierbaren Situationen. Und das scheint mir eine zu sein.

„Erst bitte noch deine Hände vor dir ausstrecken.“ Er legt etwas kleines, leichtes hinein. „Jetzt.“

Ich blinzle kurz, um mich an das Umgebungslicht zu gewöhnen, und schaue dann auf meine Hände. Dort liegt ein quadratisches Päckchen.

Ich verkneife mir die dämliche Frage, ob das für mich ist, die mir auf der Zunge liegt, und packe es einfach aus. Natürlich habe ich nichts für ihn, schließlich war unsere Beziehung eine völlig andere, als ich hier angekommen bin. Mich wundert allerdings, dass er ein Geschenk für mich parat hat. Und warum hat er es mir dann vorher bei der Bescherung nicht gegeben? Ich löse die Schleife und schäle das Papier ab, dessen Farbe ich bei den Lichtverhältnissen nur schwer erkenne. Ich stopfe alles in meine Manteltasche. Ein kleines Schmuckkästchen ist zum Vorschein gekommen und ich blicke verwundert hoch. Bela gibt mir mit einem Nicken zu verstehen, dass ich weitermachen soll. Ich klappe also den Deckel auf und da ist sie: eine Triqueta.

Eingebettet auf blauem Samt, leuchtet mir der Anhänger silbern entgegen.

Sprachlos schaue ich Bela wieder an. Auf der einen Seite bin ich sehr gerührt, aber dann wieder verwirrt es mich. „Danke ... das ist ...“, stammle ich. „Wie bist du so schnell an diesen Anhänger gekommen?“

Er sieht mich zerknirscht an. „Da ist etwas, das ich dir noch sagen muss. Und ich fürchte, es wird dir nicht besonders gefallen. Versprichst du mir, dass du erst mal zuhörst?“

Ich fühle mich wie vor den Kopf geschlagen, verstehe überhaupt nicht, was hier gerade passiert und welche Bedeutung das alles hat. Also nicke ich nur. Meine Kehle fühlt sich plötzlich trocken an und ich schlucke mehrmals, um das Gefühl zu vertreiben.

„Es ist kein Zufall, dass ich auch früher da gewesen bin. Es gab kein Missverständnis wegen des Handwerkers. Sascha hat mich kontaktiert und mich gebeten, eher zu kommen. Wir hatten in letzter Zeit wieder mehr Kontakt miteinander und da habe ich ihm erzählt, dass ich mich gerne mit dir versöhnen möchte. Dass ich mich entschuldigen will.“

„Und da hieltet ihr es beide für eine gute Idee mich anzulügen und dieses Treffen zu fingieren? Habt ihr den Schnee auch gleich bei Petrus bestellt?“, platze ich dazwischen. Denn ich bin fassungslos. Und wütend. Ziemlich wütend.

Und er hat tatsächlich auch noch die Frechheit darüber zu lachen. Als er meinen Gesichtsausdruck sieht, wird er schnell wieder ernst. „Wir wollten dich nicht anlügen, es war nur eine kleine List, um in Ruhe mit dir sprechen zu können. Du bist mir immer aus dem Weg gegangen, hast alles abgeblockt. Ich wusste nicht, wie ich sonst an dich herankommen sollte."

„Ein Brief vielleicht? Ein Anruf?"

„Du weißt, dass das nicht funktioniert hätte. Den Brief hättest du wahrscheinlich ohne ihn zu lesen verbrannt oder in tausend Schnipsel zerrissen."

„Na das werden wir ja wohl nie mehr erfahren", erwidere ich entrüstet. Ich kann es nicht fassen, dass Sascha in dieser ganzen Sache mit drin steckt. Ich komme mir verraten vor. Ein scheußliches Gefühl, das ich nur zu gut kenne.

„Ich hatte den Anhänger von Anfang an mit dabei. Es sollte eine Art Friedensgeschenk sein. Aber dann hat sich alles irgendwie anders entwickelt als geplant. Trotzdem ist es gut so, wie es gekommen ist. Ich bin unglaublich froh, dass wir alles klären konnten und dass du jetzt die Wahrheit kennst. Und deshalb bereue ich es auch nicht, dass wir das geplant haben. Es tut mir leid, dass du dich hintergangen fühlst, das war nie unsere Absicht. Aber es tut mir nicht leid, dass wir es getan haben. Weil ich dich vermisst habe. Ich habe euch vermisst. Die Triqueta."

„Du wolltest also mein Vertrauen gewinnen, indem du mich getäuscht hast? Wo bitte ist da die Logik?"

„Seit wann haben Gefühle etwas mit Logik zu tun? Bitte, Leo: Gib mir noch eine Chance. Lass mich wieder an deinem Leben teilhaben."

„Du hast es ihr also schon gesagt“, höre ich auf einmal die Stimme meines Bruders. Er hat sich wohl aus Richtung der Terrasse genähert und ich habe ihn bisher nicht bemerkt.

Er hebt die Hände, als ich meinen dolchspitzen Blick auf ihn richte. „Gnade, Schwesterherz! Es war nur ein klitzekleiner Schwindel für eine gute Sache.“

„Lügen ist nie eine gute Sache“, berichtige ich ihn.

„Auch nicht, als du Tante Berta beim letzten Osterfest garantiert hast, dass ihr diese Scheußlichkeit von einem lindgrünen Hut wunderbar steht?“

Ich grummle: „Das ist etwas anderes.“

„Oder als du der Servicekraft im Restaurant das letzte Mal bestätigt hast, dass das Essen lecker geschmeckt hat?“

„Ich wollte nur nett sein.“

„Oder als du deiner Arbeitskollegin erzählt hast, dass du keine Zeit hast, auf ihren Ausstand zu kommen, weil dein Bruder Geburtstag feiert?“

„Ich wollte sie nicht verletzen, aber ich mochte sie eigentlich noch nie“, versuche ich mich zu rechtfertigen. „Ich flunkere nur aus Rücksichtnahme.“

„Oder um es dir einfacher zu machen.“

„Das sind kleine Notlügen und kein hinter dem Rücken geplantes Komplott“, echauffiere ich mich. Bin aber nicht mehr ganz so sauer wie gerade eben noch.

„Wir wollten ebenfalls nett sein und statt einer direkten Konfrontation eine sanftere Methode wählen.“

Mein Blick wandert wieder zu Bela hinüber. „Also, dafür, dass du unbedingt mit mir reden wolltest, hast du dich ja ganz schön geziert."

„Es war schwerer als gedacht", gibt er zu. „Als wir uns gesehen haben, ist mir deine ganze Wut entgegengeprallt, die immer noch da war. Das hat mich ziemlich aus dem Konzept gebracht." Er wirkt zerknirscht.

„Dann war die Gemeinsamkeiten-Challenge auch fingiert?"

„Nein", beteuert Sascha vehement. „Das war ein spontaner Einfall, um eure negative Energie in etwas anderes umzuwandeln. Wir haben vorher keinen Plan gemacht oder so. Alles was passiert ist, seit wir im Chalet sind, war ehrlich und ungesteuert. Das einzige, das wir arrangiert haben ist, dass ihr beide hier schon früher als an Weihnachten aufeinandergetroffen seid."

Für mich ist das alles ein bisschen viel auf einmal. Meine Wut ist fast verraucht. Dass Bela von vorn herein vorgehabt hatte, sich bei mir zu entschuldigen – auch wenn ihm das wohl schwerer gefallen ist, als er zuerst gedacht hätte – rückt alles erneut in ein anderes Licht. Er wollte diesen Schritt auf mich zugehen, es ist nicht einfach so passiert.

Hör dir Lied 7 des Soundtracks an: Snowflake - White Apple Tree

In diesem Moment fängt es wieder an, zu schneien. Erst schweben nur vereinzelte Flocken zur Erde, bis es immer mehr werden. Ich strecke meine bloße Hand aus, die Handschuhe habe ich in der Eile vergessen. Ein paar Schneesterne landen darauf und schmelzen sofort. In einer Sekunde sind sie noch da – einzigartige Eiskristalle in meisterhafter Symmetrie. Und dann verschwinden sie. Verwandeln sich in winzige nasse Flecken, als hätte diese Perfektion aus gefrorenem Wasser nie existiert. Als wären sie schon immer flüssig gewesen. Aber wir waren mal kein Wasser. Wir drei waren einmal Schneeflocken. Und was bei diesen Flocken hier nicht funktioniert, könnte bei uns klappen. Wir könnten wieder zur ursprünglichen Form zurückkehren. Zu unserer natürlichen Bestimmung. Zur Triqueta.

Ich schaue hoch und ich sehe von einem zum anderen. Von der Furcht im Blick von Bela zu Saschas' Hoffnung und wieder zurück. Ich bin überhaupt nicht begeistert, von dem, was sie getan haben. Aber ich muss mir auch selbst eingestehen, dass Bela zu einem roten Tuch für mich geworden ist. Ich hätte mich wahrscheinlich weder von einem Brief, noch von anderen Annäherungsversuchen so schnell erweichen lassen, mit ihm zu reden. Ihn wirklich wieder kennenzulernen. Ihm zuzuhören und ihm zu verzeihen, denn das habe ich getan. Ich habe ihm verziehen. Und ich kann mir in diesem Moment nichts Schöneres vorstellen, als ihn wieder in meinem Leben zu haben. Ich klappe die Schachtel mit dem Triqueta-Anhänger zu und stecke ihn zu der Verpackung in meine Manteltasche.

„Leo, bitte überleg dir…"

„Gib mir dein Handgelenk, Bruderherz!“, unterbreche ich ihn.

„Was?“

„Na, dein Handgelenk.“

Zuerst versteht er nicht, aber dann erscheint ein strahlendes Lächeln auf seinem Gesicht. Er schiebt seinen Jackenärmel etwas höher und ich umgreife mit der Hand sein bloßes Handgelenk.

„Ihr wolltet ein Weihnachtswunder? Da ist es“, richte ich meine Worte an Bela, der immer noch wie paralysiert dasteht.

„Worauf wartest du, Kumpel? Gib uns dein Patschehändchen!“, fordert Sascha ihn auf.

Weiterhin skeptisch nähert er sich und streckt meinem Bruder seine rechte Hand entgegen. Der greift um das Gelenk und genauso macht es Bela schließlich bei mir.

„Also sprecht mir nach!“, fordere ich sie feierlich auf. Mein Bruder kann sich das Lachen kaum verkneifen und auch Bela schmunzelt, aber ich ziehe das jetzt durch. Ein bisschen Spaß muss sein. „Und dieses Mal, halten wir uns daran“, ermahne ich sie mit der ernstesten Stimme, die ich aufbieten kann. Da Sascha lauter kichert als zuvor, scheine ich nicht besonders erfolgreich gewesen zu sein. Ich räuspere mich. „Ich schwöre, dass wir immer Freunde sein werden, dass wir uns gegenseitig unterstützen und dass uns nichts auseinanderbringen wird.“ Beide wiederholen meine Worte erstaunlich nachdrücklich. „Und ich schwöre, dass ich nie wieder hinter Leos Rücken irgendwelche Schachzüge plane, ohne sie einzuweihen." Auch das wiederholten beide brav und danach prusteten wir alle los.

Wegen dieser Kinderei.

Aus Erleichterung.

Vor Glück.

Und dann fallen wir uns in die Arme. Und Sascha spricht das aus, was wir alle denken: „Das ist das schönste Weihnachtsfest seit ewigen Zeiten."

Kapitel 12

Von meiner Mama habe ich gestern einen Wellnessgutschein geschenkt bekommen. Sie hat direkt schon für heute einen Tag im Day Spa nur für uns beide reserviert. Während der Rest der Familie die wiedergeöffneten Pisten unsicher macht, checken wir in den Wellnessbereich eines Fünf-Sterne-Hotels ein.

Es riecht hier wunderbar, durch Lautsprecher klingt sanftes Vogelgezwitscher und die Dame an der Rezeption ist ausnehmend freundlich. Überall sehe ich Kristalle herumstehen und große Pflanzen lassen alles lebendig wirken. Wir bekommen flauschige Bademäntel gereicht und verabschieden uns damit in die Umkleidekabine.

Ich weiß, dass ich meine Blessuren, die man immer noch vom Unfall sieht, heute nicht mehr vor meiner Mama verstecken kann, aber ich möchte es so lange wie möglich herauszögern. Also nutze ich die Zeit, während sie auf der Toilette ist, und streife mir schnell meinen Bikini über. Gerade als ich den Bademantel vorne schließen möchte, kommt sie zurück und ihr Blick fällt sofort auf die recht dunklen Hämatome über meinen Rippen.

„Um Himmels willen, was hast du denn da gemacht?"

Sie kommt schnurstracks auf mich zu, öffnet den Mantel weiter und legt noch mehr blaue Flecken frei.

„Was ist passiert, Leonie?", fragt sie entsetzt.

Schnell trete ich einen Schritt zurück und verknote den Bademantel, bevor sie ihn mir komplett von den Schultern reißt.

„Das wollte ich dir noch erzählen. Ich hatte vor ein paar Tagen einen kleinen Unfall beim Schneeschuhwandern. Ich habe einen Anfängerfehler gemacht und ein Schneebrett hat sich gelöst. Aber zum Glück war Bela dabei und konnte mich noch rechtzeitig hochziehen. Es ist also fast gar nichts passiert. Ich bin nur ein bisschen unglücklich den Hang hinuntergepurzelt. Leichte Gehirnerschütterung, ein paar blaue Flecke, alles nicht so wild. Sie haben mich eine Nacht im Krankenhaus behalten und festgestellt, dass ich mehr oder weniger topfit bin", spiele ich das Geschehene möglichst herunter. „Deshalb wäre es auch besser, wenn du die gebuchte Massage wahrnimmst. Du kannst doch bestimmt auch ein bisschen Entspannung gebrauchen. Und ich lege mich derweil an den Pool und lese ein bisschen."

Sie starrt mich an, als hätte ich ihr gerade erzählt, ich hätte ein Einhorn beim Pupsen erwischt. Völliges Entsetzen zeichnet sich auf ihren Zügen ab.

„Zieh dich doch erst mal um, und wir reden später darüber. Ich warte schon mal draußen." Die Taktik, sie komplett mit so etwas zu überfahren und dann abzulenken hat bereits manches Mal gezogen. Aber als sie aus der Umkleide tritt, wirkt sie nicht so, als hätte sie die Sache schon vergessen. Ich steure einen Liegebereich mit modernen Holzliegen an, auf denen sich dicke weiße Polster befinden. Der Chlorgeruch des Schwimmbads ist nur ganz leicht wahrnehmbar, dafür rieche ich weiterhin diesen angenehmen Duft, den sie hier zu verteilen scheinen. Ich stelle meine Tasche neben eine der Liegen und sehe schon, wie meine Mama ansetzen möchte zu sprechen, also grätsche ich dazwischen. „Ich glaube, ich will jetzt gleich schwimmen gehen." Diese Ablenkung ist allerdings nicht so geschickt gewählt, bemerke ich direkt im Anschluss, weil ich dafür meinen Bademantel ausziehen muss. Ich bin froh, dass das Wasser im Pool eine angenehme Temperatur hat, sodass es nicht unangenehm ist, mich gleich komplett hineinzustürzen, damit sie mich nicht länger beobachten kann. Immer noch steht sie ungläubig am Beckenrand, während ich ihr lächelnd zuwinke und meine Bahnen ziehe, als wäre nichts gewesen.

Irgendwann setzt sie sich hin, sieht aber ziemlich angespannt aus. Mist. Das würde doch nicht so einfach werden, wie ich gedacht habe.

Ich vertrödle so viel Zeit im Becken, dass der Massagetermin kurz bevorsteht, als ich endlich herauskomme.

„Ich glaube, du musst langsam gehen, oder?" Ich deute auf die Wanduhr, nachdem ich mich abgetrocknet habe.

„In Ordnung. Aber wir sprechen uns danach." Es klingt fast wie eine Drohung. So bestimmt kenne ich sie gar nicht.

Ich bin gerade von einem kleinen Nickerchen aufgewacht, da sehe ich sie zurückkommen. Leider wirkt sie nicht entspannter als vorher. Sie setzt sich neben mich und dann bricht es aus ihr heraus. „Du hast mir nicht gesagt, dass du diesen Unfall gehabt hast und du hättest mir auch nie davon erzählt, wenn wir heute nicht zusammen hier wären, ist das korrekt?" Was war nur mit dem ätherischen Wesen passiert, das ich als meine Mutter kenne? Ich richte mich auf, weil ich dieses Gespräch nicht unbedingt im Liegen führen möchte, und setze mich ihr gegenüber hin. „Ich wollte dich nicht beunruhigen", erkläre ich ihr.

„Das ist mir die ganze Massage nicht mehr aus dem Kopf gegangen. Ich musste immer und immer wieder darüber nachdenken, dass du anscheinend denkst, mich beschützen zu müssen."

„Ich weiß nicht...", fange ich an, aber sie unterbricht mich.

„Das war keine Frage, es ist eine Erkenntnis. Und ich hatte jetzt eine Stunde Zeit, um darüber nachzudenken, warum du meinst, das tun zu müssen. Dabei ist mir aufgegangen, dass du das schon lange machst. Vor allem, als dein Papa und ich uns haben scheiden lassen. Ich war oft am Boden zerstört und ich weiß, dass du mich immer aufgebaut hast, mir gut zugeredet hast und mir Dinge abgenommen hast. Du hast zum Beispiel Essen gemacht, die Wäsche und das war so süß von dir. Ich habe das damals dankend angenommen. Aber das hätte ich nicht tun dürfen, denn du warst noch ein halbes Kind. Du hattest selbst damit zu kämpfen und ich habe meine Sorgen auch noch auf deine Schultern geladen."

Ich sehe, dass ihre Augen glasig werden und dass sie das sehr mitnimmt. Ich selbst weiß überhaupt nicht, was ich fühlen soll, denn mit so einem tiefgreifenden Gespräch habe ich nicht gerechnet. Ich dachte, ich müsste mich kurz ein bisschen rechtfertigen und dann den Unfallhergang ganz genau schildern.

„Und dann die schlimmen Streits mit deinem Vater. Ich kann mich noch erinnern, wie du manchmal dazwischengegangen bist. Weil du mich beschützen wolltest. Wir haben das nicht gut genug von euch ferngehalten, sondern ihr habt so viel mitbekommen. Und das tut mir unendlich leid. Ich hätte stark sein sollen, für dich und Sascha. Aber ich war oft so unsicher und habe mir das anmerken lassen. Habe euch da reingezogen, in meine emotionale Hilflosigkeit." Sie nimmt meine Hand und drückt sie und nun stehen auch mir die Tränen in den Augen. Um uns herum ist glücklicherweise nicht viel los, weil wohl die meisten das gute Wetter zum Skifahren nutzen.

„Ich wollte mir das nie eingestehen, aber gerade eben, das war so ein richtiger Aha-Moment. Wegen dieser ganzen Dinge, die passiert sind, denkst du jetzt immer noch, dass du mich beschützen musst. Und ich glaube, auch deshalb läuft es mit dir und deinem Vater so schlecht."

Ich schaue weg. „Du warst immer schon ein bisschen fragil. Das ist eben deine Persönlichkeit. Das habe ich dir nie zum Vorwurf gemacht. Bei Papa ist das eine andere Sache", versuche ich ihr etwas zu erklären, das ich selber nicht ganz genau verstehe.

„Das hättest du aber tun sollen. Du hättest es mir zum Vorwurf machen sollen." Sie schnauft hörbar aus und holt dann wieder Luft. „Ich weiß, dass du mit unserer Versöhnung nicht einverstanden bist."

Ich will protestieren, aber sie winkt ab. „Ich kenne dich doch. Glaub mir, du brauchst dich nicht um mich zu kümmern. Ich bin deine Mama und eigentlich sollte das umgekehrt sein. Da habe ich dich wohl ganz schön verkorkst. Aber ich sage dir jetzt, dass du damit aufhören kannst. Es sollst. Es musst. Um unserer aller Willen. Ich weiß, worauf ich mich erneut eingelassen habe. Glaub mir, deinen Vater kenne ich bis in den kleinsten Winkel seiner Seele! Und auch wenn du denkst, dass du viel über unsere Beziehung weißt, dir fehlen glaube ich, einige Informationen. Das ist jetzt eigentlich auch nichts, was Eltern ihren Kindern erzählen sollten, aber ich denke, es ist in diesem Fall unumgänglich." Sie sieht mir tief in die Augen und senkt die Stimme noch ein wenig mehr. „Du weißt, dass er mich oft betrogen hat. Aber du weißt nicht, dass er mir von Anfang an gesagt hat, dass es schwer für ihn wird, monogam zu leben. Das entschuldigt natürlich seine Affären nicht, aber ich wusste, worauf ich mich einließ. Ich dachte eine Zeit lang, ich hätte ja immer seine Liebe und unsere Familie und das wäre genug, aber ich hatte nicht mit meiner starken Eifersucht gerechnet. Irgendwann habe ich es nicht mehr ausgehalten. Ich habe ihn auch betrogen. Ich wollte es ihm heimzahlen. Aber dann habe ich mich verliebt. Er hat immer nur unbedeutende Affären gehabt, aber ich habe mich in einen anderen verliebt. Wir haben es dann noch eine Weile weiterversucht. Aber es ging nicht mehr. Also haben wir beschlossen, uns scheiden zu lassen. Aus der Beziehung mit dem anderen Mann ist nie etwas geworden. Auch er war verheiratet und wollte sich nicht trennen. Es hat schwer auf mir gelastet, dass wir beide gemeinsam unsere Ehe zerstört haben. Es war nie die alleinige Schuld deines Papas. Das solltest du wissen."

Das ist wirklich eine neue Erkenntnis, die mich von den Socken haut. Ich sehe meine Mutter nun aus einem völlig anderen Blickwinkel. Sie ist nicht so zerbrechlich, wie ich immer dachte. Ich weiß im Moment allerdings nicht, ob das die Meinung über meinen Vater ändert. Aber ich hätte es definitiv gerne früher gewusst.

„Wir haben viele Fehler gemacht und daraus gelernt. Und letztendlich haben wir gemerkt, dass wir ohneeinander nicht sein wollen. Und dafür machen wir beide Kompromisse. Du brauchst mich also nicht mehr zu beschützen. In Ordnung?"

Sie setzt sich neben mich und ich schlinge meine Arme um sie. Wir halten uns fest und die ein oder andere leise Träne bahnt sich ihren Weg über unsere Gesichter.

„So und jetzt erzähl mir noch einmal ganz genau, was bei deinem Unfall passiert ist!"

Ich öffne die Haustür und höre lautes Gelächter und Geschrei. Ich gehe den Flur entlang und sehe im Wohnzimmer, wie Bela Sascha verfolgt. Mein Bruder hat einen Schlüssel in der Hand, mit dem er provokant hin und her wedelt und seinen Freund neckt: „Hol ihn dir doch!"

Bela ist nur mit einem Handtuch bekleidet. Es scheint so, als komme er gerade aus der Dusche, da seine Haare ihm noch nass ins Gesicht hängen.

„Jetzt gib ihn endlich her, Alter! Du hast sowieso keine Chance gegen mich."

„Das werden wir ja noch sehen. Ich kann dich schließlich nicht damit davonkommen lassen, dass du Erdnussschalen in meine Snowboardschuhe gekippt hast."

„Jetzt gib den Schlüssel her! Meine Klamotten sind in meinem Zimmer. Ich hab nicht mal Unterwäsche an." Mit einem riesigen Satz springt Bela plötzlich über die Couch und ich kann meinen Blick einfach nicht von ihm abwenden. Er bekommt Sascha fast zu fassen, aber der kippt einen Stuhl um, dem sein Verfolger erst einmal ausweichen muss. Schließlich öffnet mein Bruder die Terrassentür und wirft den Schlüssel in den Schnee.

„Verdammter Mistkerl." Völlig auf den Schlüssel fokussiert, läuft Bela barfuß hinaus, schnappt ihn sich und will wieder hereinkommen, aber mein Bruder hat die Tür verriegelt. Fassungslos steht er draußen und hämmert an die Scheibe. „Was soll der Scheiß, jetzt mach auf! Das ist nicht lustig." Er steigt von einem Fuß auf den anderen, um so wenig Bodenkontakt wie möglich zu haben. Der Naturstein direkt vor der Tür ist zwar frei von Schnee, aber mit Sicherheit ziemlich kalt. Meine Mama tritt hinter mir ins Wohnzimmer und sieht verblüfft den lachenden Sascha an, der johlt: „Doch das ist lustig, sehr lustig sogar."

„Ach du meine Güte, Jungsstreiche. Da mische ich mich mal lieber nicht ein." Sie dreht sich wieder um und geht. Ich dagegen trete ins Wohnzimmer und auf die Tür zu. Als Bela mich erblickt, weiten sich seine Augen für eine Sekunde. Irgendwie habe ich das Gefühl, es ist ihm unangenehm, dass ich ihn in dieser Situation erwische. Aber dann scheint er seinen Stolz hinunterzuschlucken und ich höre seine gedämpften Rufe durch die Scheibe: „Leo, bitte hilf mir! Dein Bruder lässt mich hier erfrieren!"

Ich will die Tür öffnen, aber Sascha tritt mir in den Weg. „Meinst du nicht, dass es genug ist? Er holt sich noch den Tod", werfe ich besorgt ein.

„Pah, der ist hart im Nehmen. Ich habe immer noch Brösel von diesen vermaledeiten Nüssen in meinen Schuhen, die gehen wahrscheinlich nie wieder ganz raus."

Ich blicke ihn streng an.

„Also gut, noch eine Minute. Okay?"

Bela hat inzwischen die Arme um seinen Oberkörper geschlungen und es sieht so aus, als würde er zittern.

„Ich mache jetzt die Tür auf, geh mir aus dem Weg!", blitze ich ihn an.

„Keine Chance!", verkündet er mir eine Kriegserklärung. Ich schaue nach draußen und warte, bis Bela meinen Blick auffängt. Dann deute ich mit meiner Hand hinter mich zur Haustür. Und bevor Sascha überhaupt versteht, was Sache ist, renne ich schon los, um sie zu öffnen. Bela scheint, um sein Leben gerannt zu sein, denn er ist gleichzeitig mit mir an der Tür und läuft mitten in mich hinein. Ich kann mich gerade noch an seinen Oberarmen festkrallen, um nicht umzufallen. Seine Haut ist eiskalt. „Tut ... mir ... leid." Seine Worte kommen etwas abgehackt aus seinem Mund. „Verdammte Axt ist mir kalt." Ich lasse ihn los und trete einen Schritt zurück. Dann schließe ich die Haustür und drehe mich um. Bela wirft Sascha ein Dekokissen hinterher, das auf einer Bank im Flur gelegen hat. Aber der bringt sich über die Treppe in den ersten Stock in Sicherheit und verschwindet im Kinderzimmer. Und genau in diesem Moment, als Bela den Arm nach dem Wurf wieder herunternimmt, rutsch ihm das Handtuch von den Hüften. Seinen gesamten Rücken ziert ein großflächiges Tattoo mit einem japanisch anmutenden Motiv. Ich erkenne einen Samurai mit Schwert und einen riesigen Drachen. Die Muster und Elemente ziehen sich auch über seinen nackten Po, den ich nun unverhofft in voller Pracht bewundern darf. Und wieder einmal ist es mir unmöglich, wegzusehen. Er bückt sich schnell, hebt das Handtuch auf und schlingt es sich herum. Anstatt aber direkt in sein Zimmer zu gehen, was ich wahrscheinlich getan hätte, dreht er sich zu mir um. Und da ich nicht darauf gefasst bin, erwischt er mich beim Starren. „Das war so plötzlich, ich wollte wegsehen, aber wow, also dein Tattoo ...“ Ich stocke. Hilfe.

Warum hört dein Mund nicht auf zu reden, Leonie? Du bist oberpeinlich.

Erstaunlicherweise verschwindet Belas verlegener Gesichtsausdruck und etwas ganz anderes tritt an seine Stelle. Er blickt mich durchdringend an und seine blauen Augen kommen mir auf einmal gar nicht mehr kühl vor, eher das Gegenteil.

„Ist das ein japanisches Motiv?“, frage ich immer noch verlegen, aufgeregt, verwirrt – keine Ahnung, irgendwie alles zusammen.

Er nickt. „Das hat mir ein Meister mit der Tebori-Technik gestochen. Sie wird manuell gemacht, nicht mit der Maschine.“

Ich gehe einen Schritt auf ihn zu, weiß aber eigentlich nicht weshalb.

„Tut das nicht furchtbar weh?“, hake ich nach.

Er schüttelt den Kopf. „Tatsächlich weniger als mit der Maschine, aber dafür dauert es deutlich länger."

Auch er bewegt sich auf mich zu.

„Warum hast du es dann machen lassen?"

„Weil die Technik eine hohe Präzision erlaubt. Dadurch entstehen ganz besondere Schattierungen und strahlende Farben. Ich bewundere die Tebori-Meister."

„Darf ich es noch einmal sehen?", frage ich ihn, bevor ich darüber nachdenken kann. Er entgegnet nichts, sondern dreht sich einfach um. Ich fasse das als Einladung auf und trete ganz nah an ihn heran. Es ist unglaublich. Der gesamte Rücken ist mit viel schwarz aber auch mit leuchtender Farbe bedeckt. Es gibt nicht eine leere Stelle. Dunkle Wellenlinien überziehen sein breites Kreuz, Blüten, Krallen, Drachenschuppen – es ist unwiderlegbar Kunst. Ich könnte es stundenlang betrachten und jede Einzelheit entdecken, jedes kleine, sorgsam aufgebrachte Detail. „Das ist wunderschön." Ich würde unglaublich gerne seinen Rücken anfassen, doch das wäre unpassend. Also tue ich es nicht. Aber ich bin ihm so nah, dass ich seine Körperwärme spüren kann. Der Drang, mich von hinten an ihn zu schmiegen ist überwältigend und das erschreckt mich zutiefst. Ich schließe die Augen und nehme Belas Geruch wahr. Ich höre seinen Atem, der ähnlich schnell geht wie meiner. Was passiert hier?

„Leonie?", fragt er irgendwann mit rauer Stimme. „Bist du fertig?"

„Ja, entschuldige, ich war einfach so fasziniert. Dabei muss dir immer noch kalt sein. Es tut mir leid.“

„Mir ist nicht mehr kalt“, sagt er nur, sperrt mit dem Schlüssel seine Zimmertür auf und verschwindet dahinter, ohne sich noch einmal umzudrehen.

Das war ... das gerade war ...

Du solltest über eine eiskalte Dusche nachdenken.

Ja, das ist keine schlechte Idee. Aber mein Körper, der auf ihn reagiert ist die eine Sache. Mein Herz eine ganz andere. Vielleicht sollte ich es auch eiskalt abduschen.

Als ich später in die Küche komme, ist mein Vater gerade damit beschäftigt, Nudelwasser abzugießen. Mein erster Impuls ist es, den Raum wieder zu verlassen, aber das Gespräch heute Vormittag mit meiner Mama ist nicht spurlos an mir vorbeigegangen. Ich habe nicht vergessen, was alles passiert ist, und ich kann mir auch nicht vorstellen, dass er und ich jemals ein inniges Verhältnis haben werden. Aber vielleicht sollte ich mich mehr darum bemühen, die Vergangenheit hinter mir zu lassen.

„Kann ich dir etwas helfen?“, frage ich ihn deshalb und er schaut verwundert auf, als er meine Stimme hört.

„Ja, gerne. Du kannst den Tisch decken.“

Ich nicke und nehme einen Stapel Teller aus einem Schrank unter der Kücheninsel.

„Nicht die dunklen Teller, die passen nicht zur roten Soße, das hebt sich nicht schön ab“, tadelt er mich. „Nimm das helle Geschirr!“

Ich atme tief durch. Manche Menschen können wohl nicht aus ihrer Haut. Vielleicht ist es meine Aufgabe, ihn so anzunehmen wie er ist. Oder es zumindest zu versuchen. Er ist immerhin mein Vater und mit meiner Mama zusammen. Was wäre die Alternative? Ihn aus meinem Leben zu streichen? Damit würde ich irgendwie auch meine ganze Familie streichen, unser Familienleben, gemeinsame Feste. Ich sollte meinen Frieden mit ihm machen. Und diese Gedanken erfüllen mich mit einer wohltuenden Zuversicht. Irgendwann wird mir das bestimmt gelingen. Entscheidend ist nur, damit anzufangen. Und genau das tue ich heute.

„Alles klar", antworte ich und folge seiner Anweisung. „Wenn dir das wichtig ist, mache ich das gerne." Wieder wirft er mir diesen erstaunten Blick zu, hantiert dann aber weiter mit den Töpfen. Und ich muss zugeben, das hat sich besser angefühlt, als mit einem bissigen Kommentar zu antworten.

Du machst ja doch noch Schritte ins Erwachsenenleben. Chapeau.

Beim Abendessen sitzt heute zufällig Bela neben mir. Ich bin immer noch wie elektrisiert von unserer Begegnung vorhin. Und auch an ihm scheint sie nicht spurlos vorbeigegangen zu sein. Wir greifen aus Versehen zur selben Zeit in den Brotkorb und er zuckt zurück, als hätte er sich an mir verbrannt. Ich bin froh, dass es niemand anders bemerkt hat. Ich spüre seine Nähe intensiv und in meinem Kopf startet ein Gedankenkarussell: Was wäre gewesen, wenn er sich damals nicht für seinen sozialen Status, sondern für mich entschieden hätte? Wie wäre es mit uns weitergegangen?

Ich hätte gerne einen Schwamm, der das alles von meiner inneren Tafel wischen könnte, aber entweder ich besitze keinen oder ich finde ihn nicht.

Nach dem Essen bleiben unsere Eltern lange am Tisch sitzen, um zu reden, und Bela und Sascha beschließen ein Computerspiel zu zocken. Ich lege mich mit einem Buch auf eine der Couchen und versinke völlig in der Geschichte. Als ich wieder aufschaue ist das Wohnzimmer fast leer. Nur Bela ist noch da, der gerade den Controller zur Seite legt.

„Wo sind denn alle?“, frage ich erstaunt.

„Ins Bett gegangen. Es ist spät.“ Er wirkt belustigt. „Warum liest du mit Kopfhörern?“

„Das Buch hat eine Playlist und ich höre sie mir beim Lesen an. Das ist schön, weil ich so noch tiefer in die Geschichte eintauche.“

Er stützt seine Ellbogen auf den Oberschenkeln ab und legt seinen Kopf in die Hände. „Na das habe ich bemerkt“, grinst er. „Morgen wollen alle gemeinsam auf die Piste, aber du bist noch nicht fit, oder?“

Ich verneine. „Das ist so doof. Eigentlich wollte ich Skifahren und Rodeln und Schlittschuhlaufen.“ Genervt lasse ich mich zurück in die Kissen fallen. „Aber obwohl die

Gehirnerschütterung ganz schnell wieder in Ordnung war, möchte ich nicht das Risiko eingehen, wieder zu stürzen."

„Das klingt vernünftig."

Ich halte das Buch in die Höhe. „Deshalb ist das auch das Einzige, was ich im Moment tun kann."

„Also mir würden da noch ein paar mehr Sachen einfallen", sinniert er und lehnt sich zurück. „Was hältst du davon, wenn ich morgen mit dir hierbleibe, und wir verbringen einen sturzfreien Tag."

„Erstens, was soll das sein und zweitens, wirst du dich nicht furchtbar langweilen?"

„Erstens, lass dich überraschen und zweitens: niemals."

Das bringt mich zum Lächeln. „Abgemacht."

Kapitel 13

Hör dir Lied 8 des Soundtracks an: Heartworks – Wingtip

„SAGST DU MIR JETZT endlich, was wir hier draußen machen?"

„Auf jeden Fall etwas, bei dem du nicht den Hang hinunterstürzen kannst", entgegnet er süffisant. Dann legt er eine Karotte auf den Terrassentisch.

Ich muss lachen. „Das ist nicht dein Ernst, wir bauen einen Schneemann?"

„Das ist mein voller Ernst." Er legt eine zweite Karotte dazu. „Aber wenn du denkst, es wäre einfach, einen genauso fantastischen Schneemann zu bauen wie ich, dann bist du doch heftiger auf den Kopf gefallen, als ich dachte."

Meine Augen weiten sich. „So ist das also. Na dann, mach dich auf was gefasst!"

Ich beginne in meinen behandschuhten Händen eine Kugel aus Schnee zu formen und bin kurz versucht, sie nach ihm zu werfen. Aber Schneebälle und Kopfverletzungen sind auch nicht unbedingt die beste Kombination. Also lasse ich sie auf den Boden gleiten und rolle sie brav im fluffig weißen Schnee herum, bis ich damit zufrieden bin. Das wiederhole ich anschließend mit einer weiteren Kugel und setze sie obendrauf. Ich bin total begeistert, dass sie hält. Als ich Bela auf meinen Clou aufmerksam machen will, bemerkte ich, dass er immer noch an der ersten Kugel rollt. Und sie ist so riesig wie meine beiden zusammen.

„Du weißt schon, dass nicht immer nur die Größe zählt", foppe ich ihn.

Er hält kurz beim Rollen inne: „Doch, eigentlich schon."

Als er sie aufheben will, bröckelt sie auseinander. Ich kann mir das Lachen nicht verkneifen.

„Wer zuletzt lacht, lacht am Besten. Und mir kommt da gerade eine ziemlich gute Idee, wie ich dich auf jeden Fall schlage", tönt er siegessicher.

„Wir werden dir beweisen, wie fantastisch ein kleiner Schneemann oder vielleicht sogar eine Schneefrau aussehen wird", kontere ich und deute zwischen mir und den beiden Schneekugeln hin und her.

„Na dann viel Glück ihr beiden. Ihr werdet es brauchen."

„Noch eine Floskel, die du raushauen möchtest? Oder kann ich jetzt weitermachen?"

Er überlegt kurz. „Äh, nö. Ist alles gesagt. Weitermachen!"

Ich rolle also noch eine Kugel für den Kopf. Dann gehe ich nach drinnen, um mir ein paar Accessoires zu holen. Ich verpasse meiner kleinen Schneefrau einen pinken Schal, und einen alten, beigen Hut, der mir letztens auf dem Dachboden aufgefallen ist. An dem cremefarbenen Hutband befestigte ich eine rosarote Stoffblume, ebenfalls ein Dachbodenfund. Als Augen nutze ich Rindenstücke, die Nase wird natürlich die Karotte und den lächelnden Mund deutete ich mit einem nach oben gebogenen Zweig an, der die perfekte Größe besitzt. Auch die Arme werden kleine Zweige, allerdings deutlich längere mit mehreren Verzweigungen an den Enden. Rundliche Steine verwende ich als Knöpfe. Ich bin ziemlich zufrieden mit meinem Ergebnis. Bis ich Belas Schneemann sehe. Der ist erstaunlicher Weise nicht größer als meiner, dafür aber ziemlich besonders: Er sieht so aus, als würde er auf dem Kopf stehen. Die kleinste Kugel ist unten. Die beiden darüber werden immer größer, wenn auch nur minimal. Die Zweige der Arme sind so ausgerichtet, dass es so aussieht, als würde der Schneemann einen Kopfstand machen und sich mit den Händen zusätzlich am Boden abstützen. Und ganz oben, auf der höchsten Kugel thronen Gummistiefel, wie zwei Füße, die er in die Luft streckt. Es ist definitiv der coolste Schneemann, den ich je gesehen habe. Verdammt.

„Du siehst beeindruckt aus“, kommentiert Bela mein Mienenspiel.

„Kann sein“, gebe ich zerknirscht zu, was ihn zum Lachen bringt.

„Wie wäre es also mit einem Foto von mir und diesem Siegertypen hier?“

„Okay, du hast gewonnen.“ Ich ziehe mein Handy aus der Manteltasche und knipse Bela, wie er sich neben sein Werk stellt und alle möglichen Grimassen macht. Doch plötzlich bricht die oberste der Kugeln auseinander und begräbt ihn quasi unter sich. Wie ein Hund nach dem Bad in einem See schüttelt er sich und ich halte natürlich alles auf Fotos fest. Wie er so zu seinem zerstörten Schneekunstwerk schaut, erinnert er mich an einen begossenen Pudel, was mich heftig zum Lachen bringt.

„Hey Kumpel, was soll das?“, beschwert er sich bei seiner zusammengefallenen Kreation. Mittlerweile habe ich mich neben meiner Schneefrau positioniert. „Also ich würde sagen, *du* machst jetzt das Siegerfoto. Denn ein halber Schneemann, egal wie hübsch er auch war, kann leider kein Gewinner sein.“

Er seufzt, zückt dann ebenfalls sein Smartphone und knipst eine ganze Fotoserie. Anschließend stellt er sich dazu und streckt seinen Arm für ein Selfie aus: „Und jetzt alle: Cheese!“

„Also der erste Programmpunkt hat mir schon mal sehr gut gefallen. Jetzt bin ich ziemlich gespannt, wie es weitergeht.“

„Als Nächstes fahren wir ins Dorf runter und gehen einkaufen für unser original Skihütten-Essen. Nachdem du momentan auf diesen Genuss verzichten musst, bringen wir ihn eben ins Chalet.“

Ich grinse. Das ist genau nach meinem Geschmack.

Bela schiebt den Einkaufswagen durch die Gänge und scheint zu überlegen, was wir für das Gericht, das ihm vorschwebt, benötigen. „Hast du keine Liste?“, frage ich, bevor mir wieder einfällt, dass er Legastheniker ist. „Tut mir leid, also, ich meine, wir brauchen natürlich keine Liste“, schiebe ich schnell hinterher.

Aber er nimmt es mir nicht übel und lächelt sogar. „Du gehst niemals ohne Liste einkaufen, oder?“, fragt er.

„Ich mag Listen, sie sind praktisch“, rechtfertige ich mich und bin erstaunt, wie schnell er mich in die Defensive gedrängt hat, obwohl er derjenige mit der Einschränkung ist. So läuft das wahrscheinlich sein ganzes Leben lang schon ab. Friss oder du wirst gefressen.

Ich schaue mich um und überall sehe ich Schrift. Ich überlege mir, wie es wäre, wenn ich nichts davon lesen könnte. Wenn das alles Hieroglyphen wären. Und da verstehe ich, dass es ein großer Vertrauensbeweis von ihm ist, mich mit in den Supermarkt zu nehmen. Das hier ist sicher keine seiner Lieblingsbeschäftigungen.

„Wir brauchen zuerst einen Bund Schnittlauch“, erklärt er mir und nimmt sich auch gleich einen aus dem Regal. „Dann noch Eier.“

Ich sehe mich danach um und finde sie an der nächsten Ecke. Es gibt eine große Auswahl zwischen Bio-Eiern, welchen aus Freilandhaltung oder Bodenhaltung. Dann noch die unterschiedlichen Größen: S, M, und L. Wenn die Buchstaben vor meinen Augen verschwimmen würden, könnte ich nur nach den Bildern auf den Verpackungen gehen. Was nicht ganz einfach ist, weil die von Freiland- oder Biohaltung kaum zu unterscheiden sind. Ich entscheide mich für eine Packung und lege sie zu dem Schnittlauch.

„Mehl haben wir noch im Chalet, oder?“

Ich nicke.

„Dann als nächstes Milch.“ Er greift zielsicher zu einer Packung und es ist genau die, welche schon im Cottage angebrochen im Kühlschrank steht.

„Dann brauchen wir noch Rinderbrühe. Suchst du eine aus?“ Er deutet auf das Regal mit den Gläsern, in denen sich schon flüssige Brühe befindet. Ich nehme, nachdem ich mir einen kurzen Überblick verschafft habe, zwei derselben Sorte heraus.

„Das wichtigste ist abgehakt, also hier“, er deutet auf seinen Kopf. „Meine Mam hat mich gebeten, Schokolade mitzubringen. Brauchst du sonst noch was?“

„Ich schaue mal kurz bei den Chips vorbei, bin gleich zurück.“ Als ich Bela wieder vor dem Süßigkeitenregal treffe, sehe ich, wie er die Barcodes von Schokoladentafeln abscannt. „Was machst du da?“, frage ich ihn interessiert.

„Das ist eine App, die erkennt, welche Zutaten in den Produkten sind und sie auf Haselnüsse checkt. Meine Mama hat ja diese Allergie. Wenn Haselnüsse enthalten sind, steht das dann hier auf dem Display, aber der Hintergrund wird auch rot. Also muss ich es nicht lesen, sondern erkenne sofort, ob das Produkt geeignet ist.“

„Das ist schlau und ziemlich hilfreich. So was habe ich noch nie gesehen“, gebe ich beeindruckt zurück.

„Es hilft mir sehr. Müsste ich die Zutatenlisten checken, würden wir morgen noch hier stehen. Ich lese ähnlich gut wie ein schlechter Erstklässler.“ Er grinst schief.

Ich bin froh, dass er es mit Humor nimmt. Das war wohl nicht immer so. Es ist sicher hart, wenn dir in der Schule alle Lehrer das Gefühl geben, du seist dumm und so war es bei ihm ja anscheinend in der Grundschule.

Wieder im Ferienhaus angekommen, breiten wir die Einkäufe auf der Kücheninsel aus.

„Darf ich raten, was es gibt?“, frage ich und halte die Suppenbrühe in die Höhe. „Die hier hat den entscheidenden Ausschlag gegeben. Pfannkuchensuppe?“

„Hundert Punkte. Aber hier in Österreich nennen wir das natürlich Frittatensuppe. Ich koche nicht gerne nach Rezept, aber das von Pfannkuchen weiß ich auswendig. Ich hoffe, das ist okay.“

„Na klar, ich esse die Suppe sehr oft in der Skihütte. Und danach Kaiserschmarrn. Aber da dein Papa heute Abend groß aufkocht, reicht zum Mittagessen die Suppe allemal. Im Übrigen waren wir ja auch nicht unbedingt sportlich unterwegs."

„Außer sie erheben Schneemannbauen demnächst zur olympischen Disziplin", frotzelt er.

Ich sehe ihm dabei zu, wie er den Teig anrührt und anschließend die Pfannkuchen in Butterschmalz herausbackt.

„Und, wie sieht es mit der Pfannenperformance aus? Drehen in der Luft?", stifte ich ihn an.

„Das kann nur im Desaster enden. Obwohl, wer nicht wagt, der nicht gewinnt, oder? Aufgepasst: Hier kommt die perfekte Drehung." Er nimmt die Pfanne vom Herd, macht mit der Hand eine Aufwärtsbewegung und der Teigfladen fliegt tatsächlich zwanzig Zentimeter hoch, dreht sich und landet unbeschadet wieder in der Pfanne.

Ich breche in Jubel aus und applaudiere und sein stolzes Lächeln schmilzt auch die letzten Eiskristalle an meinem Herzen. Jetzt liegt es völlig ungeschützt da.

Nach dem Mittagessen darf ich mir einen Weihnachtsfilm aussuchen, den wir uns ansehen. Ich entscheide mich für den Animationsfilm Klaus, den ich genauso schön finde wie beim ersten Mal, als ich ihn gesehen habe. „So und jetzt kommt die große Überraschung des Tages“, kündigt Bela an. Ich habe eigentlich gar nicht mehr damit gerechnet, dass wir noch etwas unternehmen würden. Er bittet mich, mir warme Kleidung anzuziehen, und wir fahren anschließend in seinem Auto erneut in den Ort hinunter. Die Sonne geht langsam unter und ich kann mir überhaupt nicht vorstellen, was wir im Dunklen draußen tun wollen. Außer vielleicht Skifahren bei Flutlicht, aber das fällt ja aus. Und auf dem Weihnachtsmarkt sind wir schon gewesen. Wir biegen von der Straße ab und halten vor einem Bauernhof. Beim Aussteigen fällt mein Blick sofort auf den roten Pferdeschlitten, vor den zwei dunkelbraune Noriker gespannt sind. Eine mittelschwere Kaltblutrasse, die hier in den Bergen häufig gehalten wird.

Erstaunt drehe ich mich zu Bela um. Das ist wieder einmal etwas, womit ich bei ihm überhaupt nicht gerechnet habe.

„Es gibt hier seit diesem Jahr einen Künstlerweg, der nachts beleuchtet ist“, erklärt er mir. „Und wenn genug Schnee liegt, kann man sich mit dem Schlitten ziehen lassen. Eine Nachtwanderung wäre sicher auch schön gewesen, aber mein Ziel war es schließlich, Rücksicht auf deinen geschundenen Körper zu nehmen.“ Er sieht mich an, als wolle er in meinem Gesicht nachforschen, wie mir die Idee gefällt.

„Das mit dem Künstlerweg erklärt einiges“, sage ich lachend.

„Wie meinst du das?“

„Na ja, du hast mich in letzter Zeit bei so vielem überrascht, aber mittlerweile kenne ich dich wieder ein bisschen und weiß, dass nicht die Pferde das Ausschlaggebende an deiner Wahl waren."

„Es wird meine allererste Schlittenfahrt", gesteht er achselzuckend.

„Meine auch."

„Na dann, auf ins Abenteuer!"

Wir sitzen auf einer bequemen mit Schaffellen ausgepolsterten Bank und die Kutscherin versorgt uns mit warmen Decken und einer Thermoskanne mit heißem Früchtetee. Inzwischen ist es dunkel geworden und mit einem Schnalzen beginnt die Fahrt. Die Kufen gleiten mit einem leicht zischenden Geräusch über den Schnee und die Glöckchen am Schlitten begleiten unsere Tour indem sie aufgeregt auf und ab hüpfen und ihr silberhelles Klimpern in die Nacht hinausschicken.

Bela beugt sich zu mir und flüstert verschwörerisch: „Ich hoffe, es ist okay, aber die Rentiere sind noch nicht wieder zurück vom Nordpol. Deshalb die Pferde."

Das entlockt mir ein Grinsen. Ich erwidere dennoch todernst: „Dann wird das heute wohl auch nichts mit dem Fliegen."

„Leider nein."

„Ich glaube, ich bin trotzdem ganz zufrieden." Ich kuschle mich noch tiefer in die Decken und betrachte den dunklen Wald um uns herum. Alle paar Meter steckt eine Fackel im Boden. Auch der Schlitten selber hat vorne Scheinwerfer und an den Seiten sind jeweils zwei Laternen angebracht, die

Licht spenden. Es ist bezaubernd, hier durch den verschneiten Wald zu fahren, nur den Glöckchenklang im Hintergrund und das Schnauben der Pferde. Die Umgebung ist friedlich und vielleicht sogar ein bisschen unheimlich, wenn ich in die undurchdringliche Schwärze des Tannenwaldes blicke. Aber Bela ist ja bei mir.

Der Weg öffnet sich zu einem kleinen Fluss hin und hier stehen die ersten Kunstwerke. Sie sind in verschiedenen Farben beleuchtet. Zu Beginn passieren wir eine Skulptur, die mich an einen riesigen Eiszapfen aus Marmor erinnert. Als zweites kommen aus Holz gehauene Blöcke, die kunstvoll übereinandergestapelt sind und rot angeleuchtet werden. Dazwischen fahren wir immer wieder an Fackeln vorbei. Der Weg scheint beliebt zu sein. Sowohl vor uns, als auch hinter uns gleiten weitere Schlitten durch die anbrechende Nacht, allerdings mit großem Abstand. Es ist eine magische Reise durch den Winterwald, vorbei an knisternden Feuern und beleuchteten Objekten. Ganz im Tempo der Pferde. Die Kutscherin lässt sie einfach laufen. Sie treibt sie nicht an, oder hält sie zurück. Das gefällt mir besonders gut.

„Wir sind gleich am Ende des Künstlerwegs angekommen und fahren dann eine andere Strecke durch den Wald wieder zum Hof zurück", teilt uns die Frau mit.

„Es ist schade, dass es fast vorbei ist. Aber vielleicht auch ganz gut. So langsam spüre ich die Kälte durch die Decke kriechen", bemerke ich.

„Frierst du?", fragt Bela besorgt nach.

„Nein, alles gut. Nur ein bisschen“, beschwichtige ich ihn. Was dazu führt, dass er näher rückt, seinen Arm um mich legt und seine Decke auch noch über meine Beine zieht.

Seine plötzliche Nähe ist aufregend. Viel aufregender als die Schlittenfahrt. Ich rede mir ein, dass das lediglich eine freundschaftliche Geste ist. Selbst mein Bruder würde das machen. Zumindest bei mir, bei Bela nicht unbedingt. Und deshalb erlaube ich mir, mich in diese Halbumarmung hineinfallen zu lassen, ganz weich zu werden und mich an ihn zu kuscheln. Vorsichtig lege ich den Kopf auf seine Schulter und schließe kurz die Augen. Ich höre den knirschenden Schnee unter den Pferdehufen, rieche den Tannenduft, der uns umgibt, und spüre die Wärme, die von ihm ausgeht. Ich weiß, dass ich es nicht tun sollte, aber ich genieße seine Nähe unglaublich. Und dann sind wir da, steigen aus der Kutsche und dieser herrliche Moment ist vorbei.

„Es hat mir richtig gut gefallen, danke. Für die Schlittenfahrt, aber auch für diesen ganzen Tag. Dass du bei mir geblieben bist, obwohl du mit deinem Snowboard die Pisten hättest unsicher machen können“, versuche ich meine Dankbarkeit auszudrücken.

Wir sind gerade wieder auf den Hof vor dem Chalet gefahren und Bela schaltet den Motor aus und schnallt sich ab. Dann dreht er sich zu mir und blickt mich an. „Du brauchst dich nicht zu bedanken. Das mit dir heute … das war …“ Er stockt, schließt kurz die Augen und als er sie wieder aufmacht, ist sein Blick so intensiv, dass ich auf der Stelle Gänsehaut bekomme.

„Ich glaube, ich muss dir die wahrste Wahrheit sagen. Weil ich vielleicht nur diese eine Chance habe, auch wenn sie nicht verdient wäre. Aber ich denke, ich will es trotzdem versuchen."

„Du sprichst in Rätseln. Die wahrste Wahrheit also mal wieder?" Meine Stimme klingt unsicher. Meine Hände zittern ein wenig und ich stecke sie schnell zwischen den Autositz und meine Oberschenkel.

„Ja, die wahrste Wahrheit. Denn die wahrste Wahrheit ist, dass ich dir noch einen Kuss schulde. Sag jetzt nichts! Sag bitte nichts! Wenn du ihn willst, dann komm heute nachdem alle ins Bett gegangen sind in mein Zimmer. Und wenn nicht, was ich absolut verstehen könnte, dann ist es das Beste, wir behandeln das hier so, als wäre es nie passiert." Abrupt steigt er aus und geht zum Haus. Wie paralysiert bleibe ich sitzen. Ist das gerade wirklich passiert? Hat er gesagt, dass er mich küssen möchte? Oder hat sich das mein hormonumnebeltes Gehirn einfach nur ausgedacht?

Er hat von einem einzigen Kuss gesprochen, das wars. Kein Grund auszuflippen.

Aber das stimmt nicht. Es geht um viel mehr. Darum, was wir beide füreinander empfinden. Erneut. Irgendwie scheint es da eine Anziehung zu geben, die uns verfolgt und die uns nach all dem, was passiert ist, immer noch nicht aus ihren Fängen entlässt. Wie ein Greifvogel hält sie uns in ihren Klauen, nur um uns zu verschlingen oder wie das letzte Mal irgendwo aus großer Höhe abzuwerfen und zerschmettert liegenzulassen.

Du kannst es einfach ignorieren. Er hat dir die Chance dazu gegeben. Denk an die Triqueta.

Das Abendessen zieht sich wie Kaugummi. Michael hat sich so viel Mühe gemacht und einen vorzüglichen Schweinebraten mit knuspriger Kruste gezaubert, aber in meinem Mund scheint sich alles in Asche zu verwandeln. Lustlos stochere ich in den Beilagen herum und versuche vehement, nicht zu Bela zu schauen, der mir schräg gegenüber sitzt.

Alles ist völlig normal. Total normal. Tu so, als hätte es diesen Augenblick im Auto nicht gegeben!

Im Anschluss an das Essen spielen ein paar von uns noch Karten und nach und nach löst sich die Runde auf. Ich liege schon im Bett, während Sascha sich eine Etage tiefer auch zur Ruhe begibt.

„Gute Nacht, Schwesterherz", ertönt es unter mir, gefolgt von einem Gähnen.

„Gute Nacht, Brüderchen."

Aber für mich ist die Nacht nicht gut. Überhaupt nicht gut. Welten entfernt von gut. Sie ist sogar ziemlich böse. Weil sie mich partout nicht schlafen lässt. Okay, vielleicht sollte ich es nicht der Nacht in die Schuhe schieben. Es sind meine Gedanken, die mein Hirn besetzt haben und die sich nicht ausschalten lassen. Ich versuche sämtliche Tricks, die ich je gehört habe. Verwandle meine Eingebungen in imaginäre Wolken und puste sie fort. Ignoriere sie und zähle Schäfchen. Lasse eine fiktive Bombe im Kopf platzen, um endlich Ruhe zu haben. Aber nichts wirkt. Sein Gesicht und seine Worte beherrschen in Endlosschleife meine Gedanken. Und ich stelle mir vor, wie es wäre, ihn zu küssen.

Meine innere Stimme hält dagegen. Zählt mir in fortlaufenden Stichpunkten auf, warum das falsch wäre. Weshalb ich die Finger davon lassen sollte. Aber mein Herz wehrt sich vehement. Seit es die Eisschicht abgestreift hat, ist es erstaunlich renitent.

Irgendwann gebe ich meinen inneren Kampf auf. Ich streiche die Segel und mache das, was mein Gefühl mir sagt. Ich klettere die Leiter des Stockbetts hinunter und versuche dabei, möglichst leise zu sein. Erleichterung durchströmt mich, weil ich die knarrende Diele nicht erwischt habe. Ich schleiche aus dem Zimmer und schalte dabei kein Licht an, sondern nutze die Taschenlampenfunktion des Handys. Je näher ich dem Erdgeschoss komme, desto aufgeregter werde ich. Als ich vor Belas' Tür stehe, schlägt mein Herz so wild, dass ich das Gefühl habe, es müsste eigentlich das ganze Haus aufwecken. Doch alles bleibt still. Im Schein der Lampe blicke ich an mir herunter. Ich trage einen karierten Flanellpyjama, der nicht besonders sexy ist, aber das kann ich nun auch nicht mehr ändern. Oben den Schrank zu öffnen und mich umzuziehen würde Sascha auf den Plan rufen und ich müsste einiges erklären.

Während meine rechte Hand das Handy hält, schwebt meine Linke zur Faust geballt über der Tür. Bereit zu klopfen. Bereit diesen Stein ins Rollen zu bringen, der schon einmal in den Abgrund gepoltert ist.

Ich klopfe. Vielleicht weil ich dämlich bin. Oder einfach nur verliebt. Eventuell ist das aber auch ein und dasselbe.

Ich warte nicht auf eine Antwort, sondern trete direkt ein. Er steht gerade von dem Sessel am Fenster auf. Ich schließe die Tür und drehe mich um. Wir sehen uns an. Und das erste Mal seit Ewigkeiten erlaube ich mir, alles an ihm wahrzunehmen. Alles, was ich mir vorher verboten habe zu realisieren. Den Schwung seines Kiefers, seine gepflegten Hände, seine tiefe Stimme, die in dem Moment etwas sagt, das völlig an mir vorbeigeht, seine weichen Lippen und immer wieder seine Lippen.

„Was hast du gemeint?", frage ich ihn.

„Ich dachte, du kommst nicht mehr", antwortet er leise und tritt einen Schritt auf mich zu.

„Aber ich bin da", flüstere ich.

„Ja, das bist du." Jetzt hat er mich erreicht und ich muss meinen Kopf heben, um ihn ansehen zu können.

„Ich hätte dir so gerne deinen allerersten Kuss geschenkt. Du ahnst nicht, wie sehr ich das wollte." Seine Hände legen sich an mein Gesicht und seine Augen sinken in meine. Und da ist kein Eis mehr. Nur noch Türkisblau. Warm wie der Indische Ozean. Meine Finger tasten nach ihm und finden seine Brust. Mit jedem Herzschlag nähern wir uns einander an. Zentimeterweise findet sein Mund zu meinem. Ich stelle mich auf die Zehenspitzen, um ihn besser erreichen zu können, und dann treffen sich unsere Lippen. Und ein überwältigendes Gefühl der Freude überrollt mich, ihm endlich so nah sein zu können. Endlich diese Sehnsucht zu stillen, die es irgendwie geschafft hat, die letzten dreizehn Jahre zu überleben – irgendwo versteckt in mir, in meinem Körper, in meiner Seele.

Er schmeckt besser, als das erste Plätzchen der Saison, besser als heiße Schokolade mit Marshmallows, besser als alles, was ich bisher jemals probiert habe.

Seine Daumen streicheln über meine Wangen, während seine Fingerspitzen sich in meinen Haaransatz wühlen. Ich spüre das Herz in seiner Brust heftig klopfen und die Taktzahl scheint genau wie bei mir das Limit längst überschritten zu haben. Seine Zunge teilt meine Lippen und ich gewähre ihr nur zu gerne Einlass. Rolle den roten Teppich aus. Heiße sie willkommen. Umschlinge sie mit meiner. Will sie nicht so schnell wieder gehen lassen. Meine Hände wandern auf seinen Rücken. Ziehen ihn näher zu mir, was ihm ein leises Knurren entlockt. Und da ist plötzlich dieses Gefühl, dass es so sein soll. Dass es so sein muss.

Er löst sich von mir und wir ringen beide nach Atem.

„Ich kann nicht fassen, dass ich dreizehn Jahre darauf warten musste“, stoße ich aus.

Er umschlingt mich mit seinen Armen und drückt mich an sich. „Und ich kann nicht fassen, dass das gerade wirklich passiert ist.“

„Und wie geht es jetzt weiter? Deine Schulden sind hiermit immerhin ausgelöst.“ Ich kann nichts dagegen tun, dass sich meine Stimme verzagt anhört.

„Was möchtest du denn, das passiert?“, flüstert er in meine Haare.

„Du meinst, die wahrste Wahrheit?“

„Nichts weniger als das.“

Ich schlucke, weil sich das hier nicht real anfühlt. Es fühlt sich eher so an, als wäre ich Teil einer fiktiven Geschichte und könnte wirklich sagen, was ich fühle, ohne über die Konsequenzen nachdenken zu müssen. „Ich möchte dich noch besser kennenlernen. Ich möchte dich so oft sehen wie möglich, wenn wir wieder in München sind. Und ich möchte, dass es noch viel mehr solcher Küsse zwischen uns geben wird.“ Das ist die wahrste Wahrheit. Meine wahrste Wahrheit.

Er drückt mich fester. „Das ist schön, weil ich das alles auch will.“

Ein nie gekanntes Glücksgefühl durchströmt mich. Als würden Regenbogenstrahlen sich einen Weg durch meinen Körper bahnen und alles in mir hell und in bunten Farben ausleuchten.

Ich hebe den Kopf und noch einmal legen sich seine Lippen auf meine. Und sie versprechen mir eine Zukunft, die warm und weich und wunderbar ist.

Ich löse mich von ihm, weil mir etwas Wichtiges auf der Seele brennt. „Wir sollten warten, bis wir wieder zuhause sind, um das alles hier zu vertiefen“, schlage ich vor.

Ich höre, wie sein Atem kurz stockt. „Ich fürchte, das bedeutet, dass ich dich bald loslassen muss, oder?“ Er streicht zärtlich mit seinen Händen über meinen Rücken. „Aber natürlich hast du recht. Es wäre schön, wir könnten uns erst einmal auf uns konzentrieren – ohne unsere Familien im Hintergrund. Hast du an Silvester schon was vor?"

„Ich dachte, ich wäre vielleicht noch hier ..." Ich lasse den Satz in der Luft hängen.

„Vielleicht möchtest du deine Pläne ändern und mit mir gemeinsam in München feiern? Nur wir beide?"

„Klingt verlockend."

Widerstrebend löse ich mich von ihm, aber es ist spät und obwohl ich immer noch nicht müde bin, fühlt es sich richtig an, jetzt zu gehen.

„Sag mir, dass ich das alles nicht gerade geträumt habe!", raunt er. Es klingt mehr nach einer Bitte, als nach einer Aufforderung.

Ich zwicke ihn in den Arm.

„Aua, wofür war das denn?"

Ich muss kichern. „Ich wollte dir nur demonstrieren, dass du nicht träumst."

„Frech bis in die Haarspitzen." Vehement zieht er mich an sich und presst mir einen harten Kuss auf die Lippen. Dann schiebt er mich zur Tür. „Und jetzt solltest du gehen, bevor ich es mir anders überlege und dich in mein Bett zerre."

Die Tür schließt sich mit einem leisen Klicken hinter mir und ich muss erst mal tief durchatmen. Ich krame mein Handy aus der Tasche der Schlafanzughose und brauche drei Versuche, um die Lampe einzuschalten, denn meine Hände sind vor Aufregung ganz zittrig. Leise schleiche ich die Treppe nach oben und ins Kinderzimmer. Leider erwische ich dieses Mal die knarrende Diele.

„Leo?“, fragt mein Bruder verschlafen.

„Sorry, ich wollte dich nicht wecken. Penn einfach weiter!“ Ich erklimme die Leiter, lege mich ins Bett und schalte das Handy aus.

„Wo warst du, Leo?“, kommt es von unten, plötzlich gar nicht mehr verschlafen.

„Nur kurz im Bad.“ Ich weiß nicht, warum ich flüstere, obwohl er ja schon wach ist.

Ich höre das Rascheln seiner Bettdecke. „Du musst nachts nie zur Toilette.“

Ich will ihn nicht anlügen. Das möchte ich wirklich nicht. Aber ich verstehe ja selbst noch gar nicht, was da gerade passiert ist. Es ist viel zu früh, es mit ihm zu teilen.

„Können wir jetzt einfach schlafen?“, frage ich hoffnungsvoll.

„Du warst bei ihm“, sagt er da auf einmal und ich bin entsetzt.

„Woher…“

„Ich habe Augen im Kopf. Und dieses Mal sehe ich genauer hin.“ Ich höre ein langgezogenes Stöhnen. „Versprich mir, dass es nichts an der Triqueta ändert! Nicht noch einmal. Versprich es mir!“ Seine Stimme klingt eindringlich und ich verstehe, warum er mir dieses Versprechen abnehmen will. Aber kann ich es wirklich einhalten? Was ist, wenn wir eine Beziehung führen und uns wieder trennen?

Dann wirst du alles dafür tun, dass sich zumindest an eurer Freundschaft nichts ändert.

Es gibt Beispiele von Paaren, die sich nach ihrer Beziehung immer noch in Freundschaft verbunden fühlen. Nicht viele, das ist mir klar. Und was für einen Sinn macht es überhaupt, über eine Trennung nachzudenken, bevor unsere Geschichte richtig angefangen hat. Ich habe aus der Vergangenheit gelernt und das ist es, was zählt, und deshalb entgegne ich: „Ich verspreche es dir."

Kapitel 14

Den nächsten Tag verbringen alle auf der Piste, auch Bela. Heute Morgen beim Frühstück haben wir wissende Blicke ausgetauscht und als keiner hingesehen hat, hat er im Vorbeigehen kurz meine Hand gedrückt. Es war aufregend und prickelnd und ich freue mich unglaublich auf Silvester.

Jetzt genieße ich den Ausblick auf die Berge und den verschneiten Winterwald vor dem Wohnzimmerfenster. Lange sitze ich hier, blicke nach draußen und lasse den gestrigen Abend immer wieder Revue passieren. Ich habe keine Ahnung, wann ich das letzte Mal so glücklich war.

Nachmittags klingelt es an der Tür und als ich sie öffne, kann ich nicht fassen, wer davor steht.

„Überraschung." Es ist Sander. Mein Ex. Er trägt einen cremefarbenen Kaschmirmantel und ein selbstbewusstes Lächeln im Gesicht.

„Das ist allerdings eine Überraschung. Was machst du hier?"

„Kann ich reinkommen? Es ist ziemlich kalt."

Ich trete zur Seite und er geht an mir vorbei in den Flur, wo er den Mantel an einen Haken hängt und sich die Schuhe auszieht. Wir waren schon einmal gemeinsam hier gewesen, zu einem romantischen Wochenende. Er fühlt sich anscheinend sofort wieder wie Zuhause.

„Bist du allein hier? Es ist so still."

„Ja, alle sind beim Skifahren." Ich bin weiterhin so perplex, dass er hier vor mir steht, bisher reagiere ich einfach nur. Er hat mich richtiggehend überrumpelt. Aber so langsam habe ich mich wieder im Griff und ich bin immer noch sauer auf ihn. „Sander, was soll das?" Meine Stimme klingt fest.

Er sieht mich an und atmet tief aus. „Sollen wir uns kurz setzen? Dann erkläre ich es dir."

Es gefällt mir nicht, dass er schon wieder die Kontrolle an sich reißt, aber es ist ein vernünftiger Vorschlag. Also gehe ich voran ins Wohnzimmer und wir nehmen auf zwei gegenüberliegenden Sofas Platz.

„Ich höre!", fordere ich ihn auf.

„Ich vermisse dich."

Keine Ahnung, was ich erwartet habe. Eigentlich hatte ich keine Zeit überhaupt etwas zu erwarten. Aber dass er erneut einen Versuch zu einer Versöhnung startet, wäre mir nie in den Sinn gekommen. Dazu hätte ich ihn als viel zu stolz eingeschätzt. Ich dachte wirklich, das Gespräch auf der Weihnachtsfeier wäre unser letztes gewesen. Ich habe es gehofft.

„Sander, das hatten wir doch alles schon." Ich verziehe gequält das Gesicht.

„Ich meine es ernst. Ich will mir nicht später vorwerfen, ich hätte nicht um dich gekämpft", entgegnet er.

Noch vor zwei Wochen hätten diese Worte wahrscheinlich etwas in mir ausgelöst, aber jetzt gerade fühle ich nichts. Das ist auf jeden Fall eine neue Entwicklung.

„Leo, ich liebe dich", fährt er fort, als ich stumm bleibe. Und selbst diese Worte gehen völlig spurlos an mir vorbei. Ich habe es tatsächlich geschafft. Ich bin über ihn hinweg. „Wir sind seit Monaten getrennt ...", versuche ich es ihm schonend beizubringen.

„Was kann ich tun, um es wieder gut zu machen?"

„Es gibt nichts, was du tun könntest. Es ist endgültig aus. Bitte akzeptiere das!"

„Ich bin nicht so wie dein Vater", platzt es da auf einmal aus ihm heraus.

„Lass meinen Vater aus dem Spiel!", zische ich. Das macht mich jetzt richtig sauer.

„Es ist nur ein einziges Mal passiert, ich verspreche dir, es wird nie wieder geschehen."

Ich fange an zu lachen. Ich weiß gar nicht genau warum. Vielleicht weil ich das oft habe meinen Vater zu meiner Mutter sagen hören. Oder zumindest so ähnliche Worte. Beteuerungen. Beschwichtigungen.

Er sieht mich irritiert an. „Alles in Ordnung mit dir, Leo?"

„Nein, es ist nicht alles in Ordnung. Du hast mich verletzt und jetzt tauchst du hier unangemeldet in meinem Urlaub auf, obwohl ich dir mehrfach gesagt habe, dass ich dich nicht mehr sehen will."

„Aber ich möchte um dich kämpfen."

„Ich will das nicht." Meine Stimme klingt fast schon verzweifelt. Warum kapiert er es einfach nicht? „Ich habe jemand Neues gefunden." Die Worte sind raus, bevor ich noch darüber nachdenken kann. Ich möchte doch nur, dass er geht. Dabei bin ich definitiv übers Ziel hinausgeschossen.

Sein Gesichtsausdruck wechselt. Er wird distanzierter, aber an seiner Entschlossenheit ändert sich nichts.

„Hey, Schwesterherz, wir sind wieder zuhause." Ich höre Geräusche im Flur und dann steht Sascha in der Tür.

Sein freundliches Lächeln verändert sich blitzartig, als würden sich in Windeseile Gewitterwolken über ihm zusammenbrauen. „Was macht der hier?", fragt er mich scharf.

„Er wollte gerade gehen", entgegne ich und stehe auf, weil ich hoffe, dass Sander es mir nachmacht. Aber er bleibt sitzen.

„Hallo, Sascha", begrüßt er meinen Bruder leutselig, als hätte dieser ihn nicht gerade eiskalt ignoriert.

„Dachte ich es mir doch, dass das da draußen dein Wagen ist", bemerkt meine Mama, als sie im Wohnzimmer erscheint. Sie trägt noch ihre weiße Skihose und kommt trotzdem elegant in den Raum geschwebt. Nun steht Sander doch auf und begrüßt sie herzlich mit Küsschen auf die Wange. Ich hasse es, wie sie ihn immer noch ansieht, als wäre er der perfekte Schwiegersohn.

„Was machst du denn hier?", flötet sie.

„Ich wollte Leonie zum Essen einladen, aber ich konnte sie bisher noch nicht davon überzeugen", lässt er seinen ganzen Charme bei ihr spielen. Mir wird schlecht.

„Ach, komm doch einfach mit uns allen zum Essen!", fordert sie ihn auf. „Wir haben in einer Stunde einen Tisch reserviert."

„Mama", kommt es unisono von Sascha und mir. Ich bin nicht im Stande zu sagen, wer entrüsteter ist.

„Es ist doch nur ein Essen. Wir können ihn schließlich nicht wieder hungrig nach Hause fahren lassen. Und wir sind doch alle dabei." Sie sieht uns freundlich bittend an und ich weiß einfach nicht, wie ich aus dieser Nummer wieder herauskommen soll.

„Es wäre mir ein großes Vergnügen, aber natürlich nur, wenn das für Leo in Ordnung ist", bemerkt Sander galant.

Ich sehe meine Chance gekommen, Einwände zu erheben, aber da winkt meine Mama schon ab. „Was soll sie denn dagegen haben?"

Ja, was nur?

Ich bin frustriert und habe keine Lust mehr auf diese ganze Farce. Wenn meine Mama ihn dabeihaben möchte, dann soll sie sich auch um ihn kümmern. Ich verlasse das Wohnzimmer, ohne etwas zu sagen, und treffe im Flur auf Bela. Er sieht mich unergründlich an.

„Wer ist das?“, fragt er neutral.

„Mein Ex-Freund“, gebe ich unumwunden zu. Er würde es ja doch erfahren.

„Der Ex von dem Sascha erzählt hat?“

„Ja, genau der.“ Es schmerzt mich, dass Bela weiß, was zwischen uns passiert ist. Es ist mir unglaublich unangenehm. Und dass Sander jetzt leibhaftig hier ist, steigert das alles noch.

„Was hat er hier zu suchen?“ Nun klingt er gar nicht mehr neutral. Er hört sich sogar ziemlich verärgert an.

„Er wollte noch mal mit mir reden, auch wenn ich ihm schon tausend Mal gesagt habe, dass es vorbei ist. Und meine Mama hat ihn jetzt auch noch zum Essen eingeladen.“ Ich könnte ein bisschen Mitgefühl gebrauchen, aber er entgegnet nur: „Ich muss jetzt duschen“, und verschwindet ins Bad.

Ernsthaft? Sind denn heute alle verrückt geworden? Ich komme mir vor wie im Irrenhaus.

Als wir endlich ins Restaurant aufbrechen, ist meine Stimmung auf dem Tiefpunkt. Ich setze mich zu Sascha und Bela ins Auto, aber beide schweigen die ganze Fahrt.

„Ich habe ihn nicht eingeladen, okay? Er ist einfach aufgetaucht. Und ich wollte auch nicht, dass er mit zum Essen kommt“, rechtfertige ich mich.

„Warum hast du es dann nicht verhindert?“, fragt Bela genervt.

„Weil unsere Mutter mal wieder alle Register gezogen hat“, nimmt mich Sascha in Schutz. „Es scheint so, als hätte sie ihn immer noch gerne als Schwiegersohn. Was ich echt nicht fassen kann, aus ganz vielen verschiedenen Gründen.“

„Vielleicht will sie auch nur nett sein“, versuche ich das Ganze wegen Bela etwas abzuschwächen.

„Wo fährst du hin, Mann? Wir müssen rechts“, beschwert sich der gerade.

„Im Gasthaus zur Post war wohl nichts mehr frei, Papa hat deshalb in der blauen Gans reserviert.“

Bela sitzt vorne, und ich sehe ihn von meinem hinteren Sitz nur im Profil, aber falls ich mich nicht irre, verdüstert sich sein Gesichtsausdruck noch mehr. Wir gehen eigentlich meistens in die Post, wenn wir hier sind. Es ist unser Stammlokal. Ab und an besuchen wir auch andere Läden, aber nie die blaue Gans. Und es scheint mir so, als wäre das bei Belas Familie ähnlich, denn ich erinnere mich genau, dass er uns erzählt hat, wie ungern er in unbekannte Restaurants geht. Doch bevor ich ihn darauf ansprechen kann, sind wir schon angekommen und er steigt aus.

Ich habe das Gefühl, ich schlittere gerade übers Eis in eine absolute Vollkatastrophe, aber ich bin außerstande etwas zu tun, um das aufzuhalten.

Bevor Sander sich zu mir setzen kann, zieht sich Bela den Stuhl heraus und platziert sich neben mich. Mein Ex ist also gezwungen sich gegenüber von ihm und an der Seite meiner Mama niederzulassen. Ich bin froh, dass es so gekommen ist, und schenke Bela ein dankbares Lächeln, das er sogar erwidert, auch wenn es etwas steif wirkt. Als ich meine Augen geradeaus richte, bemerke ich, dass Sander mich seltsam wissend ansieht. Sein Blick wandert von mir zu Bela und wieder zurück.

Ich versuche, mir einzureden, dass das Zufall ist und er nichts bemerkt hat. Wie könnte er, wenn nicht einmal unsere Eltern etwas ahnen.

„Wie läuft es denn so in deinem Job als Anwalt?", versucht meine Mama Sander in das Gespräch einzubeziehen.

„Ach Sie sind Anwalt?", will Belas Vater Michael wissen. „Da hätte ich gleich mal eine Frage."

Ich schalte auf Durchzug, da mein Exfreund sich den kompetenten Advokaten heraushängen lässt, und atme auf, als der Kellner seinen Monolog stoppt, indem er uns die Speisekarten reicht.

„Was gibt es heute für Tagesgerichte?", fragt Bela ihn.

„Es tut mir leid, am Sonntag haben wir keine Tagesgerichte. Aber unsere Karte ist sehr umfangreich, ich bin mir sicher, dass sie etwas finden werden."

„Können Sie etwas empfehlen?", hakt er nach.

Die Servicekraft scheint leicht irritiert zu sein. Wahrscheinlich kommt diese Frage nicht häufig vor. „Vielleicht den Tafelspitz? Er ist das ganze Jahr ein Genuss."

An Belas Gesichtsausdruck erkenne ich, dass er für ihn kein so besonderer Genuss ist. Ich beobachte, wie er die Karte aufschlägt und mit starrem Blick hineinschaut. Ich würde ihm gerne helfen, aber es wäre ziemlich auffällig, wenn ich ihm jetzt vorlesen würde.

„Es gibt Forelle mit Petersilienkartoffeln, hört sich für mich besser an, als Tafelspitz“, versuche ich ihm eine Hilfestellung zu geben.

„Sie bieten auch Gulasch an, wäre das nichts für dich, Bela?“, fragt Akiko ihn und ich bin froh, dass sie bemerkt hat, in welcher Klemme er steckt. Aber natürlich hat sie das, sie ist schließlich seine Mutter.

„Oder Spinatknödel mit Bergkäseschaum. Du isst doch auch ganz gerne vegetarisch“, klinkt sich Michael ein.

„Brauchst du immer die Hilfe von anderen, um dir was von der Karte auszusuchen?“, wendet sich Sander gehässig an Bela. Es ist dieser unangenehme Ton, den er auch immer vor Gericht anschlägt, oder wenn er seine Zeugenbefragungen übt. Ich konnte ihn nie ausstehen und jetzt gerade am allerwenigsten. Ich verstehe nun viel besser, was Menschen damit meinen, dass Liebe und Hass manchmal eng beieinanderliegen.

„Ich denke, ich nehme die Spinatknödel.“ Es entspannt mich etwas, dass Bela ruhig bleibt und sich nicht darauf einlässt.

„Ich könnte dir auch noch was empfehlen.“

„Lass es gut sein Sander“, zische ich und das scheint ihm für den Moment wirklich zu stoppen. Der Kellner kommt wieder, um unser Essen und die Getränke aufzunehmen. Bela bestellt ein dunkles Bier. „Das steht bei uns leider nicht auf der Karte“, entschuldigt sich der Servicemitarbeiter. „Vielleicht ein Helles?“, schlägt er vor.

„In Ordnung, dann nehme ich das."

Als er gegangen ist, wendet sich Sander erneut Bela zu. „Vielleicht solltest du die Karte das nächste Mal einfach etwas genauer studieren. Wer lesen kann, ist klar im Vorteil."

Es ist ein dummer Spruch, unbedacht, aber ich sehe, wie Bela die Lippen zusammenpresst. Es macht mich unfassbar wütend, dass Sander ihm dieses Gefühl der Unzulänglichkeit vermittelt. Im Normalfall fühlt sich Wut heiß und verzehrend an, aber bei mir ist sie im Moment frostig kalt. Sie bahnt sich einen Weg durch meine Adern und friert alles zu Eis. Ich bin mir mittlerweile sicher, dass mein Ex ahnt, dass zwischen Bela und mir etwas läuft. Warum sonst, sollte er ihn so auf dem Kieker haben? Und ich bin selbst schuld, schließlich habe ich ihn mit meiner Andeutung vorhin erst darauf gebracht, dass ich jemand anderen in mein Herz gelassen habe. Leider scheint es so, als wollte er sich nicht kampflos geschlagen geben. „Hör auf damit!", verlange ich von Sander. Ich möchte Bela beschützen und wahrscheinlich schieße ich deshalb übers Ziel hinaus, denn ich setze hinzu: „Er ist Legastheniker, okay?"

Die Stille, die daraufhin am Tisch einkehrt, ist ohrenbetäubend laut. Erschrocken schaue ich zu meinen Eltern, die etwas unbehaglich aussehen, aber nicht überrascht. Sie wussten also davon. Das scheint auch Bela zu bemerken, der entsetzt in ihre Richtung schaut. Ich fange seinen Blick auf und zucke fast zurück, weil er so wütend aussieht. Ich hatte kein Recht, das zu sagen.

Dem Einzigen, dem diese Situation nicht unangenehm zu sein scheint, ist Sander. Er lehnt sich entspannt in seinem Stuhl zurück und es sieht so aus, als würde er die Show genießen. Ich weiß nicht, was ich tun soll. Mich hier vor allen entschuldigen, und es damit vielleicht noch schlimmer machen? Schließlich will ich meinem Exfreund nicht den Eindruck vermitteln, dass Bela sich für seine Einschränkung oder wie er es selbst nennt, Behinderung, schämt. Es ist ein riesiges Schlamassel, in das ich mich da manövriert habe und es läuft mir heiß und kalt den Rücken hinunter, während ich mir fieberhaft überlege, was ich unternehmen soll.

„Das tut mir leid, wenn ich das gewusst hätte, wäre ich nicht so unsensibel gewesen“, unterbricht Sander meine Gedanken. „Es scheint so, als wäre das ein Thema, über das du nicht gerne sprichst. Also sollten wir wohl einen großen Bogen um dieses Fettnäpfchen machen.“ Da ist sie wieder, diese Souveränität die ich einmal so an ihm geschätzt habe. Aber mir ist nie klar gewesen, wie durchtrieben sie eigentlich ist.

„Ich habe kein Problem, darüber zu sprechen“, bemerkt Bela, aber es klingt, als meine er genau das Gegenteil.

„Nicht? Das finde ich echt stark von dir. Es ist sicher nicht einfach damit zu leben, nicht lesen zu können.“ Bei seinen Worten dreht sich mir der Magen um, denn er stellt es so hin, wie eine schlimme Krankheit. „Kannst du überhaupt arbeiten?“, fragt er weiter und ich würde ihm seine Taktlosigkeit am liebsten in seine gegelten Haare schmieren oder ihn darin einwickeln, bis er erstickt.

„Er ist ein begnadeter Tätowierer“, springt Akiko für ihren Sohn in die Bresche. Auch sie ist nicht besonders angetan von Sanders indirekten Provokationen, was ich an dem verkniffenen Zug um ihren Mund erkenne.

„Ich kann für mich selbst sprechen, danke. Ich habe ein eigenes Studio und ja, ich bin durchaus in der Lage zu arbeiten, auch wenn mein Gehirn geschriebene Sprache nicht so gut verarbeiten kann, wie das bei Nicht-Legasthenikern der Fall ist.“

„Das ist wirklich erstaunlich. Ich kann mir gar nicht vorstellen, ein Leben ohne Bücher zu führen“, heuchelt Sander Mitgefühl.

„Du meinst wohl Gesetzestexte“, füge ich hinzu. Ich habe ihn nie im Leben privat auch nur ein Buch lesen sehen.

„Es gibt da diese moderne Erfindung, die nennt man Hörbücher“, kontert Bela.

Der Schlagabtausch geht noch eine Weile so weiter, bis unser Essen kommt. Der Kopf von Sascha ist schon puterrot. Ich denke, er hat sich dafür entschieden, sich um Belas Willen nicht einzumischen. Aber er sieht aus, als wäre er kurz vorm Platzen. Bela erhebt sich und schlägt den Weg zur Toilette ein. Endlich ist meine Chance gekommen, alleine mit ihm zu sprechen. Gerade will ich ihm hinterhergehen, da steht Sander auf und verschwindet ebenfalls Richtung Waschräume. Das kann doch nicht gut gehen, oder? Alle anderen essen seelenruhig weiter, als wäre nichts passiert. Sie wissen aber auch nicht, was ich weiß, nämlich dass Sander vermutet, dass Bela mein neuer Freund ist. Ich traue ihm zwar nicht zu, eine Schlägerei vom Zaun zu brechen, trotzdem mache ich mir Sorgen. Sander würde nie handgreiflich werden, das ist einfach nicht sein Stil. Aber als ich ihm ein paar Mal im Gerichtssaal zugesehen habe, wie er die Gegenseite fertig gemacht hat, habe ich mir immer gedacht, dass ich ihn nicht gerne zum Feind hätte.

Kurzentschlossen stehe ich doch auf und folge ihnen. Die Toiletten befinden sich laut eines Schilds im Keller. Ich steige die Stufen hinunter und da höre ich die Stimmen der beiden. Von hier aus kann ich sie allerdings noch nicht sehen und sie mich auch nicht.

„Du glaubst doch nicht ernsthaft, dass du sie glücklich machen wirst?“ Sanders Stimme klingt spöttisch.

„Was zwischen ihr und mir läuft, das geht dich gar nichts an.“

Ich luge um die Ecke und sehe beide im Vorraum der Toiletten stehen.

„Mir ist aufgefallen, wie sie dich ansieht. Ich kenne sie gut genug, um zu wissen, was das bedeutet. Und ich sage dir jetzt schon, ihr passt kein Stück zusammen. Wirft so ein Tattooladen überhaupt genug ab?“

„Wir sind nicht mehr in den Fünfzigern. Ich muss Leo nicht versorgen, sie kann das ganz gut selbst.“

„Wie naiv bist du eigentlich? Es geht um viel mehr als ums Versorgen. Sie lebt für Struktur und Ordnung. Kannst du ihr das bieten?“

„Ich brauch das nicht mit dir zu diskutieren.“

„Sie hat mehr verdient, als du ihr bieten kannst.“

„Lustig, dass du davon sprichst, was sie verdient hat. Ich persönlich finde, sie hat es nicht verdient, betrogen zu werden."

„Ja, ich habe einen Fehler gemacht. Einen, den ich bitter bereue. Menschen machen Fehler. Verlieben kann man sich schnell, aber wirklich zusammenpassen, das tun die wenigsten. Und ich glaube immer noch daran, dass Leonie und ich zusammengehören. Wir mögen dieselben Dinge. Wir gehen strukturiert an Sachen heran. Wir hassen Chaos."

„Erzähl das jemandem, den es interessiert!"

„Dich sollte zumindest interessieren, dass sie jemanden braucht, der intellektuell auf ihrer Höhe ist. Sie ist fantastisch in ihrem Job und sie wird es noch weit bringen. Ob sie das mit dir an ihrer Seite schafft, ist allerdings fraglich."

Ich kann keine Sekunde länger zuhören, was für Stuss Sander da von sich gibt. Also gehe ich die halbe Treppe noch einmal leise nach oben und stapfe sie anschließend ziemlich laut wieder runter.

„Du bist ein riesiges Arschloch, keine Ahnung, wie sie es nur eine Sekunde mit dir ausgehalten hat", höre ich gerade, als ich um die Ecke biege. Beide sehen mich überrascht an und dann geht Bela einfach an mir vorbei, die Stufen hoch.

Ich bin so wütend, ich wusste nicht, dass solche Wut überhaupt existiert. Die eiskalte Entrüstung hat sich nun doch in heißen Zorn verwandelt. Ich bin wie ein Dampfkessel, der so unter Druck steht, dass aus allen kleinen Ritzen schon siedender Dampf entweicht. Aber ich werde nicht hochgehen, denn dann wird er mich nicht ernst nehmen. Also schaue ich ihn nur an und zähle innerlich bis zehn. Er starrt zurück. Sagt nichts. Wartet auf meine Reaktion. Und dann fange ich an zu sprechen: langsam, deutlich und bestimmt.

„Ich verlange, dass du gehst! Jetzt sofort! Du setzt dich nicht an den Tisch zurück und du verabschiedest dich von keinem. Du nimmst dein Auto und verlässt diesen Ort. Und du verlässt mein Leben. Für immer. Und das sind die allerletzten Worte, die ich jemals an dich richten werde." Als ich fertig bin, schaue ich ihm weiter in die Augen, denn ich möchte, dass er erkennt, dass da nicht ein einziger Zweifel in mir ist. Dass ich es genauso gesagt habe, wie ich es meine. Ich will jegliche Hoffnung ein für alle Mal ausradieren.

Ich sehe den Augenblick, in dem er versteht, dass das hier das endgültige Ende ist. „Was für eine Zeitverschwendung", ist sein einziger Kommentar, bevor er geht.

Und da kann ich ihm nur beipflichten.

Mit leicht wackeligen Knien, aber auch ein bisschen stolz kehre ich wieder zum Tisch zurück. Meine Eltern und Sascha erheben sich gerade. „Die Lamberts sind schon mal vorgefahren. Das war ja ein unerfreuliches Essen. Ich hatte Sander viel netter in Erinnerung", erklärt meine Mutter.

„Ich wollte nicht, dass er mitkommt und du wusstest das." Ich sehe sie anklagend an.

„Sie hat nur versucht höflich zu sein. Immerhin kam er aus München extra angefahren, um dein Herz zu erweichen. Sie konnte nicht ahnen, dass das hier zum Eklat werden würde", mischt sich mein Vater ein. Ich mag nicht, was er da sagt, weil ich mir erhofft habe, dass meine Mama auf meiner Seite steht. Aber ich bin froh zu sehen, dass nicht immer nur sie meinen Vater verteidigt, sondern dass er es auch umgekehrt tut.

„Lasst uns das doch bitte nicht hier besprechen!“ Sie scheucht uns mehr oder weniger hinaus und wir steigen bei Sascha ein – ich dieses Mal vorne und meine Eltern hinten. Ich kann nur noch an Bela denken und dass ich jetzt sofort mit ihm reden muss. Am liebsten würde ich meinen Bruder darum bitten, schneller zu fahren.

„Ihr habt es also gewusst?“, frage ich in Richtung der Rücksitzbank. „Das mit der Legasthenie.“

Meine Mama antwortet mir. „Akiko war sich eigentlich in der Grundschule schon sicher, dass er eine Rechtschreib- und Leseschwäche hat, auch wenn die Lehrer da anderer Meinung waren. Natürlich hat sie sich mit mir darüber ausgetauscht. Sie hat schließlich Beistand gebraucht. Michael war ja dauernd auf Dreharbeiten und schwer greifbar. Aber als es dann wirklich diagnostiziert worden ist und klar war, dass er nicht möchte, dass es seine Umgebung weiß, haben wir ihm zuliebe so getan, als wüssten wir von nichts. Und natürlich haben wir auch euch nichts davon erzählt. Kurz darauf hatte sich das mit unseren Urlauben wegen der Scheidung erledigt und wir haben ihn ohnehin kaum noch gesehen. Ich hatte gehofft, dass sich dieses Weihnachten einmal die Gelegenheit ergeben würde, darüber zu sprechen. Allerdings hatte ich mir das ein bisschen anders vorgestellt.“ Sie seufzt.

Ich vergrabe das Gesicht in meinen Händen. „Ich habe es total verbockt."

„Das hast du eindeutig, Schwesterherz."

„Danke, sehr hilfreich."

„Was willst du von mir hören? Da ist auf jeden Fall eine Entschuldigung fällig. Und ich hoffe, du hast diesem Sander ein für alle Mal klargemacht, dass er sich verpissen soll."

„Doch nicht solche Ausdrücke, Sascha!", ermahnt ihn meine Mutter.

„Keine Sorge, das habe ich."

Hör dir Lied 9 des Soundtracks an: Florence And The Machine – Cosmic Love

Im Chalet angekommen suche ich zuerst im Wohnzimmer und in der Küche nach Bela und dann stürme ich einfach in sein Zimmer. Mit Klopfen halte ich mich erst gar nicht auf. Und da ist er. Er zieht gerade den Reißverschluss seiner gepackten Tasche zu. Schnell schließe ich die Tür hinter mir.

„Was tust du da?"

Er schaut nicht auf. Sieht mich gar nicht an. „Ich fahre nach Hause."

„Es tut mir leid, wie furchtbar das alles gelaufen ist. Ich hätte das mit deiner Legasthenie nicht erwähnen dürfen", entschuldige ich mich.

Er schaut mich immer noch nicht an. Dreht sich um und nimmt seine Jacke vom Haken an der Wand. Und plötzlich bekomme ich Angst. „Bela, bitte. Sprich mit mir!“

Endlich wendet er sich mir zu, doch nun wünschte ich fast, er hätte es nicht getan. Er ist nicht wütend oder enttäuscht, wie ich gedacht habe. Er ist verletzt. Er sieht aus, als hätte er Schmerzen. Und das ist schwer zu ertragen. „Ich wollte das nicht. Ich wollte nur, dass er aufhört auf dir herumzuhacken. Ich habe ihn endgültig zum Teufel geschickt. Du glaubst doch nicht etwa eine von diesen scheußlichen Sachen, die er da vor der Toilette zu dir gesagt hat?“

„Du standest da schon länger“, stellt er fest.

Ich nicke.

„Er hat nicht ganz unrecht. Ich meine, was haben wir uns dabei gedacht?“, er stößt ein fast schon verzweifeltes Lachen aus. „Du und ich. Du hast es selbst gesagt: Du bist die Ordnung und ich bin das Chaos. Wir haben uns von unseren Gefühlen irgendwie einlullen lassen und nicht eine Sekunde daran gedacht, wie das auf Dauer funktionieren soll.“

Seine Worte pressen mir sämtliche Luft aus den Lungen. „Warum sagst du das?“

„Weil es wahr ist. Ich habe dich schon einmal verletzt. Weil ich nicht dazu gestanden habe, wer ich bin. Aber nun tue ich das. Ich kenne meine Stärken und meine Schwächen. Und ich habe heute erkannt, dass ich nicht der Richtige für dich sein kann. Das ist mir gerade ziemlich klar geworden, als ich denjenigen kennengelernt habe, mit dem du vorher zusammen warst."

„Das ist unfair. Er war heute unmöglich, das gebe ich zu. Aber er war eifersüchtig. Ich garantiere dir, dass er nicht immer so ist, sonst hätte ich nie ..." Meine Stimme versagt.

Ich muss atmen.

Ein und aus.

Ein und aus.

„Es tut mir leid, das hätte ich nicht sagen sollen. Ich meine nur, dass wir so unterschiedlich sind. Wir sind nicht wie Yin und Yang, wir passen nicht ineinander, wenn man uns zusammensteckt. Weißt du, was ich damit meine?" Ich sehe, wie sich seine Faust in die Jacke krallt, die er in der Hand hält, sodass seine Knöchel weiß hervortreten.

„Wir sind vielleicht nicht dieses reguläre Yin und Yang, das sich ineinanderschmiegt. Vielleicht haben wir mehr Kanten und Ecken, aber trotzdem gehören wir zusammen", appelliere ich an ihn. Ich denke an gestern, und wie richtig es sich angefühlt hat, ihn zu küssen.

„Ja, wir gehören zusammen. Ich will dich nie wieder vermissen müssen, Leo. Wir sind die Triqueta. Ich habe das schon einmal fast zerstört und ich möchte diese zweite Chance nutzen. Ihr seid wie Familie für mich. Und ich kann den Gedanken nicht ertragen, dass ich wieder etwas falsch mache und damit alles aufs Spiel setze. Deshalb lass es mich jetzt richtig entscheiden."

Er nimmt die Tasche von seinem Bett und klemmt sich die Jacke unter seinen Arm. Das geht mir alles viel zu schnell. Ich kann nicht verstehen, wie rasant meine Seifenblase aus Glückseligkeit zerplatzt ist. Ich will sie festhalten, aber es sieht alles danach aus, als wäre es zu spät.

„Bitte sieh mich nicht so an!" Er macht einen Schritt auf mich zu.

„Wie sehe ich dich denn an?", frage ich mit bebender Stimme. Mein Körper ist ein luftleerer Raum, es würde mich nicht wundern, wenn ich gleich anfange zu hyperventilieren.

„Als wäre das hier das Ende. Aber das ist es nicht. Es ist erst der Anfang von unserem neuen Leben. Wir hatten einen ziemlich schönen Traum, aber ist es nicht besser, ihn zu vergessen und wieder in der Realität anzukommen?"

„Du meinst die Realität, wo ich die nerdige Buchhalterin bin und du der lässige Tätowierer?"

„Ich meine die Realität, wo wir eine Freundschaft haben können, die wie eine Familie ist. Dagegen steht der Traum einer Beziehung, die kaum mehr als eine winzige Chance hat, jemals zu funktionieren." Ich sehe den Glanz in seinen Augen. Merke wie verkrampft er dasteht. Als wäre er nicht aus Fleisch und Blut, sondern aus unbeweglichem Eisen.

„Das weißt du nicht."

„Wir müssen der Realität ins Auge sehen."

„Die Realität hat keine Augen im Kopf, denn sonst hätte sie schon längst erkannt, dass wir viel mehr sind als nur Freunde", flüstere ich.

„Vielleicht könnten wir mehr sein. Aber wir sollten es nicht." Steif und starr steht er da und blickt auf seine Hände.

Alles in mir fühlt sich eng an. Ganz besonders meine Lungen. Als würde sie jemand zusammenzurren. Ich denke an Sascha und an mein Versprechen, das ich ihm gegeben habe. Dass ich es dieses Mal nicht erlaube, dass etwas sich zwischen uns drei drängt. Und ich frage mich, ob ich das dafür tun muss: Verliebtheit gegen Freundschaft tauschen. Aber es ist egal, wofür ich mich entscheide, denn Bela hat seine Wahl längst getroffen. Ich erkenne es an seinen Augen, die plötzlich wieder aus purem Gletschereis bestehen.

„Wir sehen uns an Silvester. Ich frage Sascha, ob er auch kommt, und wir organisieren eine astreine Party."

Sein Lächeln hängt so schief, wie der Baum hinter dem Chalet, der fast in den Fluss zu fallen droht.

„Du hättest mich damit wahrscheinlich sowieso in den Wahnsinn getrieben, dass du überall deine Wäsche liegenlässt", bringe ich die Worte aus meiner rauen Kehle, die in Wirklichkeit etwas komplett anderes sagen sollen. Denn eigentlich will ich ihm mitteilen, dass ich nicht weiß, ob ich weiteratmen kann, wenn er jetzt geht. Dass ich nicht weiß, ob ich überhaupt jemals wieder atmen kann.

Er runzelt die Stirn, als ob dahinter ein starker Schmerz pochen würde. „Ja, das hätte ich mit Sicherheit getan. Ich hätte dich in den Wahnsinn getrieben."

Und dann geht er. Er geht einfach und lässt mich alleine hier stehen. Ich starre auf den Tiger und dann reiße ich das Bild von der Wand und schleudere es auf den Boden, weil ich das Gefühl habe es nicht eine Sekunde länger ansehen zu können. Ich höre das Glas brechen und denke in diesem Moment, dass es genauso gut das Geräusch meines zersplitternden Herzens sein könnte.

Kapitel 15

Morgen ist Silvester. Ich trage gerade meinen Koffer die Treppen hinunter. Sascha nimmt mich heute mit zurück nach München, wollte aber mit den anderen noch den Vormittag auf der Piste verbringen. Es ist drei Tage her, seit Bela gefahren ist. Drei schlaflose Nächte. Ich versuche, mich damit zu arrangieren. Das tue ich wirklich. Aber es ist harte Arbeit. Besonders, mir vor allen nichts anmerken zu lassen. Ich rede mir immer wieder ein, dass ich etwas dazugewonnen habe, in diesen Weihnachtsferien. Und trotzdem spüre ich da diesen tiefen Verlust.

Es klingelt an der Tür und sofort habe ich wieder das Bild von Sander im Kopf, wie er hier aufgetaucht ist und alles zerstört hat. Wobei, das gar nicht stimmt. Er hat es verändert. Vielleicht zum Guten, ich weiß es nicht.

Vorsichtig öffne ich die Tür, bin mir aber ziemlich sicher, dass es diesmal nicht mein Ex-Freund ist, der davorsteht. Trotzdem habe ich die Nase von Überraschungen erst einmal gestrichen voll und hoffe auf den schnöden Besuch eines Paketboten.

„Oh, Herr Weiß, mit Ihnen habe ich gar nicht gerechnet."

Er grinst mich an, zumindest denke ich das, weil man seinen Mund unter dem dichten, weißen Bart nur erahnen kann. Er tippt sich mit der einen Hand zur Begrüßung an sein Basecap und mit der anderen hält er eine schwarze, längliche Bürste in die Höhe.

„Ich hatte Ihnen doch versprochen, die hier noch vorbeizubringen."

„Ach ja, richtig. Sind Sie gar nicht im Urlaub?" Das wundert mich etwas, weil zwischen den Jahren die meisten Menschen kürzertreten, außer sie arbeiten im Servicebereich.

Er winkt ab. „Weihnachten ist für mich die arbeitsreichste Zeit im Jahr. Da gibt es immer etwas zu reparieren."

„Okay, na dann vielen Dank, dass sie noch einmal vorbeigekommen sind." Ich nehme ihm die Bürste ab. „Sie setzen das auf die Rechnung?"

„Mach ich. Haben Sie die Weihnachtstage gut überstanden? Bei vielen Familien ist da immer einiges los, weiß ich aus Erfahrung." Er zwinkert mir verschwörerisch zu.

„Eigentlich war bei uns alles ganz harmonisch", antworte ich ausweichend. So grob über den Daumen gepeilt stimmt das ja auch. Es gab keinen großen Streit oder Ähnliches.

„Das freut mich zu hören. Aber wenn ich das so sagen darf, sehen Sie nicht unbedingt so aus, als ob alles in Ordnung wäre."

Ich blinzle entgeistert. Also wenn schon ein außenstehender Handwerker mein Innerstes erkennen kann, dann scheine ich wirklich nicht sehr gut darin zu sein, meine Gefühle zu verstecken.

„Ich denke, du solltest der Sache noch ein bisschen Zeit geben", fährt er fort. „Er wird es noch erkennen, daran besteht kein Zweifel. Dann bis nächstes Jahr." Er hebt den Arm zum Gruß und ich stehe – erneut völlig überrumpelt, in dieser vermaledeiten Haustür. Warum hat er mich erst gesiezt und dann zum Schluss wieder geduzt. Und was soll das für eine seltsame Andeutung sein?

„Was haben sie damit gemeint?", rufe ich ihm nach, weil ich ihn endlich zur Rede stellen will. Auch das letzte Mal hat er schon so getan, als hätte er die Weisheit mit Löffeln gegessen. „Hallo? Herr Weiß?" Mit ausholenden Schritten schreitet er weiter auf sein Auto zu. Hat er mich nicht gehört?

„Wieso überhaupt nächstes Jahr?", rufe ich ihm lauter nach. Doch er steigt einfach ins Auto ein, ohne sich noch einmal umzusehen. Schnell drehe ich mich um, tausche meine

Hausschuhe gegen Winterstiefel und renne hinaus. Ich will ihn unbedingt aufhalten.

So kommt er mir nicht davon.

Aber als ich auf dem Hof stehe, sehe ich nur noch die Rücklichter seines Wagens. Ich knurre frustriert. Das darf nicht wahr sein. Ist er im Nebenjob Wahrsager, oder was? Therapeut? Keine Ahnung. Es kann doch nicht sein, dass er immer den passenden schlauen Spruch parat hat, der genau auf meine Lebenssituation zutrifft. Er kennt mich schließlich nicht. Hat er ins Blaue geraten? Aber dazu war es viel zu spezifisch. Gut, dass ich der Sache Zeit geben soll, ist recht allgemein. Das könnte man auf tausend verschiedene Situationen anwenden. Und dass *er* es erkennen wird, dass daran kein Zweifel besteht? Ich habe das natürlich sofort auf Bela projiziert. Aber es könnte auch etwas völlig anderes bedeuten.

Reines Wunschdenken.

Allerdings. Ich fahre mir mit den Händen übers Gesicht und atme die Waldluft um mich herum ein. Ich bin wirklich nicht ganz auf der Höhe. Herr Weiß scheint Spaß daran zu haben, seinen Kunden Lebensweisheiten mit auf den Weg zu geben, und ich habe für einen Moment gedacht, da sei was Wahres dran. Auch nach den letzten Malen, als er mir dazu geraten hat, mich mit Bela auszusprechen. Aber selbstverständlich hat er das gar nicht. Wie auch? Er kennt uns nicht. Das habe ich alles selbst hineininterpretiert.

Leonie, du lässt dich viel zu leicht ins Bockshorn jagen.

Jetzt muss ich sogar lachen, weil ich für einen Moment tatsächlich geglaubt habe, dass da etwas nicht mit rechten Dingen zugeht.

Ich schüttle den Kopf. Es wird Zeit, dass ich Mittagessen koche. Ich gehe zurück ins Haus und nehme den Pizzateig aus dem Kühlschrank, den ich gestern Abend schon vorbereitet habe. Dann rolle ich einen großen Fladen auf dem Backblech aus, bestreiche ihn mit Tomatensauce, belege ihn mit Pilzen, Salami und Mais und schiebe ihn in den vorgeheizten Ofen.

Um zwölf Uhr sind alle zurück und wir essen gemeinsam – es ist sozusagen unser Abschiedsessen. Meine Eltern, Michael und Akiko bleiben noch über Silvester hier. Ich glaube, sie feiern so etwas wie ein Freundschafts-Urlaubs-Revival. Ich habe sie auch schon darüber sprechen hören, dass sie das nächste Weihnachtsfest wieder gemeinsam hier verbringen wollen.

„Der Handwerker war heute übrigens noch mal da und hat diese versprochene Bürste gebracht." Ich ernte einen irritierten Blick von meiner Mama. „Die, mit der wir jedes Jahr das Rohr von innen ein bisschen sauber machen sollen. Dann dürfte es keine Probleme mehr mit dem Abzug geben."

Meine Mama starrt mich immer noch entgeistert an. „Welcher Handwerker?"

„Na den, den du beauftragt hast: Herr Weiß. Derjenige der den Kamin wieder zum Laufen gebracht hat", helfe ich ihr auf die Sprünge.

„Ich habe keinen Herrn Weiß beauftragt. Die Firma mit der ich gesprochen habe, heißt Steiner. Ich habe mit Herrn Steiner noch vor Weihnachten telefoniert, weil der Kamin ja wieder ging, als ich angekommen bin. Also habe ich ihm abgesagt."

„Ja, er ging deshalb wieder, weil Herr Weiß ihn repariert hat", springt mir mein Bruder bei. „Er kam direkt, nachdem die Straßen wieder befahrbar waren und meinte, er könnte es noch spontan einschieben. Er hat sich den Kamin angesehen und am nächsten Tag ist er dann mit Werkzeug vorbeigekommen und hat ihn repariert."

„Aber ich habe keine Firma Weiß beauftragt", beteuert unsere Mutter erneut.

„Vielleicht arbeitet Herr Weiß ja für die Firma Steiner", schlägt Michael vor.

„Das kann nicht sein, ich habe denen doch abgesagt und zwar nachdem der Kamin anscheinend repariert wurde. Das hätte er mir doch am Telefon gesagt, wenn schon jemand dagewesen wäre", erwidert Mama konsterniert.

„Vielleicht ein Mißverständnis mit einem Mitarbeiter?", meint Akiko. „Das kommt schon mal vor."

„Na ja, das werden wir ja dann sehen, wenn die Rechnung eintrifft", bemerkt mein Vater schmunzelnd. „Oder es war einfach ein Weihnachtswunder." Alle lachen.

„Könnte sein. Mit seinem rauschend weißen Bart würde Herr Weiß wunderbar als Weihnachtsmann durchgehen", witzelt Sascha.

„Aber in Österreich kommt nicht der Weihnachtsmann und bringt die Geschenke, sondern das Christkind", bemerkt Michael.

„Bei uns zu Hause kommt schon immer der Weihnachtsmann“, erklärt mein Bruder. Auch in München ist der Brauch rund um das Christkind verbreitet, aber unsere Mutter kommt ursprünglich aus dem hohen Norden und hat den Weihnachtsmann sozusagen mitgebracht. „Vielleicht hat ihn das verwirrt und er hat es doch irgendwie bis nach Österreich geschafft“, fährt er fort.

Das sorgt für ziemliche Erheiterung, aber ich finde es gar nicht lustig, sondern habe dabei eher ein seltsames Gefühl. „Erzähl keinen Blödsinn!“, tadle ich Sascha deshalb.

„Ein bisschen empfindlich heute?!“, gibt er süffisant zurück und schnappt sich das letzte Stück Pizza.

Ja, ich bin empfindlich, aber das behalte ich für mich. Schließlich habe ich mir eben noch erfolgreich eingeredet, dass Herr Weiß auf keinen Fall irgendeine übernatürliche Begabung im Hellsehen oder Ähnlichem hat. Das ganze Gerede über den Weihnachtsmann ist natürlich Blödsinn, aber eine zarte Stimme in meinem Kopf flüstert mir zu, dass manchmal scheinbar unmögliche Dinge auf dieser Welt passieren. Ich scheuche diese Gedanken fort. Mein Vater hat recht, die Rechnung, die bestimmt demnächst eintrudelt, wird das alles aufklären.

Kapitel 16

6 Monate später

Die Sonne scheint durch die Bäume und malt ein gesprenkeltes Muster auf den Natursteinboden der Terrasse. Die Blätter der Laubbäume rascheln leise im Wind, während die Tannen um uns herum starr dastehen, als wären sie in Wartestellung. Als würden sie darauf harren, dass es endlich wieder Winter wird und die anstrengende Sommerhitze vorbei ist.

Ich lehne mich in meinem Liegestuhl zurück und schaue in den Bergwald. Und da sehe ich ein Reh, das durchs Geäst springt, um an den kleinen Bach hinter dem Chalet zu kommen. Vorsichtig sieht es sich nach allen Seiten um und stakst ganz nah ans Wasser. Ich bleibe ruhig sitzen und bewege mich nicht. Es senkt den Kopf und taucht die Schnauze in das kühle Nass.

„Grapefruit-Radler oder Zitrone?“ Sascha tritt auf die Terrasse und hält zwei grüne Bierflaschen in die Höhe.

„Jetzt hast du es verscheucht“, beschwere ich mich.

„Äh, was genau?“

„Na das Reh. Es hat gerade noch getrunken, bevor du hier rausgetrampelt bist.“

„Also ich kann auch gut zwei Flaschen vertragen, so heiß wie es heute ist“, erklärt er übertrieben eingeschnappt.

„Vielen Dank, dass du etwas zu Trinken geholt hast, Bruderherz“, beschwichtige ich ihn. „Und nun gib schon her!“, fordere ich ihn grinsend auf.

Er lässt sich auf den Liegestuhl neben meinem sinken und reicht mir die schon geöffnete Flasche mit Grapefruit-Geschmack.

Ich nehme einen Schluck und das kühle, leicht herbe Getränk fließt meine ausgetrocknete Kehle hinab.

„Wie heiß ist es heute?“, frage ich meinen Bruder.

„Sicher über dreißig Grad. Perfektes Wetter für den Bergsee oben. Wird Zeit, dass der Dritte im Bunde endlich mal eintrudelt.“

In dem Moment hören wir beide gleichzeitig Motorengeräusche und das Knirschen der Kiesel im Hof. „Wenn man vom Teufel spricht“, lächle ich und nehme noch einen großen Schluck Bier.

Wenige Minuten später höre ich lautes Fluchen, das aus dem Haus kommt und mein Lächeln vertieft sich weiter.

„Leo, du kannst dein Zeug gleich wieder aus meinem Zimmer räumen!“ Bela tritt auf die Terrasse und nimmt mich sofort ins Visier.

„Keine Chance. Wer zuerst kommt ... du weißt wie es weitergeht.“

„Du hattest vor vier Wochen, als wir hier waren, auch schon das untere Zimmer“, beschwert er sich. „Das kannst du echt nicht machen!“

„Und ob ich das kann.“ Ich lehne mich weiterhin entspannt zurück und grinse ihn an.

Er schüttelt den Kopf. „Frech bis in die Haarspitzen. Sascha, krieg deine Schwester mal in den Griff!“

Mein Bruder steht auf und beide begrüßen sich per Faustschlag. „Keine Chance, Alter. Sie ist unkontrollierbar.“

Bela schnauft theatralisch und dreht sich wieder zu mir. „Und wo ist meine Begrüßung? Bin ich dafür auch zu spät, Leolein?“

Ich stemme mich hoch, packe meine Häme weg und zeige ihm endlich meine Wiedersehensfreude. Dann drücke ich ihn fest. „Schön dich zu sehen, Belalein.“

Jetzt lacht auch er. „Gut gekontert.“ Wir setzen uns alle wieder und Bela zieht sich einen der Stühle vom Esstisch heran, der ebenfalls auf der Terrasse steht. Dann streift er sich Sneaker und Socken ab und gibt ein wohliges Geräusch von sich, während er die Beine lang ausstreckt. „Krass, ist das heiß heute.“

"Warum habt ihr plötzlich seltsame Spitznamen für einander?" Sascha grunzt empört.

"Willst du auch einen, Saschalein?", frage ich zuckersüß.

„Bitte, hört sofort auf damit! Das tut in meinen Ohren richtig weh. Warum bist du so spät, Kumpel? Wir könnten längst oben am See sein.“

Bela legt den Kopf in den Nacken und stöhnt. „Es hat doch länger gedauert, als ich dachte.“ Er sieht wirklich ein bisschen mitgenommen aus und ich reiche ihm mein Radler, das er mit einem dankbaren Nicken annimmt und in einem Zug leer trinkt. „Die Klimaanlage in meiner Karre ist kaputt. Es kommt mir vor, als wäre ich in einem Backofen hergefahren.“

Sascha beugt sich nach vorne und kneift seinen Freund in den bloßen Arm.

„Aua, verdammt, was soll das?“

„Wollte nur prüfen ob du schon durchgegart bist“, schmunzelt mein Bruder.

„Sehr witzig.“ Bela nimmt ihm das Bier ab und trinkt auch das noch aus. „Ich war die letzten zwei Tage auf der Tattoo-Convention in Innsbruck und ich wollte heute Morgen eigentlich direkt losfahren. Aber ich habe gestern Abend ein Cover-up angefangen und es war schwieriger als gedacht, alles gut abzudecken. Der Typ war nach ein paar Stunden total am Ende und wir mussten den Rest heute Morgen erledigen", erklärt er sein spätes Erscheinen.

„Was ist ein Cover-up?", hake ich nach.

„Das heißt so, wenn man ein altes Tattoo mit einem neuen übersticht. Ich hab es pro bono gemacht. Es gibt so viele Menschen, die mit schlecht gemachten Tattoos rumlaufen und damit sehr unglücklich sind. Ich versuche alle paar Monate mal eine gute Tat zu vollbringen und etwas Hässliches kostenlos in etwas Schönes zu verwandeln. Nicht alle können sich ein neues Tattoo leisten. Aber je dunkler und großflächiger das alte ist, desto schwieriger das Cover-up."

„Bela, der heilige Samariter. Also falls ihr beiden noch nach Gemeinsamkeiten sucht, das wäre eine", witzelt Sascha.

Bela zieht fragend die Augenbrauen hoch.

„Na, Leo gibt gratis Nachhilfe in Mathe, an einer Hauptschule in ihrer Nähe", erklärt mein Bruder weiter.

„Echt? Das ist cool."

Es ist mir ein wenig unangenehm, dass Sascha es erwähnt hat. „Manche Kinder haben es dort wirklich schwer, gerade auch mit ihrer häuslichen Situation. Ich helfe nur ein bisschen. Also einmal die Woche, zwei Stunden. Eigentlich nicht der Rede wert."

„Ich sags ja, ihr seid beide Samariter."

An die Gemeinsamkeiten-Challenge habe ich lange nicht mehr gedacht. Es kommt mir fast schon kurios vor, dass wir uns vor einem halben Jahr eigentlich fremd waren. Das hat sich in den letzten Monaten allerdings komplett geändert. Wir sehen uns oft zu dritt in München, oder auch mal nur Bela und ich alleine. Und wir haben schon mehrere Wochenenden gemeinsam hier in den Bergern verbracht. Die Triqueta ist wieder vereint – anders kann man es nicht ausdrücken. Und es fühlt sich gut an, diese zweite Familie zu haben. Zwei Menschen, denen ich vollkommen vertraue.

„Wollen wir jetzt endlich an den See, bevor ich noch verglühe?", fragt Bela.

„Als hättest du auf uns gewartet und nicht umgekehrt", bemerkt Sascha abschätzig und schüttelt den Kopf. „Na dann, auf gehts!"

Eine halbe Stunde später stehen wir vor dem kristallklaren Bergsee. Es ist nicht viel los. Die meisten in der Umgebung, die gerne schwimmen möchten, nutzen einen größeren See, nicht weit von St. Leonhard entfernt. Vor allem, weil der deutlich wärmer ist. Außer uns ist nur noch eine kleine Gruppe Bergsteiger hier, allerdings befinden die sich auf der gegenüberliegenden Seite.

Das Wasser hat eine smaragdgrüne Farbe und glitzert im Sonnenlicht. Hier oben ist es nicht mehr ganz so heiß, aber wir sind von dem kurzen Aufstieg dennoch so erhitzt, dass wir unbedingt sofort in den See springen wollen. Ich lege Socken und Schuhe am Ufer ab und teste das Wasser mit dem großen Zeh, den ich gleich wieder zurückziehe. „Heiliges Kanonenrohr, das ist wirklich frisch."

Die anderen beiden lachen. „Mal sehen wer zuerst komplett drin ist“, startet Sascha den Wettbewerb und fängt an, sich in Windeseile die Klamotten vom Leib zu reißen.

„Herausforderung angenommen“, gebe ich zurück und streife mir ebenfalls so schnell wie möglich das T-Shirt und die Bermudashorts ab, unter denen ich meinen Bikini trage. Mein Bruder hat schon den ersten Schritt ins Wasser gewagt, während ich Bela im Hintergrund noch fluchen höre, weil er sich anscheinend in seiner Jeans verfangen hat.

„Das ist ... gut gekühlt“, zischt Sascha und geht einen kleinen Schritt weiter. „Mich wundert es wirklich, dass hier keine Eisschollen auf der Oberfläche treiben. Wie kalt kann ein See eigentlich sein?“, beschwert er sich.

„Du wolltest mir ja nicht glauben.“

„So frisch hatte ich ihn echt nicht in Erinnerung.“ Wie eine zu Eis gefrorene Statue, steht er im Wasser, das ihm kaum bis zu den Knien reicht.

„Das ist eben nur etwas für ganz Hartgesottene“, töne ich selbstbewusst und laufe nun auch ins Wasser hinein, direkt an ihm vorbei. Das funktioniert allerdings nur, weil ich meine Zähne heftig zusammenbeiße, sonst würden sie unkontrolliert aufeinanderschlagen. Ist mir gerade wirklich noch heiß gewesen? Ich bleibe stehen, kurz bevor das Nass meinen Bauch erreicht.

Plötzlich höre ich hinter mir ein lautes Geräusch, drehe mich um und sehe, wie Bela ins Wasser rennt, ohne innezuhalten.

Er läuft einfach weiter, bis er sich schließlich mit einem Hechtsprung komplett eintaucht.

Mein Bruder und ich stehen ziemlich bedröppelt da.

„Was ist denn bitte mit dem los?“, schnaubt Sascha.

Endlich taucht Belas Kopf wieder auf – er ist eine recht weite Strecke getaucht. Er prustet leicht und wischt sich die Haare aus dem Gesicht. „Gewonnen!“, prahlt er mit einem strahlenden Lächeln, während er wieder auf uns zuschwimmt.

„Kommst du von einem anderen Planeten, oder was? Das ist doch abnormal.“ Sascha schüttelt den Kopf.

„Reine Überwindungssache“, gibt Bela lässig zurück.

Das scheint meinen Bruder anzuspornen, denn er watet weiter ins Wasser hinein. Schließlich stößt er sich ab und schwimmt ein paar Züge. Allerdings mit ziemlich großem Gezeter. „Da friert einem ja echt alles ab. Ich glaube, ich bekomme gleich Krämpfe. Kann man bei so was eigentlich einen Herzinfarkt kriegen? Verdammt, ist das kalt.“

Bleibt also nur eine Person übrig. Ich seufze und will gerade einen weiteren Schritt machen, als ich sehe, wie Bela in meine Richtung schwimmt.

„Wag es ja nicht!“, rufe ich ihm zu.

„Was genau?“, fragt er unschuldig. Er hat wohl wieder festen Boden unter den Füßen, denn sein Oberkörper taucht langsam aus dem Wasser auf. Kühles Nass perlt tropfenweise an ihm herunter und für einen Moment bin ich ziemlich abgelenkt. Was mich im nächsten Moment gleich wieder ärgert, weil ich diese Gedanken die letzten Monate recht erfolgreich verdrängt habe. Seither habe ich Bela aber auch nicht halbnackt gesehen. Ich meine, es ist wirklich schwer, wegzusehen, von diesem trainierten Oberkörper mit den vielen bunten Bildern, die sich über die Haut erstrecken. Das wäre wohl für jeden Menschen mühsam, der auf Männer steht, versuche ich mir einzureden. Und während ich so dastehe und vehement probiere, alle Gedanken die über Freundschaft hinausgehen zu unterdrücken, hat Bela sich immer weiter an mich herangepirscht. Bevor ich überhaupt an Rückzug denken kann, packt er mich, wirft mich über die Schulter und steuert mit mir das tiefe Wasser an.

„Hey, was soll das?! Lass mich sofort runter! Ich meins ernst." Er lacht nur. „Ich gehe selbst hinein. Bring mich sofort wieder zurück!", kreische ich und winde mich in seinem Griff, aber seine Hände liegen wie unnachgiebiger Stahl um meine Oberschenkel. Es ist allerdings nicht nur die Furcht vor dem eiskalten Wasser, die mich so vehement dagegen ankämpfen lässt. Ich spüre ihn überall.

Seine Haut an meiner.

Seine Wärme.

Seine Haare, die mich kitzeln.

Ich stütze mich mit den Händen an seinem Rücken ab, damit meine Brüste nicht weiter gegen ihn baumeln. Ich will das alles nicht fühlen, aber ich kann nichts dagegen tun, dass sich in meinem Schoß eine verräterische Hitze ausbreitet. Mein Körper arbeitet quasi gegen meinen Verstand. Denn ich weiß, es darf nicht sein, aber mein Gehirn hat anscheinend keine Chance, das an meinen Organismus weiterzugeben. Er hat sich quasi verselbstständigt.

Auf einmal spüre ich einen Ruck und lande krachend im See. Erbarmungslos schlägt das eiskalte Wasser über mir zusammen und der Schock tut fast schon körperlich weh. Wie kleine Nadeln sticht mir das kühle Nass in die Haut, als wollten sie sie durchdringen und auch mein Inneres überfluten. Prustend und schnaubend tauche ich wieder auf und strample mit den Füßen, um an der Oberfläche zu bleiben.

Ein Gutes hat diese fiese Aktion allerdings: Die glühende Energie, die sich gerade in mir aufgestaut hat, ist erloschen. Dafür überzieht jetzt eine Gänsehaut meinen gesamten Körper und meine Zähne klappern nun doch. Das ist gut so. Und genau deshalb verzichte ich auf eine Retourkutsche, bei der ich ihn wieder hätte berühren müssen.

„Das merke ich mir", ist dementsprechend meine einzige Reaktion und ein bitterböser Blick, den ich in seine Richtung entsende.

Fast meine ich, Enttäuschung in seinen Augen wahrzunehmen. „Du hättest es ohne mich sowieso nicht reingeschafft. Ich habe dir nur geholfen. Das war sozusagen meine gute Tat des Tages. Ich bin schließlich ein Samariter."

„Das verdient noch nicht einmal eine Antwort", schimpfe ich. So langsam hat sich mein Körper an die Wassertemperatur gewöhnt und ich schwimme ein paar Züge, die ich sogar genießen kann. Dann lege ich mich auf den Rücken und lasse mich im Wasser treiben. Die Sonne scheint auf mich herab und ich fühle mich angenehm schwerelos. Das hilft mir, meine Gedanken und Gefühle loszulassen. Anschließend schwimme ich zu einem flachen Felsen am Ufer und lege mich darauf, um mich trocknen zu lassen. Die anderen beiden albern noch ein bisschen im Wasser herum, bevor sie sich rechts und links neben mich legen.

Eine Weile genießen wir die Wärme und niemand sagt ein Wort.

„Wie läuft es mit deiner neuen Freundin?“, fragt Bela irgendwann meinen Bruder.

Ich drehe meinen Kopf zu Sascha und sehe ihn grinsen. Das tut er immer, wenn das Thema auf sie kommt. Er ist bis über beide Ohren verliebt und das freut mich unglaublich. Allerdings habe ich sie bisher noch nicht kennengelernt und Bela auch nicht – was uns ein bisschen wurmt.

„Fantastisch, Leute. Es läuft einfach fantastisch.“

„Sind das alle Informationen, mit denen du uns beglücken willst?!“, beschwert sich Bela. „Warum hast du sie nicht hierher mitgenommen?“

Entrüstet setzt sich Sascha auf. „Zu einem Triqueta-Treffen? Bist du wahnsinnig? Da hat niemand anderes was verloren, selbst Merle nicht. Aber wenn wir bis Weihnachten noch zusammen sind – wovon ich stark ausgehe – nehme ich sie mit ins Chalet und stelle sie der ganzen Familie vor.“

„Also ich hoffe sehr, sie schon vorher kennenzulernen“, klinke ich mich ins Gespräch ein. „Bis Weihnachten sind es noch fast sechs Monate.“

„Ihr werdet sie bald mal treffen, versprochen. Sie ist einfach nur genial. Schlau, lustig, unglaublich attraktiv und sie lässt mir alle Freiheiten, die ich brauche. Ich habe schon ziemlich viele Muscheln geöffnet, aber jetzt erst eine mit einer Perle gefunden." Er grinst verschmitzt.

Ich schüttle den Kopf über diesen Vergleich.

„So wie du sie beschreibst, scheint sie ein echter Glücksgriff zu sein", bemerkt Bela und es klingt ein wenig wehmütig.

„Du findest schon auch noch einen Menschen, der dich komplett umhaut", entgegnet Sascha.

Reflexartig zuckt mein Kopf zu Bela und er sieht ebenfalls zu mir. Für einen Moment erhasche ich einen Blick auf die warmen blauen Augen. Dann sehen wir beide schnell wieder weg.

Kapitel 17

„Du musst unbedingt meine Hand halten!“, beschwört mein Bruder mich.

„Na klar, dafür bin ich schließlich mitgekommen“, antworte ich ihm beschwichtigend. Seine Aufregung scheint fast schon mit den Händen greifbar zu sein.

Bela deckt gerade mit Frischhaltefolie einen rollbaren Metallcontainer ab. Dann legt er kleine Plastiktöpfchen mit Farben und seine Tätowiermaschine darauf. „Also von mir aus kanns losgehen.“

„Wird es sehr wehtun?“, fragt Sascha beklommen.

„Jup“, antwortet sein Freund nüchtern.

„Na toll. Bist du bei all deinen Kunden so demotivierend?"

Bela grinst nur, setzt sich auf einen ergonomischen Hocker und nimmt seine Maschine in die rechte Hand. Dann rollt er links neben Sascha, der sich schon ohne T-Shirt bäuchlings auf einer schwarzen Liege ausgestreckt hat.

Auch das Motiv prangt schon als Vorlage – aktuell noch in blauen Linien – auf seinem linken Schulterblatt. Bela hat es vorher aufgebracht und meinem Bruder zehn Minuten Zeit gegeben, sich damit vertraut zu machen. Um zu sehen, ob die Stelle für ihn passt und ob er das Tattoo wirklich haben möchte. Aktuell sieht mein Bruder aber eher so aus, als würde sein Kopf auf dem Schafott liegen, anstatt gleich sein Wunsch-Tattoo zu bekommen. Es ist eine Triqueta: dreidimensional und nur in Schwarz- und Weißtönen gehalten, etwa fünfzehn Zentimeter im Durchmesser.

„Bereit?", fragt Bela.

„Ja, nein, ja, nein, ja. Nun fang schon an, bevor ich es mir anders überlege!"

„Keine Chance, Kumpel. Du musst dir zu hundert Prozent sicher sein. Wir brauchen es heute nicht zu machen. Du kannst es dir noch mal überlegen, kein Problem."

„Ich bin mir zu tausend Prozent sicher, ich hab nur furchtbar Schiss, wenn es um Schmerzen geht. So, jetzt habe ich es ausgesprochen. Du würdest mir also einen riesigen Gefallen tun, wenn du mich nicht länger auf die Folter spannen würdest. Es ist immerhin mein allererstes Tattoo. Da wird man doch noch ein bisschen nervös sein dürfen."

„Na dann los!“ Bela schaltet die kleine handliche Maschine ein und ein leises Surren erfüllt den Raum. Er beugt sich über Saschas Schulterblatt und setzt die Nadeln an die Haut.

„Wo ist deine Hand?“, kreischt mein Bruder und streckt mir seine Rechte entgegen. Ich nehme mir schnell einen Stuhl und setze mich auf die andere Seite. Dann greife ich nach seinen Fingern und drücke sie. „Es tut ziemlich weh“, beschwert er sich zwischen zusammengebissenen Zähnen.

„Hattest du schon mal so einen wehleidigen Kunden?“, richte ich mein Wort belustigt an Bela.

„Hmmm ... Mal überlegen ... Ich glaube nicht.“

Ich muss kichern.

„Sehr witzig, weidet euch nur an meinem Schmerz“, tönt Sascha missmutig.

„Wer ein Tattoo möchte, muss da leider durch“, erklärt ihm sein Freund.

„Gibs doch zu, du hast gewisse sadistische Neigungen! Warum sonst bist du Tätowierer geworden?“

„Ich sehe mich eigentlich mehr als Künstler. Und Haut ist meine Leinwand. Irgendwie funktioniert das am besten für mich. Ich mag es, das Kunstwerk an die jeweilige Person und den Körper – eben an die Gegebenheiten – anzupassen. Es ist im besten Fall etwas fürs ganze Leben. Und genauso wie die Haut wird sich auch das Tattoo immer ein bisschen verändern. Es bleibt niemals gleich. Das ist es, was ich daran mag.“

Darauf sagt niemand etwas. Es sind Worte, die dazu gemacht sind, um stehenzubleiben. Den Raum noch eine Weile auszufüllen, auch wenn sie eigentlich schon verklungen sind.

Ich beobachte Bela bei seiner Arbeit und er ist voll in seinem Element. Nachdem ich weiß, was er sonst so zaubert, ist das ein eher simples Bild. Und dennoch habe ich das Gefühl, dass er vollends bei der Sache ist und dass es ihm Spaß macht. Ein leichtes Lächeln spielt manchmal um seine Mundwinkel, dann wieder zieht er seine Augenbrauen zusammen und beißt sich vor Konzentration mit den Schneidezähnen auf die Unterlippe.

In letzter Zeit bin ich häufig bei ihm im Studio. Manchmal hole ich ihn nach der Arbeit ab und wir unternehmen gemeinsam etwas oder treffen uns mit Sascha. Da er nie ganz genau sagen kann, wann seine Sessions zu Ende sind, muss ich manchmal auf ihn warten. Aber das macht mir nichts aus. Wenn die Kunden es in Ordnung finden, darf ich zuschauen. Und nachdem Bela mit dem Tattoo fertig ist, sehe ich jedes Mal in glückliche Gesichter. Er ist ein gefragter Artist und hat monatelange Wartezeiten.

Ich fühle mich hier im Studio schon fast wie zuhause. Die Wände sind dunkelgrün gestrichen und zugepflastert mit Zeichnungen und Tattoovorlagen in schwarzen Rahmen aller Formen und Größen. Dazwischen hängen skurrile Dinge, wie tote, aufgepinnte Schmetterlinge hinter Glas, alte Heiligenbilder, Skateboards, ein angelaufener Messingkompass, kleine Hirschgeweihe und eine indonesische

Holzmaske. Es ist ein wirres Durcheinander von Dingen, aber sie ergeben erstaunlicherweise ein ansprechendes Gesamtbild. Die Theke vorne im Laden, vor den großen Scheiben zur Straße hin, ist aus schlichtem dunklen Holz, was edel aussieht. Im Wartebereich stehen eine braune Ledercouch und ein schwarzer Panton Chair – einer dieser freischwingenden Stühle aus einem Stück Kunststoff gefertigt. Ein riesiges gelbes Neonschild prangt über der Couch, mit dem Schriftzug „Für immer“.

Im hinteren Bereich des Studios gibt es einen großen schwarzen Arbeitstisch, an dem Bela seine Designs macht. Außerdem einen Tätowierstuhl und eine Liege, die beide durch einen dunkelgrünen Vorhang voneinander getrennt werden können.

Sascha zerquetscht mir langsam aber sicher die Hand und ich bin froh, dass wir eine Pause einlegen, um alle etwas zu trinken. Mein Bruder sieht blass um die Nase aus.

„Dabei ist die Schulter eigentlich keine der besonders schmerzhaften Stellen, wie zum Beispiel Finger, Wirbelsäule oder Bauch“, erklärt Bela ihm.

„Na danke auch, das baut mich doch gleich so richtig auf“, erwidert der ironisch. „Und es hilft mir wirklich weiter.“

Bela und ich müssen erneut lachen, weil Sascha einfach so theatralisch leidet. In dem Moment kommt Mai zur Ladentür herein. Sie ist die Gasttätowiererin, die momentan auch das Studio nutzt und sie ist mit Sicherheit eine der schönsten Frauen, die ich kenne. Mai Tai – ein Künstlername – hat lange hellrote Haare, eine gepiercte Lippe und ist fast überall tätowiert. Sie trägt heute ein weit ausgeschnittenes mintgrünes Kleid, was den Blick auf ihr Dekolletee lenkt. Dort prangt ein wunderschönes, buntes Blumentattoo. Sehr filigran, weiblich und eindrucksvoll. Überall an ihren Armen und um den Hals blinken und glitzern schmale Goldketten. Kurz gesagt: Sie ist eine echte Erscheinung. Und sie würde perfekt zu Bela passen. Sie sind ungefähr im selben Alter, gehören beide der Tätowier-Szene an, sind spontan und ein wenig chaotisch. Ich bin mir ziemlich sicher, dass sie Interesse an ihm hat. Umgekehrt hat er sich bisher noch nicht geäußert. Zumindest wenn ich dabei bin, geht er nie auf ihre Flirtversuche ein. Eigentlich sollte ich ihm einen Wink geben, dass er es bei ihr probieren könnte. Augenscheinlich wären sie das perfekte Paar. Was mich dabei besonders schmerzt, ist die Tatsache, dass ich das genaue Gegenteil von ihr bin.

„Hallo zusammen“, säuselt sie mit einer angenehm rauchigen Stimme. Ihr Lächeln bringt die beiden Grübchen auf ihren Wangen zum Vorschein und ihre blauen Augen blitzen.

„Hey“, begrüßt Bela sie mit einer kurzen Umarmung. „Ich dachte, dein Kunde für heute hat dir abgesagt?“, fragt er freundlich nach.

„Ja, das stimmt, aber jemand anderes konnte die Lücke spontan füllen. Ein Cover-up auf dem Oberarm. Anspruchsvolle Sache. Aber ich freu mich drauf.“

Beide vertiefen sich in ein Gespräch über das Motiv, das Mai gezeichnet hat und wie gut es wohl das alte abdecken wird. Sie zeigt ihm Bilder auf ihrem Tablet und er sagt ihr seine Meinung dazu. Daraufhin nimmt sie direkt ein paar Änderungen vor. Beide harmonieren wunderbar, muss ich mir eingestehen. Ich ärgere mich über mich selbst, warum ich mich nicht für sie freuen kann.

Endlich löse ich den Blick von ihnen und schaue wieder zu meinem Bruder. Der hat mich seinerseits beobachtet und sieht nachdenklich aus. „Alles klar?", frage ich ihn.

Er nickt. „Alles in Ordnung. Wird Zeit, dass wir die Sache hinter uns bringen." Er legt sich wieder auf die Liege, um seinem Freund zu signalisieren, dass er bereit ist für die nächste Runde.

Weitere zwei Stunden später ist das Tattoo fertig. Inzwischen ist Mais Kunde angekommen und der Vorhang ist geschlossen. Meine Hand fühlt sich an, als wäre sie in einen Schraubstock geraten. Sascha lässt endlich los und ich schüttle sie vehement, um das Blut wieder besser zirkulieren zu lassen. Die Fingerspitzen kribbeln.

Mein Bruder steht vor einem Ganzkörperspiegel und Bela reicht ihm gerade einen kleineren für die Hand, damit er seinen Rücken betrachten kann. Wie bei allen anderen Kunden zuvor, die ich hier gesehen habe, liegt ein glückliches Lächeln auf seinem Gesicht. „Perfekt. Es sieht genial schön aus", bedankt er sich.

Auch Bela lächelt. „Ich freue mich, wenn du zufrieden bist."

„Zufrieden? Das ist gar kein Ausdruck. Die feinen Linien und es sieht so plastisch aus, als würde es gleich von meiner

Haut springen. Jetzt fehlst nur noch du, Schwesterherz." Er blickt zu mir.

Bevor ich mir überhaupt überlegen kann, wie ich dazu stehe, grätscht Bela dazwischen. „Auf keinen Fall."

Meine Gesichtsmuskeln entgleisen.

Wie bitte?

„Wieso denn nicht?", frage ich verwirrt.

„Ich würde dich niemals tätowieren."

Dieses Wörtchen *niemals* klingt verdächtig endgültig.

„Aber warum nicht?", hake ich verständnislos nach.

„Weil ein Tattoo nicht zu dir passen würde."

Das versetzt mir einen ziemlichen Stich in die Herzgegend. Er geht tief und für einen Moment kann ich nicht antworten. Ich muss mich erst einmal sammeln.

Bela wickelt derweil Klarsichtfolie um Saschas frisch tätowierte Schulter. Als hätte er gar nicht bemerkt, dass er eben mit einem Dolch nach mir geworfen hat.

„Was willst du damit sagen? Dass ich nicht cool genug bin für ein Tattoo?" Ich räuspere mich, weil meine Stimme irgendwie komisch klingt. Viel zu hoch.

Hör dir Lied 10 des Soundtracks an. Wie es geht – Die Ärzte

Er blickt mich verwundert an und bemerkt wohl jetzt erst, dass er mich mit seiner Aussage verletzt hat. „Nein, natürlich nicht. Niemand muss irgendetwas sein oder darstellen um ein

Tattoo zu tragen. Aber du bist einfach anders. Du bist etwas Besonderes. Du bist …“

„Was bin ich? Ein Mathe-Nerd? Eine Ordnungsfanatikerin? Eine Listen-Liebhaberin?“ Ich merke, dass mein Bruder uns seltsam ansieht. Und ich registriere auch, dass das Gespräch auf der anderen Seite des Vorhangs verstummt ist. Aber ich kann jetzt nicht damit aufhören. Ich muss verstehen, was er genau meint.

Er schüttelt den Kopf, scheint jedoch nicht die richtigen Worte zu finden. „Ich…“ Er stammelt. „Also ich meine, du, ach verdammt, ich wollte sagen …“ Er schließt kurz die Augen und atmet hörbar durch. Ich dagegen kann nicht mehr atmen. Wie erstarrt warte ich darauf, was er mir erzählen will. Weil ich das dringende Gefühl habe, dass es wichtig ist. Ich stehe also da.

Atemlos.

Alternativlos.

Und irgendwie kraftlos.

„Ich möchte sagen“, beginnt er erneut. „Du bist wunderschön auch ohne Tattoos. Ich finde, du solltest genauso bleiben, wie du bist.“

Der Atem rauscht mit einer Wucht wieder zurück in meine Lungen, dass es mich fast von den Füßen haut.

Hat er wunderschön gesagt?

Er steht jetzt ganz dicht vor mir und ich habe keine Ahnung, wie ich darauf reagieren soll. War das freundschaftlich gemeint? Bin ich platonisch wunderschön? *Er* wollte, dass wir es beenden, bevor es überhaupt angefangen hat. Selbst wenn er immer noch dazu steht, seine Augen sagen mir etwas anderes. Sie sind wie blaues Feuer und sie brennen sich mitten in meine Seele.

Mein Blick schnellt zu Sascha herum, der mit geöffnetem Mund dasteht. Dann schiele ich auf meine Armbanduhr. „Ich .. ich muss gehen."

„Leo, glaub mir doc..."

„Das tue ich", unterbreche ich Bela. „Also ich glaube dir. Danke. Ich meine ..."

Komm klar, Leonie und hör auf zu stammeln! Das ist total peinlich. Er meint das alles nur freundschaftlich. So wollte er es. Genau so.

„Ich bin verabredet. Ich habe ein Date. Deshalb muss ich gehen, ich bin schon spät dran", stammle ich weiter. Ich nehme meine Tasche vom großen Tisch und höre, wie er mir folgt. „Davon hast du gar nichts erzählt. Mit wem triffst du dich?"

„Hatte ich ganz vergessen. Es ist ein Blind Date. Meine Kollegin Marla hat das für mich organisiert. Er ist Skateboardprofi und sie meinte, wir hätten viel gemeinsam", erkläre ich hektisch. Viel zu hektisch.

„Du hast viel gemeinsam mit einem Skateboardprofi?" Bela klingt nicht direkt abfällig, aber auch nicht freundlich überrascht. Wieder fühle ich mich von ihm verurteilt. „Wieso denn nicht?", pampe ich zurück.

„Weil ... ich weiß nicht. Warum gehst du eigentlich auf Blind Dates?"

Das macht mich richtig wütend. Weshalb ist er so gemein? Bei ihm kommt es so rüber, als wäre ich verzweifelt und würde deshalb jemanden treffen, den ich überhaupt nicht kenne. Vielleicht bin ich das ja sogar ein bisschen. Verzweifelt. Aber nicht, weil ich *irgendjemanden* suche, sondern weil ich jemand bestimmten vergessen will. Ich drehe mich zu ihm um. Wir stehen schon fast an der Tür. Dann schaue ich ihm fest in die Augen, in denen immer noch dieses Feuer brennt.

„Ich gehe auf Blind Dates, weil ich jemanden suche, der mich liebt und den ich lieben darf", beantworte ich ihm seine Frage.

Das Feuer brennt heftiger und Bela krallt sich mit einer Hand am Tresen fest.

Ich wünschte so sehr, er würde mich aufhalten. Fragend sehe ich ihn an. Versuche zu ergründen, was in ihm vorgeht. Ob er seine Meinung geändert hat. Die Triqueta ist mir wichtig, aber meine Sehnsucht nach ihm ist so groß, dass ich nicht mehr klar denken kann.

Plötzlich tritt Sascha zwischen uns und räuspert sich. „Kurze Störung, bin gleich wieder weg. Versprochen. Ihr zwei, echt, ihr macht mich noch ganz fertig. Das fühlt sich deutlich schlimmer an, als das Tattoo eben. Und ihr wisst, wie ich gejammert habe. Das hat also wirklich was zu bedeuten." Er blickt von Bela zu mir und wieder zurück, dann holte er tief Luft und spricht weiter: „Es scheint so, als hätte ich das zwischen euch total unterschätzt. Falls ich also irgendjemandem von euch beiden das Gefühl gegeben habe, ihr könntet wegen mir oder unserer Freundschaft nicht zusammen sein, dann tut mir das leid. Gut, das wars auch schon. Weitermachen." Er grinst etwas verlegen, hebt die Handflächen und verkrümelt sich in den hinteren Teil des Ladens.

Das war unerwartet. Und ziemlich süß. Und typisch Sascha. Aber ich weiß nicht, was ich damit anfangen soll. Es fühlt sich schön an, zu wissen, dass mein Bruder hinter der Sache stehen würde.

Der Sache? Welcher Sache? Dass du Bela liebst und er sich hinter irgendwelchen Ausreden versteckt, um seine Gefühle nicht zugeben zu müssen? Oder dass er einfach nicht genug Gefühle für dich hat?

Das scheint immer das Problem zu sein: Kein Mann entscheidet sich komplett für mich. Irgendetwas anderes ist wichtiger. Und bei Bela sogar schon zum zweiten Mal. Sich das noch einmal so zu vergegenwärtigen tut weh. Ziemlich weh. Erneut fühlt sich mein Brustkorb wie zugeschnürt an.

Ich blicke auf meine Schuhspitzen und befehle die Luft mit roher Gewalt in meine Lunge. Schreie sie innerlich an, mich endlich wieder atmen zu lassen. Weil ich diesen brennenden Schmerz in der Brust keine Sekunde länger ertrage.

„Also, ich muss jetzt gehen, sonst komme ich wirklich zu spät." Ich klammere mich an meine Tasche und dann schaue ich hoch. Weil irgendwo in mir diese Hoffnung besteht, dass er mich aufhält. Aber er tut es nicht. Er starrt auf seine Hand, die weiterhin den Tresen umklammert hält. Also drehe ich mich um und gehe.

Bela

„Was genau tust du da, Alter?"

Ja, was tue ich hier eigentlich? Ich habe keine Ahnung. Die Tür fällt langsam ins Schloss und das Geräusch klingt lächerlich endgültig. Sie ist weg. Aber natürlich sehe ich sie bald wieder. Und trotzdem ist sie weg. Und mein Herz macht verdammt komische Sachen. Es hüpft wie wild herum, als wolle es meine Brust sprengen und Leo die Worte hinterherrufen, die ich eben nicht über meine Lippen gebracht habe.

„Du solltest ihr nachlaufen!", bemerkt Mai, die gerade eine Pause bei ihrer Session eingelegt hat und gemeinsam mit Sascha zu mir ans Pult tritt.

„Du hast schon verstanden, dass sie heute ein Date hat, oder?", fragt mein Freund entgeistert.

„Ja, ich weiß, aber ..."

„Aber was?" Sascha stellt sich genau vor mich und starrt mich an. „Das gerade eben hat noch mal alle Zweifel beseitigt: Ihr gehört zusammen."

Ich blicke hilfesuchend zu Mai. „Oh nein, schau mich nicht so an! Ich bin absolut seiner Meinung. Ich hätte in meiner nächsten Beziehung ganz gern den Abklatsch dieses Feuers, das da zwischen euch lodert. Nur ein paar Funken, damit wäre ich schon völlig zufrieden."

„Aber du und ich ...", ich stolpere seltsam bei diesen Worten.

Sie fängt an zu lachen. „Du willst, dass ich dir widerspreche, wegen der Bettgeschichte, die wir am Laufen hatten? Tut mir leid, da musst du dir schon einen anderen vorgeschobenen

Grund suchen." Sie lacht so sehr, dass ihre Armreifen klimpern. „Das ist mein allererster Besuch, bei dem zwischen uns beiden nichts gelaufen ist. Was ich übrigens bedauere. Aber als ich Leo und dich zusammen gesehen habe, da war mir alles klar. Dich hats so was von erwischt."

Sie ist direkt wie immer und ihr Kunde, der das Gespräch mit angehört hat, verabschiedet sich mit roten Ohren nach draußen, um eine zu rauchen. Das mag ich am liebsten an ihr. Ich weiß meistens, woran ich bei ihr bin. Und genau das ist es: Ich mag sie. Ich mag sie wirklich. Aber Leo ... Das ist eine ganz andere Nummer. Und dennoch: „Wir passen nicht zusammen. Sie ist klug und macht Karriere. Wahrscheinlich wird sie irgendwann mal die Finanzvorständin eines DAX-Unternehmens. Wie soll das funktionieren mit einem tätowierenden Legastheniker an ihrer Seite?", spreche ich das aus, was mir auf der Seele liegt.

„Du verkaufst dich ziemlich unter Wert, würde ich sagen", bemerkt Mai. „Du bist ein gefeierter und preisgekrönter Tattoo-Artist und was noch viel wichtiger ist – sie kennt dich und es ist ihr egal. Warum also sollte es dir dann nicht auch egal sein?"

Ich verstehe nicht, was sie meint. „Woher weißt du, dass es ihr egal ist?"

„Weil sie gerade wollte, dass du sie aufhältst."

„Was?", stoße ich hervor. „Das kann nicht sein. Sie hat mehrfach erwähnt, dass sie jetzt dringend zu ihrem Date muss."

Mai stöhnt theatralisch: „Bela, echt jetzt? Sie hat dir mindestens tausend Chancen gegeben, sie aufzuhalten. Sie hat mehrfach gesagt, dass sie gehen muss, ist aber dann doch nicht sofort weg, oder? Sie hat auf eine Reaktion von dir gewartet. Erst als keine kam, ist sie enttäuscht abgedampft."

Kann das wirklich sein? Hat sie tatsächlich gewollt, dass ich sie von dieser Verabredung abhalte? Ich fahre mir mit beiden Händen übers Gesicht, weil sich in meinem Kopf alles dreht und mein Herz immer noch Gewitter in meiner Brust verursacht. Ein ziemlich heftiges sogar. Ich hätte sie nicht gehen lassen dürfen. Aber was wäre die Alternative? Dass ich sie mit meinem Chaos verderbe? Ich würde ihre Ordnung zerstören. Und unsere Freundschaft. Wie ich es schon einmal getan habe.

„Hey, Kumpel, ich verstehe, dass es da so einiges gibt, das dich zurückhält. Aber die wichtigste Frage ist doch die: Liebst du sie?"

Ich schaue hoch, in seine grünen Augen, die mich so sehr an die seiner Schwester erinnern. „Liebe ist manchmal nicht genug", sage ich dann leise. Und ich bin erleichtert, dass ich nicht mehr der einzige Mensch auf dieser verfluchten Welt bin, der davon weiß. Denn es ist die Wahrheit. Ich liebe sie. Ich liebe sie mehr, als ich bisher je irgendjemanden geliebt habe. Aber genau deshalb habe ich auch eine Heidenangst, sie wieder zu verlieren.

Kapitel 18

Es ist das erste Jahr, in dem ich mir nicht die Woche vor Weihnachten freigenommen habe. In der Arbeit war viel los und die Erinnerungen an das letzte Weihnachtsfest sind noch zu frisch. Mir war dieses Mal einfach nicht danach, den Advent zu zelebrieren oder früher ins Chalet zu fahren. Es gibt keinen Streit. Mit der Triqueta ist alles in Ordnung. Aber seit der Tattoo-Session mit meinem Bruder hat sich etwas zwischen mir und Bela verändert. Wir gehen nicht mehr so unbefangen miteinander um wie vorher. Und das ist wirklich eine Sache, die mir im Magen liegt. Wenn ich seine Liebe schon nicht haben kann, dann doch zumindest seine uneingeschränkte

Freundschaft. Vielleicht habe ich mir an besagtem Tag meine Gefühle zu sehr anmerken lassen und möglicherweise hat ihn das verunsichert. Ich weiß es nicht. Aber ich möchte es gern aus der Welt schaffen. Und es scheint, als wäre dieses Weihnachtsfest perfekt dafür geeignet. Genau wie letztes Jahr treffen wir uns nämlich alle vollzählig im Ferienhaus und werden die nächsten paar Tage gemeinsam verbringen. Ich bin mir sicher, es wird sich in dieser Zeit eine Gelegenheit ergeben, mit ihm allein zu sprechen. Es hatte zwar die ein oder andere Gelegenheit in den letzten drei Wochen gegeben. Aber ich habe es nie übers Herz gebracht, ihn darauf anzusprechen.

Mein Vater parkt den Wagen im Hof vor dem Chalet und ich steige gemeinsam mit meinen Eltern aus. Sie haben mich dieses Jahr mit in die Berge genommen. Zurückfahren werde ich wahrscheinlich mit Sascha und Merle. Sie scheinen noch nicht hier zu sein. Ich sehe nur Belas Auto und das seiner Eltern in der Einfahrt stehen.

Ich muss lächeln, als ich die Haustür öffne. Es riecht nach frisch gebackenen Keksen und nach Zuhause.

Als ich die Treppe hinauf gehen will, hält mich meine Mama auf. „Mein Herz, wir haben ja noch gar nicht über die Schlafsituation geredet." Ich drehe mich irritiert um, weil wir nie über die Schlafsituation reden.

„Wir sollten deinem Bruder und seiner Freundin das Doppelbett überlassen. Dann könntest du und Bela im Stockbett im Kinderzimmer schlafen", fährt sie fort.

Ich verliere für einen Moment die Kontrolle über meine Gesichtszüge, bevor ich sie wieder dazu überrede, ein nichtssagendes Lächeln aufzusetzen. Warum habe ich nicht früher darüber nachgedacht? Irgendwie bin ich davon ausgegangen, mir mit Merle das Kinderzimmer zu teilen und meinen Bruder zu Bela ins Tigerzimmer zu schicken. Aber das Paar zu trennen wäre natürlich seltsam und Bela kenne ich deutlich besser als Merle.

„Das ist doch kein Problem, oder? Ansonsten könnten wir auch noch eine Gästematratze aufpumpen und du schläfst in unserem Ankleidezimmer“, schlägt sie vor.

„Du meinst das Zimmer, durch das ihr durch müsst, wenn ihr ins Bad wollt? Und das kein Fenster hat?“, frage ich zur Sicherheit noch einmal nach und mein Ton unterstreicht deutlich, was ich davon halte.

„Eine der Couchen im Wohnzimmer wäre natürlich auch eine Option“, bemerkt sie leicht pikiert.

Da müsste ich immer als Letzte ins Bett gehen und morgens, als Erste aufstehen. Das scheint mir keine besonders gute Lösung für einen entspannten Urlaub zu sein. Dann doch lieber das Stockbett mit Bela. Warum denn nicht? Letztes Jahr habe ich hier mit Sascha geschlafen und es gibt mit Sicherheit niemanden, der mehr schnarcht als er. Es kann also nur besser werden. Außerdem ist ein Etagenbett bei weitem nicht so intim wie ein Doppelbett. In Hostels schlafen Fremde gemeinsam in Stockbetten. Da werde ich es ja wohl mit meinem besten Freund schaffen, ohne, dass es irgendwie komisch ist.

Ich deute nach oben. „Ich nehme das Kinderzimmer“, erkläre ich meiner Mama und schleppe meinen Koffer die Treppe hinauf. Als ich die Tür öffne, sehe ich, dass Bela seine Sachen schon hergebracht hat. Es erleichtert mich, dass er anscheinend kein Problem mit diesem Arrangement zu haben scheint.

Sein Koffer steht offen auf dem Boden und mehrere Klamotten und Schuhe verteilen sich in dessen Umfeld. Auf dem Holzstuhl am Schreibtisch liegt ein zerknittertes Hemd, das bis auf die Dielen hängt. Darunter ein Paar getragener Socken. Wie lange ist er schon hier? Wenige Stunden? Aber erstaunlicherweise stört es mich nicht. Ich muss sogar über seine Unordnung lächeln. Sie ist einfach so typisch für ihn. Ich weiß nicht, wie er das immer hinbekommt.

Ich selbst nehme mir die Zeit, den Inhalt meines Koffers in den Schrank einzusortieren, bevor ich hinuntergehe und alle, die bereits angekommen sind, begrüße.

„Wow, ihr habt ja schon geschmückt“, bemerke ich erstaunt an Akiko gewandt, als wir uns gemeinsam ins Wohnzimmer setzen um Tee zu trinken und Plätzchen zu essen.

„Ja, Michael und ich sind extra gestern schon angereist, um ein bisschen Vorarbeit zu leisten. Letztes Jahr habt ihr das so toll hinbekommen, da wollten wir uns revanchieren.“

„Fehlt nur noch der Weihnachtsbaum“, bemerkt mein Vater.

„Wir sollten ihn heute schon holen, dann kann der Schnee bis morgen besser abtauen“, schlägt Bela vor. Er hält eine

Nussmakrone in der Hand und beißt die Haselnuss ab, die zur Deko obendrauf liegt.

„Gute Idee, aber dann sollten wir demnächst los, bevor es dunkel wird“, merkt Michael an.

„Ich komme dieses Mal ebenfalls mit“, melde ich mich. „So kann ich noch meinen Teil zur Deko beitragen.“

Erstaunlicherweise will auch mein Vater uns begleiten.

Ich ziehe mir meine schwarze Pudelmütze tief ins Gesicht und trete nach draußen. Die Luft riecht frisch und klar. Es hat die vergangenen Tage immer mal wieder geschneit, aber nicht so heftig wie letztes Jahr. Trotzdem ist der Bergwald, der ans Chalet angrenzt komplett eingezuckert. Wir bahnen uns einen Weg zwischen den Bäumen hindurch, die recht eng stehen. Bela hat noch eine Stelle vom vorigen Jahr im Kopf, wo es anscheinend einige Tannen in der passenden Größe gab. Deshalb geht er voran und wir stapfen ihm durch den Schnee hinterher. Meine kamelfarbenen Winterstiefel sinken tief ein und ich bereue es einen Moment, nicht die Schneeschuhe an den Füßen zu haben.

„Also hier war es, glaube ich.“ Bela steht auf der Spitze eines Hügels und deutet hinter sich. Ich klettere zu ihm hinauf und schaue in die Richtung, in die er gezeigt hat. In der relativ flachen Senke vor uns stehen dicht an dicht junge Tannen. Die höchsten, sicher drei Meter, aber es gibt auch deutlich kleinere Modelle, die mir kaum bis zum Bauchnabel reichen.

„Na dann: Ausschwärmen auf der Suche nach dem schönsten Baum!“, fordert Michael uns auf und reibt sich die Hände.

Zweige streifen meine dicke Winterjacke, während ich mich durchs Grün schiebe. Ich unterziehe alle Tannen, die meinen Weg kreuzen, einer Inspektion. Aber es ist nicht so leicht, die perfekte zu finden. Die einen haben oben eine Doppelspitze, was schwierig ist, wenn man dort Schmuck anbringen möchte. Die anderen sind nicht dicht genug gewachsen, oder haben auf einer Seite ein großes Loch, so dass wir den Weihnachtsschmuck später nicht gleichmäßig verteilen könnten. Die Wahl eines Weihnachtsbaums ist nicht leicht. Schließlich spielt er morgen eine der Hauptrollen.

Wir haben uns in sämtliche Richtungen verteilt und ich sehe die anderen bereits nicht mehr. Nur der Klang ihrer Stimmen erreicht immer mal wieder meine Ohren.

Ganz unverhofft stoße ich plötzlich auf einen schmalen Waldweg, der von Fuß- und Schlittenspuren durchzogen ist. Ich meine, mich zu erinnern, dass er die Grenze unseres Grundstücks markiert. Und da fällt mein Blick auf eine Tanne, die nahezu perfekt gewachsen ist: nicht zu buschig, aber dicht, rundherum symmetrisch und etwa einen Meter achtzig hoch.

„Gute Wahl“, höre ich hinter mir eine tiefe, unbekannte Stimme, die mich zusammenzucken lässt. Ich drehe mich geschockt um und da steht Herr Weiß.

Ich fasse mir ans Herz. „Sie haben mich erschreckt."

„Oh, das tut mir leid." Er ist den Waldweg entlang gekommen. Ausnahmsweise trägt er heute kein Cap, sondern eine dunkelgrüne Mütze aus grober Wolle. In seinen dicken Fäustlingen hält er das Seil eines alten hölzernen Lastenschlittens, auf dem mit Spanngurten eine abgesägte Tanne befestigt ist.

„Sind sie auch gerade im Zeichen von Weihnachten unterwegs?", frage ich ihn und deute auf den Baum.

Er lacht und nickt. „Ja, das ist wohl unverkennbar."

Da fällt mir ein, dass er uns bisher keine Rechnung geschickt hat. Erst letztens haben wir in der Familie mal wieder über den seltsamen Handwerker gesprochen, bei dem wir immer noch nicht wissen, wer ihn eigentlich beauftragt hat. Endlich erhalte ich die Chance, die Sache zu klären. Doch bevor ich ihn fragen kann, wie sich das alles zugetragen hat, hält er sich eine Hand ans Ohr. „Ich glaube, da ruft jemand."

Ich drehe mich um und konzentriere mich auf die Stimme. Es ist Bela, der meinen Namen schreit, sehen kann ich ihn aber nicht.

„Du solltest nicht zögern. Ihr habt lange genug gewartet. Weihnachten ist schließlich das Fest der Liebe", bemerkt Herr Weiß mit seiner tiefen, sonoren Stimme. Obwohl es mich eigentlich nicht überraschen sollte, wieder eine kryptische Weisheit von ihm zu hören, bin ich trotzdem im ersten Moment verdattert. Warum habe ich jedes Mal erneut das Gefühl, als würde er mir Tipps zu meinem Liebesleben geben, die vermeintlich immer den Kern der Sache treffen? Ich kneife die Augen zusammen und sehe ihn an, nur um sicher zu sein, dass er wirklich hier steht und ich mir das nicht einbilde.

„Ich habe da so einige Fragen an Sie“, fange ich an, unterbreche mich dann aber: „Einen kleinen Moment, bitte.“ Denn ich höre Bela erneut rufen. Also drehe ich mich wieder um und gehe drei Schritte den nächsten Hügel hinauf. Ich sehe immer noch keinen meiner Begleiter, weshalb ich in den Wald schreie: „Ich bin hier, ich komme sofort.“ Schließlich will ich nicht, dass sich die anderen Sorgen machen, ich hätte mich hier irgendwo verlaufen. Als ich mich wieder Herrn Weiß zuwende, ist er verschwunden. Ich blinzle mehrmals und schaue mich um, aber er ist weg. Die unverkennbaren Spuren seines breiten Schlittens führen den Weg hinunter ins Tal.

Jetzt ist er dir schon wieder entwischt.

So ein Mist. Ich blicke über die Schulter, wo ich immer noch Belas Stimme höre, entscheide mich dann aber, Herrn Weiß nachzulaufen. Ich will ein für alle Mal klären, was das soll. Also laufe ich den zugeschneiten Weg so rasch wie möglich hinunter, damit ich um die nächste Biegung sehen kann. Dort sollte ich ihn auf jeden Fall erwischen. Mit seiner Fracht wird er ja nicht sonderlich schnell vorankommen, außer er hat sich auf den Schlitten gesetzt, was ich in seinem Alter jedoch für eher unwahrscheinlich halte. Endlich habe ich die Kurve erreicht und blicke schnaufend um die Biegung. Und da ist ... nichts. Kein Herr Weiß. Ich beuge mich vor, stütze die Hände auf den Oberschenkeln ab und atme tief durch. Die Enttäuschung schmeckt bitter in meinem Mund. Es ärgert mich, dass er nicht gewartet hat, wie ich ihn gebeten habe und es ärgert mich noch mehr, dass ich die einmalige Chance verpasst habe, ihn auf alles anzusprechen.

Missmutig gehe ich den Weg wieder hinauf und folge dann meinen Spuren zurück durchs Tannendickicht.

„Da bist du ja endlich.“ Bela sieht besorgt hoch. Er sägt am Stamm eines Baumes, verweilt aber kurz, anscheinend, um zu überprüfen, ob mit mir alles in Ordnung ist. Dann macht er wieder mit seiner Arbeit weiter. Mein Vater hält derweil die Tanne oben fest, damit sie nicht unkontrolliert umfällt. „Wo bist du gewesen?“, fragt er mich, während er sich auf seine Aufgabe konzentriert. Ich erzähle ihnen von meiner eigenartigen Begegnung mit dem Handwerker. Dieses Mal erwähne ich auch, dass er mir bei ein paar von unseren Treffen vermeintlich weise Worte mit auf den Weg gegeben hat, bleibe dabei jedoch bewusst vage. Aber ich muss es einfach loswerden, weil es mich schon lange beschäftigt und es der ganzen Sache noch die Krone aufsetzt.

„Was hat er dir heute geraten?“, fragt Michael interessiert nach.

Ich schlucke, doch nun ist es zu spät einen Rückzieher zu machen. Dass ich mich an die Worte vom letzten Jahr nicht mehr genau erinnere, das haben sie mir abgenommen, aber dass ich nicht weiß, was ich vor wenigen Minuten gehört habe, wäre unlogisch. „Ich soll nicht zögern, weil wir lange genug gewartet hätten und Weihnachten wäre schließlich das Fest der Liebe.“

Mein Vater blickt mich belustigt an. „Das klingt interessant. Die Frage ist jetzt nur, wer hat womit lange genug gewartet?"

Michael gluckst. „Scheint so, als hättest du ein gratis Weihnachtshoroskop bekommen. Hört sich so an, als seist du verliebt und solltest endlich Nägel mit Köpfen machen."

Ein trockenes Husten entweicht mir, weil ich mich verschluckt habe. Ich traue mich fast nicht, zu Bela zu schauen, möchte aber unbedingt seine Reaktion sehen. Und was ich dann in seinem Gesicht erkenne, überrascht mich mehr, als das Auftauchen von Herrn Weiß: Er grinst mich an.

„Interessant", bemerkt mein Vater. „Wer ist denn der Glückliche? Ich hoffe dieses Mal jemand mit mehr Charakter als dieser Anwalt."

Mittlerweile schaffe ich es sogar ganz gut seine Spitzen zu überhören und darüber hinwegzugehen. Und gerade kann ich sowieso an nichts anderes denken, als daran, warum Bela diese ganze Sache amüsant zu finden scheint.

„Es gibt keinen *Glücklichen* und Herr Weiß ist wahrscheinlich einfach nur ein verwirrter alter Mann, der Menschen gerne verunsichert", bemerke ich bestimmt.

„Oder er ist doch der Weihnachtsmann, wie Sascha behauptet hat und versucht, deinem Liebesleben auf die Sprünge zu helfen", spekuliert Bela. Es gefällt mir nicht, dass er Witze über eine Sache macht, die ich immer noch nicht ganz hinter mir gelassen habe. Für ihn scheint das allerdings Schnee von gestern zu sein. Es ärgert mich, dass er so lapidar damit umgeht. „Ja, genau, der Weihnachtsmann. Wer auch sonst?“, erwidere ich deshalb ironisch.

Die Männer heben den Baum an und gehen damit los in Richtung Chalet. Ziemlich bedröppelt, stapfe ich hinterher.

„Nicht immer lässt sich alles im Leben logisch erklären“, kommt Michael noch einmal auf die Sache zurück.

„Das denke ich auch. Ich finde, du solltest auf ihn hören. Er scheint ziemlich kluge Ratschläge zu geben“, pflichtet Bela ihm bei.

Vor lauter Schock stolpere ich über eine Wurzel und lande unsanft auf meinen Knien.

Was hat er eben gesagt? Hat er etwa vorgeschlagen, dass ich ihm eine Chance geben soll?

Bela ist schließlich bewusst, dass es aktuell keinen Mann in meinem Leben gibt. Das Date mit dem Skateboarder war katastrophal gewesen. Vor allem, weil ich dermaßen schlecht gelaunt war, dass das Gespräch recht einsilbig verlief. Er hat schnell die Rechnung verlangt und sich dann nie wieder gemeldet. Ich kann es ihm nicht verdenken.

Bela muss also die Worte von Herrn Weiß genauso auf sich beziehen, wie ich das tue. Aber was hat ihn geritten, dem zuzustimmen?

Keiner der anderen hat bemerkt, dass ich zurückgeblieben bin, sie sind einfach weitergegangen. Mühsam rapple ich mich auf und klopfe mir den Schnee von der Hose. Dann folge ich ihnen langsam Richtung Ferienhaus. Ich habe das Gefühl, dass ich irgendetwas nicht ganz mitbekommen habe. Und etwas drängt an die Oberfläche: Eine leise Hoffnung regt sich in mir.

Das bedeutet noch lange nicht, dass er es sich anders überlegt hat, Leonie. Du solltest den Ball erst mal flach halten!

Aber mein Herz hat absolut keine Lust darauf, irgendetwas flach zu halten. Es klopft so schnell und eindringlich, als wollte es diesen imaginären Ball weit in den Himmel hinauf schießen.

Kapitel 19

Um abtauen zu können, steht der Baum im Wohnzimmer, und er ist wirklich schön. Vielleicht nicht ganz so perfekt, wie der, den ich gefunden hatte. Aber wer will schon etwas Perfektes? Perfekt ist langweilig. Es wird morgen eine reizvolle Herausforderung, die zwei, drei Löcher, die er wegen unregelmäßigen Wuchses hat, zu kaschieren.

Merle und Sascha sind eingetroffen und sitzen mit uns beim Abendessen. Akiko hat Ramen gekocht, eine typisch japanische Nudelsuppe. Heiß und scharf – optimal für die kalte Jahreszeit.

Mittlerweile habe ich Merle schon ein paar Mal gesehen und ich mag sie wirklich sehr. Ihre blonden Haare sind im Gegensatz zu denen meines Bruders glatt und sie fallen ihr bis über die Schultern. Sie ist ein bisschen schüchtern, aber nicht auf den Mund gefallen. Und sie himmelt ihn an, genauso wie er sie.

Nach dem Essen sitzen wir noch lange im Wohnzimmer und unterhalten uns. Es herrscht eine angenehme und gelöste Stimmung. Wir trinken würzigen Glühwein und ich habe eine riesige Dose zuckriger Plätzchen mitgebracht, die ich während der letzten Wochen gebacken habe. Alle bedienen sich daran und schon bald kommt der Boden der Keksdose in Sicht. Nach und nach verabschieden sich unsere Eltern ins Bett, bis nur Merle, Sascha, Bela und ich übrig bleiben.

Mein bester Freund hat seit dem Weihnachtsbaum-Ausflug nichts mehr zu mir gesagt und ich hatte bisher keine Gelegenheit, ihn auf die Sache von vorhin anzusprechen. Deshalb würde ich mir wünschen, dass mein Bruder und seine Freundin sich auch zurückziehen, aber es sieht leider nicht danach aus. Es brennt mir unter den Nägeln, Bela zur Rede zu stellen. Immer wieder schwirrt mir das Gespräch aus dem Wald im Kopf herum und ich muss wissen, was er damit gemeint hat.

Aber die drei sind momentan in eine Unterhaltung über Tattoos vertieft. Merle hat auch welche und sie lüftet gerade ihr Oberteil, um uns einen fotorealistischen Schmetterling auf ihrem Rücken zu zeigen. Es ist eine ausgezeichnete Arbeit und ich finde, das Motiv passt zu ihr. Trotzdem stößt es mir sauer auf, dass die drei sich über dieses Thema auslassen, während ich weiß, das Bela mich nicht für eine Person hält, die ein Tattoo tragen sollte. Auch wenn er es in einer etwas verqueren

Art wahrscheinlich als Kompliment meint. Trotzdem trägt das alles hier nicht dazu bei, meine Stimmung zu heben. Ich bin schon seit unserem Ausflug leicht geladen und gerade habe ich das Gefühl, dass diese Spannung raus muss. Vor lauter Verzweiflung stecke ich mir einen Keks nach dem anderen in den Mund. Ich schwelge in buttrigem Teig, zimtigen Nuancen und nussigen Knusperschichten. Dazu das weiche Aroma von Schokolade und die fruchtige Säure von Erdbeermarmelade. Ich liebe Weihnachten. All die süßen Köstlichkeiten, die es zu dieser Jahreszeit gibt, sind einfach nur herrlich. Und weil ich mich unbedingt ablenken muss, schwelge ich in dem zuckrigen Gebäck und genieße jeden einzelnen Bissen. Ich lasse mir Walnussplätzchen, Rumkugeln und Nougatringe auf der Zunge zergehen und schließe dabei genießerisch meine Lider. Ich öffne sie wieder, um Nachschub zu holen, und blicke direkt in Belas Augen. Er starrt mich an und das so intensiv, dass ich eine Gänsehaut bekomme. Er unterhält sich weiter mit den anderen, aber sein Blick wandert immer wieder zu mir. Und auch, wenn ich so oft keine Ahnung habe, was in seinem Kopf vorgeht, gerade fällt es mir leicht, diesen Gesichtsausdruck zu deuten. Er sieht mich an, als wäre ich ein Weihnachtsplätzchen. Ich greife erneut in die Dose und fördere eine Kokosmakrone zu Tage. Ich beiße in den weichen, aromatischen Teig hinein, kaue bedächtig und schließe erneut die Augen. Ich lasse die Aromen der exotischen Frucht in meinem Mund Kapriolen schlagen. Genieße den nussig milden Geschmack und die angenehme Süße. Ich schlucke und stecke mir dann den Rest in den Mund. Die ganze Zeit spüre ich seinen Blick auf mir. Ich öffne die Lider wieder und sehe, wie er meine Lippen fixiert. Sascha und seine Freundin sind in eine lebhafte Diskussion vertieft, also nutze ich den Moment, schlecke genüsslich meine Finger ab und beobachte Bela dabei. Ein paar Strähnen seiner schokoladenbraunen Haare fallen ihm ins Gesicht. Seine Pupillen sind riesig, weshalb seine mandelförmigen Augen dunkler wirken als sonst. Er hat die Ärmel seines grauen Pullovers hochgeschoben und ich erkenne, dass seine Muskeln angespannt sind. Er beißt sich immer wieder auf seine Unterlippe und sein Adamsapfel zuckt. Sein Blick wandert von meinen Lippen zu meinen Brüsten, die durch das enge Shirt, das ich trage, betont werden und bleibt dort hängen.

Sascha hat Bela etwas gefragt und ich beobachte, wie er sich zusammenreißen muss, um sich darauf zu konzentrieren. Es ist ein unglaublich gutes Gefühl, von jemandem begehrt zu werden. Bisher habe ich es nie so intensiv wahrgenommen wie jetzt gerade. Vielleicht ist es besonders ausgeprägt, weil wir beide uns diese Gefühle schon ewig verbieten.

Auch ich brauche einen Moment, um mich wieder auf das Gespräch zu fokussieren. Mein Puls rast und es ist schwer, die Hitze in meiner unteren Körperregion zu ignorieren.

„Unglaublich, dass ihr euch so lange aus den Augen verloren habt“, bemerkt Merle. „Wenn man euch sieht, würde man denken, ihr seid unzertrennlich. Am Anfang war ich sogar ein bisschen eifersüchtig auf eure starke Verbindung.“ Sie lacht nervös, als ob ihr das jetzt peinlich wäre.

„Keine Sorge“, meint Sascha mit einem Schmunzeln und nimmt ihr Kinn in seine rechte Hand. „Du musst mich nicht mit denen da teilen, zumindest nicht, bei ganz bestimmten Dingen.“ Dann zieht er sie zu sich heran und küsst sie leidenschaftlich. Und ich kann einfach nicht wegsehen. Ich habe das Gefühl, das Knistern zwischen den beiden zu hören. Sie fährt mit ihren Händen durch seine Haare und schmiegt sich enger an ihn. Er ist mein Bruder und dadurch ein komplett asexueller Mensch für mich, aber trotzdem lässt mich diese Leidenschaft der beiden füreinander nicht kalt.

„Ich glaube, es ist Zeit zu verschwinden. Gute Nacht, Homies“, wirft er uns zu, während er sie an der Hand von der Couch zieht und sie in Richtung Tigerzimmer davongehen.

Jetzt wäre die perfekte Gelegenheit, mich mit Bela auszusprechen, aber gerade fühle ich mich absolut nicht dazu in der Lage. Mein Herz pocht immer noch wie wild und alle Sensoren meines Körpers sind auf empfangsbereit gestellt. Ich muss mich dringend wieder runterkühlen.

„Ich gehe dann auch mal ins Bett“, sage ich mit piepsiger Stimme, die irgendwie nicht zu mir gehört und es trotzdem tut. So schnell mich meine Beine tragen können und es nicht nach Flucht aussieht, verlasse ich das Wohnzimmer und laufe die Treppe hoch ins Bad. Dort wasche ich mir das Gesicht erst einmal mit eiskaltem Wasser. Anschließend putze ich mir die Zähne und schlüpfe im Kinderzimmer in einen Schlafanzug. Ich klettere die Leiter zum oberen Bett empor und lege mich flach auf den Rücken, die Hände an meine

Seiten gepresst. Dann kneife ich die Augen zu und hoffe inständig, dass ich direkt einschlafe. Am besten noch bevor Bela ins Zimmer kommt. Aber natürlich passiert das nicht. Einige Minuten später höre ich ihn hereinkommen und zwicke meine Augenlider noch fester zusammen, um den Eindruck zu erwecken, als würde ich schon schlafen. Ich lausche, wie er sich seine Klamotten abstreift und es ist unmöglich für mich, weiter die Augen geschlossen zu halten. Also spähe ich möglichst unauffällig durch die zwei schmalen Bretter, die als Rausfallschutz am oberen Holzbett angebracht sind. Ich habe die kleine Lampe am Fensterbrett brennen lassen und so sehe ich ihn, wie er mit dem Rücken zu mir dasteht und sich gerade seine Jeans auszieht. Für einen Moment steht er nur in seiner hautengen Boxershorts da. Ich bewundere die schwungvolle Rundung seines knackigen Pos und die Muskeln, die sich an seinem Rücken bewegen, als er nach seinem Schlafshirt greift und es sich über den Kopf zieht.

Dann dreht er sich plötzlich um und seine Augen verfangen sich in meinen. Schnell drehe ich mich wieder auf den Rücken. Verdammt. Er hat mich beim Starren erwischt.

Aber er sagt nichts, sondern löscht die Lampe und legt sich ins untere Bett. Ich höre kurz die Bettdecke rascheln, dann ist es ruhig.

Ein bisschen zittrig atme ich aus und starre an die Zimmerdecke. Meine Augen gewöhnen sich langsam an die Dunkelheit. Der Vollmond scheint durchs Fenster, so dass es recht hell im Zimmer ist.

Schlaf jetzt endlich, Leonie! Und schlag dir alles andere aus dem Kopf.

„Kommst du zu mir runter, oder soll ich zu dir hochkommen?", höre ich auf einmal Belas Stimme.

„Wie bitte? Was hast du gesagt?" Ich muss mich verhört haben.

„Dass meine Selbstbeherrschung dahin ist und ich jetzt entweder zu dir hochkomme oder du zu mir runter."

Mein Puls, der sich gerade ein klein wenig beruhigt hat, fängt wieder an, heftig zu pochen. Das Blut rauscht durch meine Adern und mir wird heiß. Trotzdem liege ich wie eine verdammte Statue im Bett und kann mich nicht rühren. Nicht mal den kleinen Zeh. Ich bin wie erstarrt. Weil ich keine Ahnung habe, was ich jetzt tun soll. Wir haben noch nicht mal geredet und all die Dinge zwischen uns ...

Ich höre, wie er aufsteht und dann, wie die Sprossen der Holzleiter knarren, die er zu mir emporsteigt. Mein Atem wird schneller und mein Herzschlag hämmert in meinen Ohren. Laut. Immer lauter. Immer härter.

Und schließlich taucht sein Gesicht auf. Er beugt sich über mich und dann spüre ich nur noch seine Lippen auf meinen. Meine Gedanken sind auf einmal alle unwichtig. Und letztendlich sind sie einfach verschwunden. Weg. Als hätte es sie nie gegeben. Und ich konzentriere mich nur noch auf eines – auf ihn.

„Komm mit nach unten", flüstert er. „Hier ist es zu eng."

Er hat recht, hier oben kann man kaum sitzen. Ich folge ihm die Sprossen nach unten und schon steht er da, dreht mich um und presst mich mit dem Rücken an die Leiter. Und dann küsst er mich. Nicht so wie bei unserem ersten Kuss, vorsichtig und zärtlich und nicht so wie gerade eben, fast schon fragend und tastend. Dieser Kuss vibriert vor Energie. Er versetzt uns beide in Schwingung und wir beben so heftig, dass einmal kurz unsere Zähne aufeinanderschlagen. Bela küsst mich mit solcher Begierde, dass mir ganz schwindlig wird. Intensive Empfindungen rauschen durch meinen Körper, der lichterloh zu brennen scheint. Und nur seine Berührungen können das Feuer eindämmen. Können es in die richtigen Bahnen lenken und glutheiße Sehnsucht in beflügelnde Erlösung verwandeln.

Seine Hände erkunden meinen Körper. Tasten sich vor, bis sie auf nackte Haut treffen. Sie streicheln. Liebkosen. Necken. Fordern heraus.

Und auch meine Finger gehen auf Wanderschaft. Erkunden Gefilde aus Muskeln und Sehnen, aus marmorglatter Haut und süßen Versprechungen. Und ich will mehr davon spüren. Ich ziehe ihm das Shirt über den Kopf und er öffnet die Knöpfe meines Schlafanzugoberteils. Einen nach dem anderen. Ungeduld baut sich in mir auf. Ich fange an, ihm zu helfen, bis der Stoff endlich vorne auseinanderklafft und ihm einen Blick auf meine nackten Brüste gestattet. Er nimmt sich einen Augenblick Zeit, mich zu betrachten: „Du bist so verflucht schön“, raunt er dann und beugt sich vor. Lässt seinen Mund über meine Hügel und Täler wandern. Lässt keine Stelle aus. Leckt an meinen Brustwarzen. Traktiert sie vorsichtig mit den Zähnen, bis ich nicht mehr anders kann, als Laute auszustoßen, die meine hemmungslose Lust verraten. Vergräbt seinen Kopf zwischen meiner prallen Oberweite, die sich ihm entgegenstreckt.

Er zieht mir meine Hose herunter. Ich ihm die seine. Dann fällt mein Slip. Bis nichts mehr uns trennt. Kein einziges Stück Stoff. Nur noch wir.

Wir umarmen uns und er küsst meinen Hals. Ich spüre ihn überall. Seine weiche Haut. Seine harte Erregung.

Ich will ihn ringsherum berühren. Taste mich vor. Über seinen Rücken, zu seinen Schultern. Streichle seinen Haaransatz und seine Ohrmuscheln. Mit federleichten Fingern fahre ich seinen gestählten Oberkörper hinab, bis zu seinem Hintern. Sein trainierter Körper fest und drahtig und mein weicher, mit all den Rundungen und Dellen. Und trotz des Gegensatzes passen wir perfekt zusammen oder wahrscheinlich gerade deswegen. Ich will ihn einhüllen in meine Sanftheit. Bin das Pendant zu seiner Stärke.

Ich verstecke nichts mehr. Nicht meinen Körper, nicht meine Leidenschaft, nicht mein Stöhnen. Ich bin ganz ich. Und er ist ganz er.

Plötzlich dreht er mich um. Presst mich nun mit meiner Vorderseite an die Leiter. Küsst den Nacken, dann meinen Rücken. Lässt seine Zunge immer tiefer wandern. Legt seine Hände auf meine Pobacken und zieht sie auseinander. Automatisch kippt mein Becken nach hinten, damit er besseren

Zugang zu meiner intimsten Stelle hat. Seine Zunge findet sie, dringt in sie ein. Umspielt die Klitoris. Lässt meine Wonne ins Unermessliche steigen. So intensiv, dass mich völlig unvermittelt ein Höhepunkt überrollt. Zitternd kralle ich mich an den Sprossen fest und genieße das befriedigende Beben, das durch meinen Körper fährt.

Ich spüre, wie er sich von hinten an mich drückt und mich festhält. Mit mir gemeinsam diesen glückseligen Moment durchlebt. Als sich mein Atem wieder beruhigt hat, drehe ich mich zu ihm um. Ich ziehe seinen Kopf zu mir heran und küsse ihn. Fordere seine Zunge heraus. Taste mit den Händen nach seinem Penis. Halte ihn fest. Streichle ihn. Reibe ihn vorsichtig und dann mit mehr Nachdruck. Gehe auf die Knie und streife mit meinen feuchten Lippen sanft über die empfindsame Oberseite. Nehme ihn in den Mund. Sauge und lecke. Höre Belas Stöhnen und es klingt wie die schönste Musik in meinen Ohren. Schaue zu ihm hoch und sehe, dass er den Kopf in den Nacken gelegt hat. Dass er sich komplett fallen lässt. Es genießt. Mir vertraut. Dann trifft sein Blick den meinen und er zieht mich hoch. Umfasst mein Gesicht, küsst mich. Schmeckt unsere Lust.

„Ich will dich spüren“, sage ich ihm, was ich mir wünsche. Gebe ihm mein Einverständnis. Und er holt ein Kondom aus seiner Reisetasche. Ich beobachte ihn dabei. Seine mondbeschienene, nackte Haut und kann es nicht fassen, dass das alles für diese eine Nacht mir gehört. Egal was danach sein wird.

Breitbeinig steht er vor mir und streift es sich über. Sorgsam. Ohne Hast. Tritt auf mich zu. Hebt mich hoch. Mein Rücken an der Leiter, meine Hände um seinen Nacken geschlungen. Die Oberschenkel um seine Hüften. Und dann spüre ich, wie er mich ausfüllt. Tiefer. Immer tiefer. Bis ich nicht mehr unterscheiden kann, wo ich aufhöre und er anfängt. Und er bewegt sich in mir. Lässt mich auf und ab gleiten. Seine Finger krallen sich in meinen Hintern. Drücken zu. Sein heißer Atem an meiner Wange. Und immer wieder Küsse. Harte Küsse. Weiche Küsse. Vor und zurück. Hoch und runter. Die Haut auf seiner Brust glänzt vor Schweiß. Haarsträhnen kleben ihm im Gesicht. Ich greife mit meinen Händen nach den Sprossen über mir. Halte mich fest. Spüre, wie er schneller wird. Immer schneller. Und fühle sie ein zweites Mal herankommen, diese Welle. Kleiner dieses Mal. Nicht ganz so intensiv, aber wunderschön. Und auch er hat den Gipfel seines Verlangens erreicht, das nun komplett gestillt wird. Mit einem kehligen Knurren stößt er ein letztes Mal zu und sinkt dann mit seinem Kopf an meine Schulter. Ich umschlinge ihn mit meinen Armen und spüre das Zucken, das durch seinen Körper wandert. Es ist ein unglaubliches Gefühl, dass ich dafür verantwortlich bin. Wir beide. Gemeinsam.

Wir legen uns zusammen in das untere Bett und halten uns. Seine Finger streicheln sanft über meinen Oberarm, während mein Kopf auf seine Brust gebettet ist. Je mehr ich wieder im Hier und Jetzt ankomme, desto lauter klopfen die Gedanken an. Aber ich bin nicht bereit, sie einzulassen. Ich möchte diesen Moment genießen.

„Leonie", durchbricht Bela die Stille. Am liebsten würde ich ihn darum bitten, zu schweigen, aber wenn ich ehrlich bin, interessiert mich dann doch zu sehr, was er sagen möchte. „Das war so eigentlich nicht geplant." Er klingt ein wenig kleinlaut. Wenn er mir jetzt erzählt, dass das ein Fehler war, dann muss ich wahrscheinlich auf der Stelle sterben. Bitte nicht. Tu es nicht. „Ich wollte das alles viel romantischer aufziehen. Aber irgendwie. Keine Ahnung. Ich konnte mich einfach nicht mehr von dir fernhalten."

Ich atme erleichtert aus. Zumindest hat er nicht gesagt, dass er es bereut. Das hätte ich wirklich nicht verkraftet. „Ich hab eine Überraschung für dich. Eigentlich ein Weihnachtsgeschenk. Aber ich glaube, es macht mehr Sinn, wenn ich es dir jetzt gebe." Er drückt einen Knopf an seiner Armbanduhr und die digitalen Ziffern leuchten auf. „Und da es schon nach vierundzwanzig Uhr ist, darf ich das auch, weil heute offiziell Weihnachten ist."

Er grinst mich an und ich bin mir nicht sicher, was ich davon halten soll. Von seiner ganzen Reaktion. Er tut so, als ob nichts Weltbewegendes passiert wäre. Als wäre das gerade normal gewesen. Lediglich ein Versehen, dass es so überstürzt vonstattengegangen ist.

Er steht auf und schaltet wieder die kleine Lampe an. Sanftes Licht erfüllt den Raum. Dann streift er sich die engen Boxershorts über und geht zu seiner Reisetasche.

Ich weiß nicht, was jetzt passiert, aber ich glaube, ich möchte dabei nicht nackt sein. Nicht, wenn er etwas anhat. Also stehe ich ebenfalls auf und schlüpfe schnell in meinen Slip, streife das Schlafanzugoberteil über, knöpfe es zu und setze mich an den Bettrand.

Bela hat ein in Geschenkpapier eingewickeltes Paket in der Hand. Es ist ein wenig größer als ein Schuhkarton. Er lässt sich neben mir nieder und stellt es zwischen uns. „Frohe Weihnachten, Leo."

Ich sollte etwas sagen, aber meine Kehle ist staubtrocken. Oder noch trockener. Ich weiß nicht, ob etwas existiert, das trockener ist als Staub. Aber falls ja – genauso fühlt sich mein Mund an. Komplett ausgedörrt.

Vorsichtig wickle ich den braunen Karton aus dem roten Weihnachtspapier und lege es ordentlich zusammen. Dann öffne ich die Kiste. Ich sehe ganz unterschiedliche Dinge hier drin liegen. Jedes mit einer roten Schleife versehen, an der ein Etikett aus Papier baumelt, mit einer Nummer darauf.

„Was ist das?", frage ich überrascht.

„Das sind unsere Gemeinsamkeiten. Wir haben immer noch diese Aufgabe von Sascha offen, falls du dich erinnerst." Er lächelt ein bisschen verunsichert. „Du solltest mit der Nummer Eins anfangen", schlägt er vor.

Also greife ich nach dem ersten Gegenstand. Es ist ein Stoffbündel, das ich auseinanderfalte: Ein Jutebeutel mit dem Gemälde von Franz Marc aufgedruckt, das unten im

Erdgeschoss hängt. „Der Tiger", krächze ich und räuspere mich dann.

„Unsere allererste Gemeinsamkeit." Er grinst mich so offen an, dass mein Herz sich am liebsten auf seinen Schoß gesetzt hätte.

„Ich hatte dich vorher nie als Künstler gesehen, aber nach diesem Gespräch und als du mir die Tattoos auf deiner Seite gezeigt hast, war ich wirklich beeindruckt. Ich hab dir das nicht gesagt, aber ich fand und finde immer noch, dass du ein herausragendes Talent hast." Es fühlt sich gut an, ehrlich zu sein und in diesem Augenblick fühle ich mich auch völlig sicher damit.

„Danke, das bedeutet mir viel." Ich kann seine Augenfarbe bei der schwachen Beleuchtung schlecht erkennen, aber ich bin mir sicher, dass sie gerade nicht eisblau ist. „Jetzt die Nummer Zwei." Er klingt aufgeregt.

Es ist ein gläsernes, bemaltes Eichhörnchen, das ich da in der Hand halte: Christbaumschmuck. Meine Mundwinkel biegen sich nach oben. „Ein Freund für unser Eichhörnchen?"

„Ja, ich finde es wird Zeit, dass es nicht mehr allein abhängen muss. All die Jahre einsam unter den Dielen. Wir sind ihm da noch was schuldig."

„Absolut." Ich überlege kurz. „Kindheitserinnerungen, oder? Das ist die zweite Gemeinsamkeit."

Er nickt und ich schnappe mir das nächste Geschenk. Es ist ein weißes Blatt, das ich ausrolle. Darauf steht: „To Me, You Are Perfect – Für mich bist du perfekt." Ich fühle, wie meine Augen anfangen zu brennen. „Das ist aus dem Film *Tatsächlich Liebe*“, flüstere ich mehr, als dass ich es sage.

„Ich habe es nicht alleine geschrieben. Mai hat mir geholfen. Und es ist nicht nur eine Erinnerung an den Film. Ich meine, was ich geschrieben habe.“

Ich blicke nach oben und versuche, meine flüssige Rührung zurückzudrängen.

„Wir sind erst bei Nummer drei. Du solltest dir deine Tränen noch aufsparen“, witzelt er und ich boxe ihm spielerisch in die Schulter. „Und jetzt weiter im Programm!“

Ich ziehe eine Schneekugel mit der Nummer Vier aus dem Paket und kann nicht sofort etwas damit anfangen. Sie ist zauberhaft. Ein verschneiter Wald mit einem Reh ist darin zu sehen und wenn ich sie schüttle, wirbelt es dicke Flocken umher.

„Der Tag als wir Schneeschuhwandern waren. Bevor der Unfall passiert ist. Es war so schön, zu sehen, wie du den Schnee genießt. Wir lieben ihn beide.“

Als Nächstes hole ich eine weiße Tasse mit einem schwarzen Aufdruck hervor, der mich zum Lachen bringt: *Heiße Schokolade nie ohne Marshmallows.*

„Ich weiß nicht, ob Sascha uns das durchgehen lässt“, kichere ich.

„Vielleicht drückt er ja ein Auge zu.“

Nummer Sechs ist eine Sternenkarte, die ich vor uns ausbreite. „Du siehst Sternbilder – die Ordnung im Chaos.

Und ich sehe die Schönheit des ganzen Durcheinanders. Und so haben für uns beide die Sterne eine Bedeutung."

„Das klingt schön." Wieder spüre ich ein Brennen in meinen Augen.

Die Nummer Sieben sind zwei blaue Gummibärchen in Klarsichtfolie verpackt. „Was ist das für eine Gemeinsamkeit?" Ich sehe ihn fragend an.

Die Fröhlichkeit verschwindet aus seinem Blick: „Wir wissen beide, was es bedeutet, ein Außenseiter zu sein."

Ich schlucke und spüre wieder den Staub in meinem Mund. „Wo hast du die her?", frage ich, um von diesem ernsten Thema abzulenken.

„Heidelbeere Sonderedition."

Ich packe sie aus und stecke sie mir in den Mund. Alle beide. Dann kaue ich schnell und schlucke sie hinunter.

Bela hebt amüsiert die Augenbrauen.

„Ich denke, vielleicht ist es das Beste so mit schlechten Erinnerungen umzugehen."

„Sie zu zermalmen und dann zu schlucken?" Wir müssen beide lachen.

„Zeit für Nummer Acht." Bela deutet auf den Karton.

Ich greife erneut nach einer Papierrolle, die mit dem roten Band gehalten wird. Ich löse die Schleife und entrolle sie. Dabei kommt eine Zeichnung zum Vorschein: eine Triqueta. Sie ist ganz anders, als die, die Bela meinem Bruder gestochen hat. Viel filigraner und zarter.

„Wenn du möchtest, steche ich dir das Tattoo. Ich finde, du bist perfekt, ohne eine einzige Zeichnung auf deiner Haut. Aber das heißt nicht, dass dir ein Tattoo nicht fantastisch stehen würde. Es ist deine Entscheidung.“

Ich fahre leicht mit den Fingern über das Bild, dann greife ich nach meinem Kettenanhänger, den ich gerade trage. „Es ist wunderschön. Aber ich glaube auch, zu mir passt der Schmuck besser. Trotzdem danke.“

Es ist nur noch eine Sache übrig. Ich ziehe einen Block mit Haftnotitzzetteln aus dem Karton. Er ist grün und hat die Form einer Hand.

"Die Nummer Neun war die schwerste. Mir ist zuerst nichts eingefallen. Die habe ich sozusagen in letzter Minute entdeckt. Ich möchte damit ausdrücken, dass wir beide gerne helfen. Du gibst Mathenachhilfe und ich verschenke manchmal Cover-ups." Sein Gesicht verzieht sich zu einer Grimasse, weil er wohl nicht ganz zufrieden ist, mit diesem Präsent.

"Ich finde es ziemlich kreativ. Und ich mag diese Gemeinsamkeit ganz besonders", bemerke ich mit belegter Stimme. Es ist schwer Worte zu finden, weil das alles mich sprachlos macht. Auf eine ziemlich gute Weise.

„Und nun zur Nummer Zehn.“

Ich blicke noch einmal in die Kiste, aber sie ist wie ich vorher schon bemerkt habe leer. Fragend schaue ich ihn an. „Hier ist nichts mehr“, kommentiere ich das Offensichtliche.

Er zuckt mit den Schultern. „Es ist auch nicht hier drin, es ist dort.“ Er deutet auf seine nackte Brust. Ich räume den Karton beiseite und rücke etwas näher an ihn heran. Ich sehe die Triqueta, die ich schon kenne. Aber direkt daneben prangt ein neues Tattoo, das mir im Eifer des Gefechts vorhin gar nicht aufgefallen ist. Es ist ein Yin und Yang Symbol, allerdings ziemlich verfremdet. Es gibt nicht diese weiche Linie in der Mitte zwischen schwarz und weiß, sondern eine Trennlinie, die aus mehreren Zacken und eckigen Ausbuchtungen besteht. Und als ich es mir genauer ansehe, erinnere ich mich wieder an meine Worte. Und nun kann ich die Tränen nicht mehr aufhalten. Sie perlen über meine Wangen und er wischt sie zärtlich mit seinen Daumen fort. „Du hast gesagt, dass wir nicht dieses reguläre Yin und Yang sind, das sich ineinanderschmiegt. Dass wir Kanten und Ecken besitzen, aber trotzdem zusammengehören."

„Ja, das habe ich gesagt", schniefe ich. „Dann sind die Ecken und Kanten unsere Gemeinsamkeit."

„Nein, dass wir uns ergänzen, das ist die Gemeinsamkeit. Weil ich glaube, dass Ordnung und Chaos erst zusammen so richtig Sinn ergeben." Jetzt sehe ich auch den Glanz in seinen Augen.

„Ist das die wahrste Wahrheit?", flüstere ich.

Er schüttelt den Kopf und mein Herz rutscht in meine Kniekehlen. „Die wahrste Wahrheit ist: Ich liebe dich und es gibt nichts, das wichtiger ist, als das. Und auch wenn ich verdammt lange gebraucht habe, es zu kapieren, hoffe ich, dass du mir noch eine Chance gibst. Denn alle guten Dinge sind drei, richtig?"

Unter meinen Tränen, die unaufhörlich laufen, wandern meine Mundwinkel nach oben. Sie hören nicht eher damit auf, bis ein breites Grinsen mein Gesicht ziert. Ich blicke ihm in seine blauen Augen, die warm sind wie ein Sommerhimmel. Und dann nicke ich und flüstere: „Alle guten Dinge sind drei.“

Epilog

Hör dir Lied 11 des Soundtracks an: Underneath The Tree – Kelly Clarkson

Wir sind am nächsten Morgen ziemlich spät auf und verpassen das Frühstück. Glücklicherweise kommen wir aber pünktlich zum Weihnachtsbaumschmücken ins Wohnzimmer. Ich habe das neue Eichhörnchen dabei und hänge es direkt neben das alte.

„Jetzt hat jeder von uns eines und die zwei können sich auch noch Gesellschaft leisten“, erkläre ich meinem leicht verdutzten Bruder.

„Okay, das hört sich nach einem guten Plan an. Aber die eigentliche Frage, die sich mir gerade stellt ist: Warum grinst ihr beide so debil?“ Er blickt von Bela zu mir.

„Es ist Weihnachten, Alter", bemerkt dieser immer noch lächelnd und nimmt sich eine Kugel aus der Kiste mit dem Schmuck.

„Irgendwas stimmt hier nicht", beharrt Sascha.

„Es ist alles in bester Ordnung", beschwichtige ich ihn. Natürlich würde ich ihm am liebsten gleich von den neusten romantischen Entwicklungen erzählen, aber viel amüsanter ist es, ihn ein wenig zappeln zu lassen. Bela und ich haben vorher gemeinsam beschlossen, es heute allen zu sagen. Wir haben unsere Gefühle lange genug versteckt. Trotzdem darf ein bisschen Spaß ja wohl sein.

„In bester Ordnung? Das ist ja das Verdächtige. Aber ich glaube, ich weiß, was mit euch los ist." Nun grinst er.

„Und was soll das sein?", hakt Bela nach.

„Ganz einfach: Mein Plan ist aufgegangen."

Unsere Gesichter schnellen beide zu ihm herum. „Wie meinst du das?", frage ich meinen Bruder, der immer breiter lächelt.

„Na, ich habe Mama erzählt, dass ich unbedingt mit Merle in einem Zimmer schlafen muss, weil sie sich nicht traut mit dir gemeinsam in einem Raum zu übernachten. Schließlich ist sie sehr schüchtern."

„Das hast du nicht!", entrüstet sich seine Freundin.

„Sorry, Babe. Es war für einen guten Zweck." Er zwinkert ihr versöhnlich zu.

„Ich verzeihe dir, aber nur, wenn du deine Mama aufklärst."

„Kein Problem."

Ich starre ihn an. „Du hast … Du hast mal wieder was hinter meinem Rücken abgezogen“, echauffiere ich mich.

„Hey, Schwesterherz. Es ist Weihnachten. Kein Grund auszuflippen. Ich war mir eben nicht sicher, ob Bela seine geplante Aktion durchziehen würde.“

Jetzt wandert mein erboster Blick zur Liebe meines Lebens. „Er wusste davon?“

„Er ist mein engster Freund. Also bis auf dich natürlich“, erklärt er kleinlaut.

„Ich fasse es nicht, dass ihr es schon wieder getan habt.“ Ich bin echt sauer.

„Dieses Mal war es nur eine kleine Überraschung. Leo, da kannst du uns doch wirklich nicht böse sein. Ich hatte auch gar nichts damit zu tun. Er hat mich nur nach meiner Meinung dazu gefragt. Und ich fand, dass es eine super Idee ist, dir an Weihnachten seine Liebe zu gestehen. Da hat das zwischen euch letztes Jahr schließlich alles wieder angefangen.“

„Hey, Leolein.“ Bela steht plötzlich vor mir und legt seine Hände an meine Hüften. Und für einen Moment bin ich davon überwältigt, wie gut und selbstverständlich sich das anfühlt. Aber dann fällt mir wieder ein, warum ich angefressen bin.

„Belalein“, zische ich deshalb nicht besonders freundlich.

„Zu deinen Diensten.“ Er sieht mich treuherzig an. Ziemlich treuherzig. Und mein strenger Gesichtsausdruck löst sich auf.

„Du bist ein Spinner und du hast Glück, dass du so süß bist. Ich kann dir nicht lange böse sein.“

„Süß? Du meinst wohl sexy und aufregend“, hält er dagegen.

„Nein, ich meine süß.“

„Vielleicht können wir uns auf gefährlich attraktiv einigen?“

„Also gut.“ Er grinst mich zufrieden an. „Gefährlich attraktiv und unheimlich süß.“ Wir küssen uns und ich kann das Raunen hinter uns nicht nur hören, sondern förmlich spüren. Als wir uns umdrehen, stehen dort unsere Eltern. Und ich sehe in allen Gesichtern ein Lächeln, sogar in dem meines Vaters.

Ende

Nachwort der Autorin

Schon lange stand auf meiner imaginären Liste, einen Weihnachtsroman zu schreiben. Ganz einfach, weil ich selbst gerne weihnachtliche Geschichten lese. Ich liebe die Adventszeit mit all ihren Lichtern und den Leckereien. Weihnachten ist auf jeden Fall mein Lieblingsfeiertag im Jahr. Und nun ist der Roman tatsächlich fertig. Nach monatelanger Arbeit ist das immer wieder ein fast schon irreales Gefühl. Und dieses Mal ganz besonders, nachdem die Technik mich beinahe in den Wahnsinn getrieben hat. Mitten unter dem Schreiben ist mir nämlich der Laptop kaputt gegangen. Reparatur unmöglich. Glücklicherweise konnte ich alle Daten sichern und auf unserem Familienlaptop weiterarbeiten, während ich auf das Ersatzgerät gewartet habe. Nur leider ist dieser Rechner schon ein wenig altersschwach und hat mir sechs Kapitel des Romans komplett zerschossen. Statt Buchstaben waren da plötzlich nur noch Striche und ihr könnt euch vorstellen, was das für ein panischer Moment war. Aber auch hier konnte ich die Daten aus einer alten Version retten, um dann endlich den Ersatzlaptop zu bekommen und festzustellen, dass darauf eines meiner wichtigsten Programme nicht läuft. Der Krimi ist aktuell noch nicht zu Ende. Im Moment sitze ich hier und tippe diese Zeilen auf dem Rechner meines Mannes. Denn ich lasse mich von solchen Hürden auf keinen Fall kleinkriegen. Wäre doch gelacht. Notfalls greife ich wieder zur Schreibmaschine. Aber die Geschichte von Leonie und Bela wollte unbedingt auf diese Welt und ich hoffe sehr, dass sie dir eine gute Zeit beschert hat. Falls ja, würde ich mich über eine Rezension bei Amazon mit ein paar Worten freuen. Das ist eine große Hilfe für unabhängige Autor*innen wie mich. Mundpropaganda ist natürlich ebenfalls wunderbar. Herzlichen Dank, dass du zu diesem Buch gegriffen hast, und danke auch, für deine Unterstützung.

Wenn du mehr über mich und meine Bücher wissen möchtest, findest du mich bei Facebook, Instagram und seit Neuestem auch bei TikTok. Ich feiere jeden Follower und jedes Like und wenn du etwas über meine Bücher zu sagen hast, schreib mir dort gerne. Auf meiner Website stelle ich dir Playlisten, Moodboards, Leseproben und Zitate zu meinen

Büchern zur Verfügung. Und es gibt einen Shop, falls du dich für signierte Exemplare interessierst.

Mein Newsletter-Magazin erscheint etwa vier Mal im Jahr und meine Abonnenten erfahren die meisten Neuigkeiten zuerst. Du willst keine Hintergrundgeschichten und Neuerscheinung mehr verpassen? Dann freue ich mich, wenn du dich hier einträgst:

https://patriciarenoth.com/newsletter/

SCAN ME

Und am Ende wie immer meine Danksagung. Einen Roman zu veröffentlichen ist jedes Mal ein großes Abenteuer. Und ich freue mich, dass ich viele liebe Menschen an meiner Seite habe, die sich mit mir in neue Geschichten stürzen.

Zuerst möchte ich allen Autoren*innen, die ich über Social Media kennen und schätzen gelernt habe, danken. Es ist schön, nicht immer nur einsam zu schreiben, sondern echte Kolleg*innen da draußen zu haben.

Ein großes Dankeschön geht außerdem an alle aus meinem Blog-Team, die mich unterstützen, motivieren und meine Bücher empfehlen. Ihr seid der Wahnsinn. Und natürlich auch herzlichen Dank an die vielen Buchenthusiasten und Buchenthusiastinnen bei Lovelybooks, mit denen ich meinen

Roman jedes Mal noch einmal völlig neu und aus verschiedenen Blickwinkeln erleben darf.

Vom Manuskript bis zum fertigen Roman ist der Feinschliff aus Korrektorat und Lektorat wesentlich. Liebe Andi, liebe Sandra, es ist mir ein Fest, mit euch zu arbeiten. Und ich veröffentliche keinen Klappentext, ohne, dass die liebe Eva-Maria ihn nicht mindestens einmal in den Fingern hatte. So viel Frauenpower im Hintergrund, auf die ich wirklich stolz bin.

Außerdem danke ich meinen Freunden und meiner Familie. Genau wie meine Arbeit seid ihr ein essentieller Bestandteil meines Lebens. Das eine kann ohne das andere nicht existieren.

Und weil alle guten Dinge drei sind: Der größte Dank gilt meinem Mann und meiner Tochter. Weil sie mein Leben mit so viel Liebe füllen.

Ich hoffe, wir lesen uns bald wieder.

Eure Patricia

Über die Autorin

Patricia Renoth ist 1982 geboren und von Beruf Redakteurin. Jahrelang hat sie in Imagefilmen, im Fernsehen und online Geschichten erzählt. Jetzt widmet sie sich ihrer Leidenschaft – Büchern – und erzählt hier vor allem Liebesgeschichten.

Privat liest sie ebenfalls eine Menge davon, ist aber auch dem Genre Fantasy verfallen. Warum Liebesromane manchmal einen schlechten Ruf haben, versteht sie nicht, schließlich ist die Liebe das schönste Gefühl der Welt. Zu kitschig sollte es deshalb trotzdem nicht werden – lieber spannend und emotional.

Patricia lebt mit ihrem Mann, ihrer Tochter und einem frechen Kater vor den Toren von München. Sie liebt den Geruch, der in der Luft liegt, kurz bevor es regnet, ist süchtig nach Chips und verausgabt sich in jeglicher Art kreativ. Deshalb designt sie auch ihre Buchcover selbst.

Auf Instagram, Facebook und Tik Tok tauscht sie sich gerne mit Leser*innen aus.

Die Autorin ist die Tochter meines Schulfreundes Reinhard Renoth aus Bischofswiesen

Auch von Patricia Renoth

Taschenbücher und E-Books erhältlich bei Amazon.
Signierte Taschenbücher über pariciarenoth.com
Das Hörbuch von *Sternenvoll* erhältlich bei allen gängigen Plattformen:
Audible, Spotify, Bookbeat, Thalia etc.

Printed in Poland
by Amazon Fulfillment
Poland Sp. z o.o., Wrocław

43745805R00201